변화에
능숙한 삶

# 변화에
# 능숙한 삶

이춘해 작가의
칠십 평생을 정리한
가족 처세서!

이춘해 지음

창해

건강한 가정을 원한다면

시대착오적 관습을 버리고

넉넉하게 가슴을 열어야…

# 〈변화에 능숙한 삶〉을 올리며

　우리 사회는 과도기 중심을 달리고 있다. 가장(家長) 중심 가정 경제에서 맞벌이로, 남성 위주 사회구조에서 남녀평등으로, 심지어 결혼을 필수로 여겨온 관습마저 깨어지고 있다. 이렇듯 변화기에 들어서면 수직적, 수평적 갈등이 혼란을 초래하게 되는데 《변화에 능숙한 삶》은 시대착오적 관습을 버리고 넉넉하게 현실을 받아들이자는 내용이다. 본격화된 여성의 사회진출로 그들 지위가 향상되고, 맞벌이가 대세를 이루는 현실에서 전통만을 고집하면 갈등의 골 또한 깊어지기 때문이다.

　그러나 세상의 반응이 염려스럽다. 남성과 부모 입김이 우세한 시대를 살아온 분들에겐 어느 한쪽에 무조건 양보하라는 것으로 여기지 않을까, 하는 염려다. 그렇더라도 긍정적인 시각으로 봐야 할 사유가 있다. 사회문제로 대두된 가족의 갈등을 세밀히 분석하여 방향을 제시했다는 점에서 그렇다. 더러는 지나치게 솔직하고 비판적인 내용이 불편할 수 있겠으나 어느 계층에 대한 편견은 아니다. 오직 밝고 건강한 사회를 꿈꾸는 작가의 사심 없는 바람임을 밝힌다.

앞으로 전개될 글은 오래전부터 SNS에 발표한 내용을 재정리한 것들이다. 먼 행성의 일처럼 여겨온 우리 문화에 변화를 추구하며 썼던 것인데 그 바람을 알기라도 한 듯 세상은 스스로 변화를 보여주었다. 코로나 팬데믹 이후 작은 결혼식이 늘고 맞벌이 부부의 가사분담이 공평해지고 있으며 장례문화가 간소화되고 있는 것은 큰 소득이라 하겠다. 그런 변화가 이어지다 보면《변화에 능숙한 삶》은 너무 교과서 같다는 평가를 받게 될 날이 오게 될 것이다. 훗날, 새로울 것 없는 빤한 글이 될지라도 모든 가정의 화평을 소망하며 조심스럽게 글을 놓는다. 결혼에서 죽음까지!

차례

# 2<sub>장</sub>

## 행복한 결혼생활을 유지하려면?

# 3<sub>장</sub>

## 고부갈등을 예방하려면?

# 4장

## 외도(外道)

# 5장

## 이혼

# 1장

바람직한
결혼문화

# 결혼문화, 이대로 좋은가?

　예로부터 결혼은 인륜지대사(人倫之大事)라고 말해 왔다. 대사는 결혼식, 회갑연, 장례식 등, 큰 행사를 일컫지만 지금은 결혼식 외에 잘 쓰지 않는다. 많은 대사 중에 결혼식이 대사의 대명사가 된 이유는 무엇일까! 추측건대 성장배경이 다른 두 사람이 하나의 공동체로 살아가는 것은 매우 어렵고 중대하다는 개념이 자연스레 스며들었을 것이다.

　결혼식이 가장 중요한 행사라는 것은 우리나라에 국한되지 않는다. 검소하고 합리적 사고를 가진 서구권에서도 예외는 아니다. 그들은 무덤에 이르기까지 적어도 두 번은 리무진 서비스를 받는데 그중 하나가 결혼식인 것으로 알 수 있다. 그렇게 중요한 것으로 여겨온 결혼이 지금은 선택의 모양으로 자리 잡아가는 추세다. 갈수록 독신자가 늘고 독신자를 겨냥한 상품이 봇물을 이룬 것도 그런 기류를 반영한 것이라 하겠다. 통계로 알 수 있는 독신생활 지향 이유를 보면 경제적 자유가 큰 비중을 차지하

14

는데, 그럼에도 불구하고 결혼을 하는 것은 독신생활에서 얻을 수 없는 시너지 효과 때문일 것이다.

우리 결혼문화는 독특한 양상을 띠고 있다. 자녀 혼기가 되면 부모가 더 안달하는 것도 여느 나라와 비교되지 않는다. 결혼 알선회사를 통해 짝을 찾는 것은 흔한 현상이 되었고, 사(士)자 사위나 명망가 사위를 얻기 위해 재산을 동원한 구인 작전을 벌이기도 한다. 그러나 학력, 지위, 재산 정도가 행복에 비례하지 않다는 것은 일부 재벌가 자녀 결혼생활이 대변하고 있다. 부모 강요에 휘둘린 결혼은 행복을 보장받기 어렵다는 것이다. 충분한 교제를 거쳐 인성을 파악하고 공감대가 잘 형성된 사람을 택해야 한다는 것은 반론의 여지가 없다.

**결혼 대상은 어떤 사람이 좋을까?**

취미, 학력, 아이디어, 생활 환경 등 공통분모가 많을수록 좋다. 공통분모는 현재 환경도 중요하지만 어릴 때 환경도 매우 중요하다. 사람에 따라 후자가 더 중요할 수도 있다. 사람의 기질로 볼 수 있는 인성(人性)이 유아기 이전에 거의 다 형성된 때문이다. 도시에서 성장한 사람과 농어촌에서 자란 사람, 도시 빈민으로 살아온 사람과 재벌가에서 자란 사람, 서양문화에 익숙한 사람과 유교 사상에 젖은 사람, 지나치게 학력차가 많은 사람이 가정을 이뤘다고 가정해 보자. 비슷한 환경을 거친 부부보다 어려움이 따르게 마련이다. 한 사람에게 일상적인 것들이 다른 한 사람에겐 지나쳐 보일 수도 있고, 궁상맞아 보일 수도 있고, 정서 형태와 대화의 결이 달라 불편할 수 있다는 것이다. 극단적인 예를 들어보았지만 아주 부인할 수 없는 일이다. 그렇다고 다른 환경에서 자란 부부가 다 힘들다거나 비슷한 환경의 부부가 다 잘 산다는 건 아니다. 로열패밀리 부부도 깨어지고 재벌과 빈민이 만나 잘사는 일은 얼마든지 있다. 그러나 살다 보면 살아진다는 생각으로 결합하는 것은 매우 위험하다.

무엇보다 콤플렉스 많은 사람은 절대적으로 피하는 게 좋다. 의기소침하여 자신을 학대하거나 시기 질투로 인한 적대적 성향을 드러낼 확률이 높은 탓이다.


결혼을 하려면 철저한 계획을 세워야 한다. 결혼식은 어떻게 치르고 살림은 어떻게 꾸려갈 것이며, 언제 2세를 갖고 어떻게 양육할 것인지 신중한 고뇌가 필요하다. 가장 먼저 고려할 것은 수입원이다.

그러나 우리 사회는 고용불안에 의한 청년실업이 늘고 있다.

2023년 2월 현재 청년실업률 7.0퍼센트로 총 실업률 3.1퍼센트의 두 배가 넘는다. 청년실업 증가는 청년뿐 아니라 부모의 삶까지 위협하는 요소가 되고 있는데, 일부 직장인 청년들도 퇴출 불안감이 잠재되어 부모에게 부담을 줄 수 있다. 특히 결혼비용은 부모가 전담하거나 도움이 필요하다고 여기는 자녀가 많다. 자녀교육에 전력을 다한 부모가 결혼비용까지 떠맡는 것은 불합리한 처사가 아닐 수 없다. 그러나 불합리한 일이 빈번한 사회에서는 불합리한 것에 익숙해지게 마련이다. 그런 현실에서 부모가 결혼비용을 대지 못하면 무능한 부모로 취급받기 쉽다. 자식의 대학교육까지 감당한 부모마저 종종 그런 취급을 받는 것은 무분별한 소비문화와 상대적 박탈감이 빚어낸 억울한 현상일 것이다. 그런데 내막을 들여다보면 부모 책임이 크다는 결론에 도달한다. 결혼비용이 당사자 몫이라는 교육에 소홀했을 가능성이다. 그러므로 결혼비용이나 주택마련에 도움을 바라는 자녀가 있다면 부모 스스로 반성해야 한다.

다행히도 최근 들어 결혼문화에 변화가 일고 있다. 10여 년 전부터 하나둘씩 시작된 작은 결혼식이 코로나 팬데믹 이후 반향을 일으키고 자녀 스스로 결혼비용을 마련하는 사례가 늘고 있다.

그러나 일부에서 벌어지는 고지서 같은 축의금 문화는 근절되어야 마땅하다. 부모가 뿌린 축의금이 되돌아오는 것은 품앗이 개념으로 애써 이해할 수 있다지만 부모가 현직에 있을 때 대사를 치른다는 생각은 극히 위험한 일이다. 결혼 당사자에겐 배우자 검증에 소홀할 수 있고, 주변에는 축의금에 대한 부담을 느낀다는 점에서 그렇다. 종종 인사만 겨우 나눈 사이에 청첩장을 보내기도 하는데 뜬금없이 날아든 청첩장 앞에서 어떤 생각을 하게 될까! 축하하는 마음보다 민망함이 앞서는 건 나만의 느낌은 아닐 것이다.

식장 규모에 맞지 않게 하객을 모신 것도 생각해 볼 일이다. 자리를 잡기 위해 우왕좌왕하고, 까치발에 머리를 기웃거리며 예식을 지켜보고, 멀리 떨어진 식당에서 따로 식사하는 것이나, 예식은 관심도 없다는 듯 축의금만 던지고 식당으로 향하는 촌극은 사라졌으면 좋겠다.

참석할 하객을 파악하여 그에 따른 좌석 배치도를 작성한 뒤, 자리를 미리 알려주는 것도 좋은 방법이다. 혼주와 결혼 당사자에겐 번거로운 일 같지만 행사를 치러보니 크게 어렵지 않고 재미도 있었다. 하객들도 대접받은 기분이 들어 흐뭇했다는 후담이었고, 결혼식을 치른 당사자와 혼주로서도 보람된 일이었다.

# 아들 선호사상이 자녀에게 미치는 폐단

기독교 문화에 편승하여 미세하게 흘러온 남녀평등 사상은 한국전쟁을 기점으로 여린 싹을 틔우기까지 많은 시간이 흘렀다. 이후 산업화 시대(1970년대)가 열리고, '잘 키운 딸 하나, 열 아들 안 부럽다'는 구호 아래 두 자녀 갖기 운동이 확산되면서 남녀평등 사상도 가녀린 뿌리를 내리기 시작했다. 그런 중에도 남녀가 평등하게 대우받은 직종은 교직을 비롯한 일부 전문직뿐이었다. 그 또한 월급만 평등했을 뿐 승진에는 제약이 따랐다.

그러다가 부동산 투기가 판을 친 1980년대에 이르러 큰 변화가 일었다. 1988년 서울올림픽을 계기로 한국의 위상이 세계로 뻗어 가고 조기유학 바람과 함께 서양문물도 급속도로 밀려왔다. 사관학교에서 여학생을 선발하는 등 남녀평등 사상이 급격한 성장세를 보인 것이다.

새로운 밀레니엄이 열리면서부터는 1980년대에 태어난 여아들이 두각을 나타냈다. 사법고시, 행정고시, 외무고시에 여성 합

격률이 높아지고 수석 입학과 수석 졸업이 속출했다. 세계를 놀라게 한 한국여성 골퍼들의 LPGA 석권 낭보와 2018년 육군사관학교 졸업생 성적 순위 1~3위가 여성인 것도 그들의 약진을 한눈에 볼 수 있는 현상이었다.

이렇듯 여성의 도드라진 활약에 힘입어 지금은 남녀평등 사상이 재빠르게 몸통을 키우고 있으나 온전히 자리잡은 것은 아니다. 개선해야 할 요소가 사회 구석구석 존재하고 있다. 성희롱, 성추행을 비롯한 여성 비하 사건이 자주 노출되는 것은 가야 할 길이 남아 있음을 의미할 것이다.

남아선호사상 속에는 말년을 아들에게 의지할 수 있다는, 아들을 낳아 기르는 것은 밑진 장사가 아니라는 기대심리가 담겨 있다. 해방 전 세대 중에 그런 사상을 가진 사람이 많은데 그들의 2세가 성장기에 들어서자 판도가 달라졌다. 남녀평등 사상이 강력하게 고개를 쳐든 것이다. 그런 변화를 의식하지 못하거나 의식은 하되 받아들이지 못한 부모가 있다면 자녀들 삶에 혼란을 초래할 수밖에 없다.

먼저 남아선호사상이 결혼문화에 끼치는 영향을 생각해 보자. 종종 청첩장까지 발송한 혼사가 깨졌다는 소식을 들어봤을 것이다. 저마다 사연이 있게 마련이나 부모 욕심에서 빚어진 파기가 적지 않다. 예단이나 지참금을 빌미로 파탄을 초래한 경우다. 결혼 당사자 문제가 아닌 부모 개입으로 혼사가 깨어지는 것은 안타까운 일이 아닐 수 없다.

누구든 결혼생활에 필요한 혼수품을 하거나 결혼 당사자의 재산을 동반하는 것은 시빗거리가 아니다. 형편이 된다면 남녀 동등한 결혼비용 분담이 합리적일 것이나 여자가 더 분담하는 것도 문제될 것은 없다. 그러나 시가가 무서워서, 시가에 잘 보이기 위해서, 친정 경제를 흔들면서까지 혼수를 하고 지참금에 집착하는 것은 자신의 가치를 비하한 것밖에 되지 않는다. 사랑과 신뢰가 우선되어야 할 결혼이 종속관계 계약처럼 이뤄져서는 안된다는 말이다.

그러나 우리 결혼문화는 '신랑 측-갑, 신부 측-을'이라는 공식이 암암리에 형성되어 있다. 신랑 측이 하라는 대로 해야 조용하다는 말이 팽배한 것도 딸 가진 사람은 약자라는 개념이 지배한 탓이다.

60대 어느 유명인사는 의사 남편 얻은 대가로 혼수품을 8톤이나 해갔다며 그게 억울해서 이혼하지 않는다는 말을 자주 했다. 패널들은 하나같이 폭소를 터트렸지만 비슷한 시대에 태어나 결혼한 여자로서 거슬리기 짝이 없었다. '저는 미천한 여자이오니 그 부족함을 비싼 예물로 대신하겠나이다! 비싼 남편 값 잘 받으시고 저의 부족함을 통촉해 주시옵소서!' 그렇게밖에 보이지 않았다. 값싼 상품을 자처해 거창한 혼수 뇌물을 바친 그녀가 그 혼수품에 비례한 행복을 누렸을까? 행복은커녕 남편, 시누이, 시어머니에게 지독한 멸시를 받았다는 것에 화가 났다. 그녀의 눈물 섞인 하소연을 들으며 스스로 불길에 뛰어들었다는 생각이 들고 연민까지 느껴졌다. 값싼 며느리, 덜 된 시가! 최악의 조합이다.

물론 현재 시점이 아닌 40년 전 일이긴 하다. 새로운 밀레니엄 맞은 게 언젠데 고려적 역사를 꺼내냐고 말할 것도 같다. 그러나 지금도 어느 한구석에 그런 일이 벌어지고 있는 것은 숨길 수 없는 사실이다.

신랑 측 가족에게 혼수예물 하는 것은 오랫동안 이어져 온 관습이다. 시가에서는 혼수예물 받는 것을 당연시한다는 것인데 그런 중에도 조금씩 변화를 가져왔다. 1970년대까지 신랑 측만 일방적으로 받는 추세였고, 1980년대 들어서면서 신부 측 안사돈에게 예복 한 벌쯤 해주는 것으로 발전했다. 전반적인 의례는 아니었고 일부 의식 있는 가정에서나 하는 인사치레 정도였다. 지금은 신부 측이 보내온 금액을 받아본 뒤, 그 절반에 해당되는 금액을 신부 측에 보내는 것이 공식화되어 있다. 어떤 시가 측에 선 돌려받지 않아도 될 만큼만 보내라는 당부까지 한다니 무슨 말을 해야 할지 모르겠다.

드물게는 예단을 사절하는 시가가 있다. 그때 신부 측은 어떤 반응을 보일까? 대개는 진심을 알지 못해 의심부터 한다. 예단 대신 지참금을 가져오라는 것인지, 집을 사는 것에나 전세 비용을 대라는 것인지 왜곡된 상상과 고민에 빠진다는 것이다. 차라리 목록을 정해주면 좋을 텐데 무슨 꿍꿍이속인지 모르겠다며 속앓이하는 일도 있다. 이렇듯 배려를 배려로 알지 못한 것은 예물을 당연시하는 시가 측 관습, 우리 사회에 만연한 관성의 법칙이다.

나 역시 딸 결혼 과정에서 혼선을 느꼈다. 서구문화에 익숙한 딸은 우리나라 결혼풍습을 못마땅히 여겼고, 특히 예단 문화에 더 부정적이었다. 딸은 자신의 의사를 예비신랑에게 전했고, 예비신랑도 동의했다며 시가 쪽 예단은 하지 않겠다고 했다.

사람들은 하나같이 고개를 흔들었다. 한국 실정에 어두운 딸의 4차원적 발상쯤으로 여기는 것이었다. 그들은 이런저런 사례를 들려주며 예를 잘 갖추라고 조언했다. 설령 예단을 사양한다는 말을 할지라도 형식적인 인사일 뿐 속마음은 다르다는 것이었다. 예물이 적어서 무시당한 기분이 들었다는 사람도 있었고, 시가 요구대로 하지 않아 파혼했다는 말도 들려주었다. 혼수품 가게를 한 여자는 위 모든 사실을 증명해 보이기도 했다. 청렴하기로 소문난 고위 공직자 부인도 충고를 아끼지 않았다. 좋은 게 좋은 거라며 남 하는 대로 해야 딸 신상에 좋다는 것이었다.

예단을 꼭 해야 된다는 말이 절대적이어서 심란하기 짝이 없었다. 흔히 말하는 어느 정도가 어느 정도를 의미한 것인지도 감을 잡기 어려웠다. 내 자신이 결혼할 땐 관습에 맞서 당당했는데 혼주 입장이 되고 보니 중압감이 몰려왔다. 딸 의견을 따라야 할지 전통을 따라야 할지 명쾌한 답이 나오지 않았다. 한동안 고민에 고민을 거듭하다 우리나라 풍습과 딸 의견을 절충해 간단한 예단을 준비했다. 일반 가정의 중간 수준도 되지 않는 것이었다. 그런데 내막을 알게 된 딸이 엄마도 어쩔 수 없다며 사위 앞에서 화를 냈다. 시가에서 예단을 요구한 것도 아니었는데 사위 입장만 난처하게 만든 꼴이었다. 2013년 봄의 일이다.

2년 뒤, 아들 결혼식을 앞두고 신랑 측 입장에서 상견례를 하게 되었다. 드디어 오래전부터 다짐해온 소신을 예비사돈께 전했다.

"우리나라 결혼문화는 전적으로 잘못되었다고 생각합니다. 아들이나 딸이나 똑같은 자식인데 아들 가졌다고 유세하는 건 우스운 일이지요. 예단비를 얼마 보내오고 그중 일부를 돌려보내고 그게 무슨 망동이랍니까? 저는 평생 입을 옷도 있고 이불이며 세간도 충분합니다. 서서히 정리할 나이에 뭐가 더 필요하겠어요. 아들 앞세워 장사할 생각 없으니까 예단은 하지 마십시오. 진심으로 드리는 말씀인데 행여 뭘 보내오시면 돌려보내기도 번거로울 테니 애초에 그런 일 안 하셨으면 합니다. 제 생각이 옳다고 여겨지시면 어머님도 아들이 있으시니까 아들 혼사에 그렇게 하셔서 우리가 결혼문화 바꾸는 데 앞장서 봅시다. 그동안 딸아이 잘 키워 주신 보답으로 옷이라도 한 벌 해드리고 싶은데 형편이 어려워서 장담은 못 하겠습니다.”

내가 꿈꿔온 아들의 혼사는 그런 것이었다. 예단을 받기보다 내가 소중히 간직해온 것들을 며느리에게 물려주고 며느리를 키워주신 부모님께 작은 정표라도 건네며 고마움을 전하고 싶었다.

예비사돈이 웃으면서 말씀하셨다.

“우리도 방 한 칸에서 시작했잖아요. 지들 알아서 하게 하고 엄마들은 옷이나 한 벌씩 해 입으면 되겠네요.”

순간 웃음이 터져 나왔다. 상견례는 화목하게 진행되었고, 예비사돈과 손을 잡고 나오는 모습을 아이들에게 보여줄 수 있었다.


혼수, 지참금 시비는 아들에 대한 집착에서 비롯된 ‘사회악’으로 정의할 수 있다. 다만 오랫동안 전통처럼 내려온 탓에 폐단임을 깨닫지 못하고 시가의 필요불가결한 특권처럼 여겨왔을 뿐이다. 그 특권은 사회적으로 성공한 아들을 둔 부모에게 도드라진다. 아들 값을 톡톡히 치르라는 엄명일 수 있는데, 값을 받고 며느리를 들였으면 아들을 넘겨줘야 마땅할 것이나 그것만은 양보할 수 없다는 태도를 보인다.

의사 아들을 둔 여자가 모임에서 말했다. 예비며느리에게 시어머니 자신의 밍크코트와 다른 고가의 혼수품을 정해줬다는 것이었다. 스스로 성공한 부모라는 것을 으스대고 싶었던 것인지 모르겠다. 그러나 내 눈에 비친 여자는 시장 가판대에 아들을 올리고 졸부에게 호객행위 하는 것처럼 보였다.

그 뒤에도 우스운 일을 경험했다. 함께 귀촌 교육을 받은 동기가 딸아이 혼수로 사위 자가용 사줬다는 자랑을 하자 한 여자가 부럽다는 듯이 말했다.

"사위 자가용까지 해주셨어요? 와! 부자신가 봐요."

"〈사〉자 사위 얻으면 당연한 거 아닌가?"

1초의 틈도 없이 반문하는 남자 표정에 '사'자 사위 얻었다는 으스댐이 가득 차 있었다. 그의 말에 피식 웃을 수밖에 없었다. 아들이건 딸이건 주고 싶은 마음은 당연할 수 있겠지만 사위의 사회적 지위에 굴복해 대가를 치른 것 같아 기분이 묘했다.

그러나 우리 사회는 혼수에 대한 기대가 지나친 편이다. 몇 년 전, 아들 결혼을 앞둔 친구에게 예물은 안 받는 게 좋겠다고 말했다가 크게 무안을 당했다.

"너, 그런 말 하지 마. 딸 결혼할 때 해줄 만큼 해줬으니까 본전은 찾아야지. 손해 볼 짓 안 할 거야."

'그런 말 하지 말라.'는 말은 그 친구에게만 들은 게 아니었다. 다른 동창 친구도 버럭 화를 내며 그렇게 말한 적이 있었다. 그러나 속마음까지 잘 안다고 여겼던 각별한 친구가 흑심으로 말하는 것에 놀랐다. 며칠 뒤, 친구가 상견례에서 했다는 말은 더 실망이었다. 예비사돈에게 다른 사람들 한 만큼은 하라고 당부했다는 것이었다. '다른 사람 한 만큼은' 하라는 말에 신부 측 고민이 얼마나 컸을지 짐작할 만했다. 친구는 얼마만큼 마음에 두고 입을 뗐던 것일까! 그렇게 말했다는 친구는 지금 세상에 없다. 며느리 예단을 즐길 틈도 없이 세상을 떠난 것이다. 떠날 때 가져가지도 못할 것에 연연하여 며느리 측에 상처 주고 인심까지 잃었다는 것은 지금 생각해도 안타깝다.

얼마 전, 우연히 만난 젊은 여성과 결혼문화에 대한 말을 하다가 그녀 주변에도 그런 일이 많다는 말을 듣고 또 한 번 놀랐다.

시부모는 그렇다 치자. 신랑에게 학용품 하나 사 주지 않은 친척까지 예단을 기대하고 입방아를 찧는다는 것이다. 주고 욕먹는다더니 이런 걸 예물이라고 보냈을까, 안 보낸 것만도 못한 걸 왜 보냈는지 모르겠다, 등등의 말로 험담을 한다. 이렇듯 한심하고 소모적인 혼수 시비는 종결되어야 마땅하다. 그러기 위해서는 신랑 측이 앞장서서 변화를 시도해야 한다. 변화는 주도권을 가진 측에서 시도할 때 효과를 거둘 수 있는 까닭이다.

서양인들의 자식에 대한 자세는 어떨까? 그들이 자녀에게 선을 긋는 것은 매우 엄격하다. 한국 부모보다 더한 부모가 없는 것은 아니지만, 부모 능력과 상관없이 18세가 되면 대부분 독립시키고, 두세 달 생활비를 주는 것으로 경제적 역할을 끝낸다. 의무교육인 고등학교까지만 책임지고 남은 인생은 자녀 자신에게 맡긴다는 사고방식을 갖고 있다.

아이들도 부모 입장을 당연하게 받아들인다. 대학 졸업을 하기까지 평균 8, 9년이 걸리는데, 벌어들인 학비가 없으면 휴학하고, 또 벌어서 복학하기를 반복하면서 땀의 가치를 알게 되고 독립심을 기르게 된다. 그들은 작은 쿠폰 하나까지 소중히 여기는 근검절약 정신이 배어 있다. 그렇게 자라온 덕분인지 결혼할 때도 부모에게 의지하지 않는다.

부모 또한 자식 혼기가 다가와도 간섭하지 않는다. 결혼을 하든 말든, 아이를 낳든 말든, 능력 되면 하고 아니면 말고, 그런

식이다. 결혼을 재촉하는 일은 더더구나 없다. 언젠가 마흔두 살의 아들을 둔 미국인에게 아들이 결혼하지 않는 이유를 아는지 물었다. 여자 대답은 간단명료했다.

"I really don't know(나는 정말 몰라)."

자식 인생에 관여하지 않는다는 말이었다. 당시에는 그 말을 이해하지 못했는데 매우 합리적 사고란 것은 나중에 깨달았다. 자녀 스스로 인생을 개척하는 것은 자녀 자신에겐 생존력을 기르는 요소가 되고 부모에겐 노후 대책을 할 수 있는 기반이 된다는 것이다. 이처럼 부모와 자녀를 위해 두 마리 토끼를 잡으려면 의식구조를 바꿔야 한다. 결혼 전까지 부모 밑에 둬야 된다는 사고도 버려야 되고, 성인이 된 자식 일에 일일이 간섭할 필요도 없다. 스스로 돌아보니 그 이치를 깨닫기까지 수십 년 세월이 걸린 것에 언짢은 생각이 든다.

9년 전, 위에 언급한 〈한국의 결혼문화〉를 블로그에 올렸다. 그 글에 대한 어느 블로거의 반박을 인용해 본다.

2014년 결혼비용 통계를 보면 남성 부담 1억 5천만 원, 여성 5천만 원으로 나와 있습니다. 집은 남자가, 명의는 반반, 이혼할 때 반반이라는 우스갯소리가 우습지 않은 현실입니다. 결혼할 때 조금 들고 가서 많이 들고나오는, 결혼을 재테크로 생각하는 여성들도 더러 있죠. 암묵적으로 시댁이 갑, 친정이 을이라는 논리는 어디에서 나온 것인지요? 친정에서 잘나가는 사(士)자 직업 사위를 선호하는 건 인정하면서 예단비를 부담하는 것은 억울하니 잘못된 결혼문화입니까? 도대체 무슨 도둑놈 심보인가요? 20년, 혹은 10년 전에 이 글을 읽었다면 그나마 수긍을 했겠습니다. 우선 현 세태를 알아야 할 필요가 있다고 생각합니다.

남자의 글에 아래와 같이 답변했다.

의중은 잘 알겠으나 취지와 다르게 해석하셨군요.
제 글을 요약하면 결혼은 당사자 몫이고 부모가 간섭하지 말자.
학교 교육을 감당했으면 본인이 알아서 하도록 하자.
살림에 필요한 혼수는 시비할 계제가 아니나 시가 장단에 춤추지 말자.
시부모가 혼수품을 강요하는 것은 문제가 있다.
신랑은 갑, 신부는 을이라는 생각이 만연한 현실에서
갑이 변화되면 결혼문화는 바뀐다.
필자에겐 딸도 있고 아들도 있는데
딸에게는 어느 정도 전통을 지켰으나

며느리에게는 한 푼도 받지 않았다, 그런 내용이었습니다.

결혼비용이 남자에게 많고 여자에게 적다는 것은

사회관습과 통계가 그렇다는 것일 뿐

꼭 그렇게 해야 될 의무는 아니라는 것입니다.

남자가 집을 장만해야 된다고 말하는 여자가 있다면

그 또한 옳다고 볼 수 없습니다.

여자가 혼수품을 하는 것은 자유이며

시가의 강요가 있어서는 안 되고

설령 강요가 있더라도 울며 겨자 먹기로 하지 말라는 것이지요.

남자가 집을 장만할 때 두 사람 명의로 하는 것도 의무사항은 아닙니다.

이혼할 때 반씩 나누는 것도 함께 살림을 이뤘을 때 말이지요.


결혼과 이혼을 재테크로 생각하는 여성이 있다고 하셨죠?

결혼은 서로 사랑하기 때문에 하는 것이고

그 사랑에 신뢰가 깨어져 이혼하는 것일 뿐

이혼을 전제로 결혼하지는 않을 것입니다.

재테크 차원에서 결혼하고 이혼하는 여자가 있다면

제가 먼저 돌을 던지겠습니다.

가정교육의 부재에서 빚어진 못된 짓이니까요.

아직도 우리는 신랑 측이 갑인 것만은 분명합니다.

예단이 빌미가 되어 깨진 결혼이 한두 건 아니니까요.

많은 사람들이 신랑 측에서 하자는 대로 해야

조용하다는 말을 하는 것으로도 알 수 있습니다.

내 나이 예순둘, 이미 세상 것 다 경험한 사람이지만

아직도 20년 전 폐단이 남아 있는 게 현실입니다.

그때처럼 예단을 강요하는 부모와

부모 말에 춤추는 남자에게 문제가 있다는 것이지

건전한 사고의 남자를 꼬집은 건 아니었습니다.

'사' 자 사위 좋아하는 것도

많은 부모들이 그렇다는 것일 뿐 저는 아닙니다.


그리고 저는 아이들에게 결혼을 하라거나

아이 낳으라는 말도 하지 않습니다.

그저 즐겁고 행복하게 살기만 바란다고 말합니다.

딸 결혼할 때 어느 정도 예의를 갖추었고

며느리에겐 10원도 받지 않았다고 했는데 도둑놈 심보라뇨?

그리고 남자의 결혼비용이 많다 해서

남자가 손해 봤다고 단정할 수는 없습니다.

남자가 집 사는 데 1억 더 투자한 것보다

결과적으로 남자 쪽에서 더 많이 취하는 일도 있습니다.

여자 연봉이 남자보다 훨씬 많다면

남자는 평생 벌어줄 움직이는 재산을 갖게 되는 것이지요.


이웃님은 현시대를 살고 있지만

저는 구시대를 살아온 현시대 사람이란 것도 말씀드리고 싶습니다.

내게 아들이 없었다면 이런 글은 쓰지 않았을 것이며,

결혼문화가 바뀌어야 된다는 생각에도 변함이 없습니다.

그러나 젊은이들이 건전한 사고방식을 갖지 않으면

변화는 기대하기 어렵겠지요.


그리고 결혼은 사랑, 신뢰, 구속이 전제되어야 한다고 생각합니다.

여자건 남자건 상대에게 장삿속으로 접근하면

불행을 자초할 수밖에 없다는 것과

부모는 자식에 대한 집착을 버리고

당사자에게 맡기자는 것으로 이해하시기 바랍니다.


남자의 글에 소귀에 경 읽기라는 말이 떠올랐는데 세상을 잘
파악한 글도 있었다.

저는 미혼이고 남자지만 예단, 예물 필요 없다는 생각입니다. 왜 사람들은 상대가 호의를 베풀면 그 호의를 자신의 권리로 생각하는지 모르겠습니다. 예단, 예물 타령하다 노총각 되어 봐야 부모님이 정신을 차리시겠죠. 그리고 요즘 남자 중에 여자가 원하는 만큼 버는 사람이 드물기 때문에 예단을 바라기도 힘들 것입니다. 덧붙여 말하자면, 여자가 원한다기보다 한국 사회에서 자식 낳고 살려면 수입이 어느 정도 보장돼야 한다는 것이지요. 제 주변에도 소득 5백만 원이 되지 않아서 결혼 못 한 남자들 많습니다. 저는 집도 있고 혼수도 다 있지만 소득이 적어서 못 가고 있거든요. 도저히 5백만 원 이하로는 자식 키운다는 답이 안 나옵니다. 오늘 중국인 친구랑 이야기를 나눴는데 중국에서는 며느리가 아이를 낳으면 시어머니가 키워주고 아침밥 상까지 차려준답니다. 물론 며느리는 직장 다니고요. 자식 키우라고 용돈도 주신다고 합니다. 이러니 우리나라 여자들이 외국인 남자를 찾는 것도 이해가 갑니다. 한국에서는 깨어 있는 시부모가 아니면 며느리를 남의 식구처럼 생각하니까요. 저도 한국의 결혼 문화가 너무 싫어서 한국식 결혼은 절대 안 할 겁니다. 작가님 생각에 많이 공감하고요. 저도 한국식 결혼에 대해 글을 써보고 싶어서 검색하다가 이 글을 발견하게 되었는데, 한국에서는 결혼문화 바뀌지 않는 한 출산은 꿈도 꾸지 말아야겠어요. 그럼 힘내십시오.

# 결혼식은 축제

## 즐겁고 활기찬 결혼식을 지향한다

44년 전, 내가 결혼할 즈음엔 신부가 살짝 웃는 것도 흉이었다. 행여 웃음기라도 보이면 헤프기 짝이 없다느니, 발라당 까졌다느니, 모르긴 몰라도 문제가 있을 거라느니, 가벼움을 상징한 별의별 단어를 찾아내 입살에 올렸다. 신부가 조금만 활달해 보이면 하객은 집에 돌아와 딸 단속에 바빴다. 결혼식 때 오해받을 행동은 하지 말라는 것이었다. 고개를 들어도 안 되고, 신랑을 쳐다봐도 안 되고, 웃는 건 죽어도 안 되고, 눈물이라도 한 방울 보이면 더없이 좋고, 그저 얌전히 굴라는 것이었다. 외적 분위기만 결혼식이었을 뿐 신부는 장례식인 양 조신하게 굴어야 했다.

모름지기 부케가 떨려야 하고, 주례의 성혼 서약 질문에 기어드는 소리로 대답해야 순진한 여성으로 여겼었다. 세상에 그런 모순도 있더란 말인가! 서로 좋아 함께 살기로 약속했고, 드디어

같이 살 수 있게 되어 좋아 죽을 것 같은데, 부끄러운 척을 해야 된다니 이 같은 모순이 또 있으랴!

1990년, 미국에서의 일이다. 주례를 맡은 천주교 신부님이 코미디 같은 결혼식을 진행하여 많이도 웃었다. 신부님은 잠시 주례를 멈추고 사라지더니 희한한 여행복 차림으로 나타났다. 거기에 선글라스를 끼고, 손에는 커다란 여행 가방을 들고 있었다. 이내 폭소와 함성이 터졌다. 다시 마이크 앞에 선 신부님이 말했다. 신랑 신부가 빨리 신혼여행 가고 싶어 한다며 주례사를 끝내겠다는 것이었다. 그러고는 신랑, 신부, 주례, 하객이 어울려 1분쯤 춤을 췄다. 일반 예식장도 아닌 성당이라서 더 의아하고 낯설었지만 그렇게 웃어본 결혼식은 처음이었다.

어느 틈에 우리 결혼식도 많이 달라졌다. 신부가 브레이크댄스도 하고, 혼주가 노래하고 춤추는 결혼식! 유튜브에서 가끔 보게 되는데 익숙하지 않아도 축제다운 축제는 그런 모양이 아닐까 생각되었다. 결혼식은 나날이 변화할 것이고, 젊으나 늙으나 언젠가는 그런 결혼식을 더 좋아할 날이 오고야 말 것이다. 신랑과 신부가, 이쪽저쪽 혼주가, 아이와 어른이 어우러져 노래하고 춤추는 결혼식을 그려 본다.

## 예식 과정에서 부모님께 큰절 올리는 것에 대한 소견

언제부턴가 신랑이 부모님께 납작 엎드려 절하는 의례가 생겨났다. 키워주신 부모님께 드리는 정중한 예의라지만 개인적 시각으론 좋아 보이지 않는다. 신부는 빳빳이 서 있는데 신랑만 엎드려 절하는 것도 어색하고, 양복 차림으로 절하는 신랑도 불편해 보여서다. 가장 큰 이유는 결혼식 날만큼은 신랑 신부에게 왕과 왕비로서 예우를 해주자는 것이다.

그런 것을 고려하여 내 아이들에겐 큰절은 하지 말라고 당부했다. 딸아이 결혼식 날은 '큰절 사양' 이유를 사회자를 통해 공포까지 했었다. 결혼식 날은 왕과 왕비로서 예우를 해줘야 한다는 것과 부모님 반대로 큰절은 올리지 않는다는 내용이었다. 사회자 입까지 동원한 것은, 하객들 눈에 예의 없는 사위로 보일 수 있다는 염려 때문이었다.


## 소박한 결혼식, 화려한 결혼식

내가 소망하는 결혼식은 규모는 작되, 검소해도 좋고 조금 화려해도 좋다. 들꽃 화관, 들꽃 부케! 손수 꺾은 들꽃을 머리에 올리고, 손에 들고, 산들바람 살랑이는 들판에서 올리는 결혼식이 얼마나 낭만적일지 상상해보시라! 꼭 원빈과 이나영이라야만 하는 것은 아니다. 들판에서 국수 삶고 떡 보따리 푸는 야외결혼식은 누구라도 할 수 있는 일이다. 오직 두 사람만의 결혼식, 영화 로빈 후드 같은 결혼식은 또 얼마나 소박하고 아름답던가!

화려하게 장식한 호텔 결혼식도 좋아 보인다. 작은 결혼식에 꽃이 좀 넘친들 어떠하며, 조금 화려한들 어떠하랴! 조금 값진 드레스를 입은들 또 어떠하랴! 스테이크 썰고 와인 마시고, 그게 뭐 그리 특별한 일이던가!

이것도 좋고 저것도 좋지만 내가 선망해온 아이들 결혼식은 내 손수 가꾼 정원에서 웃고 까불며 맘껏 즐기는 결혼식이었다. 그 꿈을 이루지 못한 아쉬움이 있었기에, 딸 내외 결혼 10주년에 소박한 리마인드 웨딩으로 추억 한 편 쌓아주었다.

23년 전, 딸내미가 입었던 하얀 원피스에, 내 손수 만든 말발도리 화관과 향기 듬뿍 담은 찔레 부케로 10년 전 아쉬움을 달래본 것이었다. 특별한 날인 만큼 특별한 요리도 하고, 야생화로 식탁도 장식하고, 순간을 놓칠세라 사진도 많이 찍고, 가족 모두 즐겁고도 향기로운 시간이었다. 아이들과 손주가 잔디밭을 누비며 쏟아낸 웃음까지 향기롭지 않은 것이 없었다. 작고 소박한 것이었지만 내게는 행복하고 찬란한 시간이었다. 작년이었다.

내년이면 아들 내외도 결혼 10주년을 맞을 것이다. 그땐 딸내미 손을 빌려 조금 더 여유롭고 더 향기로운 파티를 해주고 싶다. 그때도 엄마인 나는 파티 플래너가 되고 사진작가가 되어 또 다른 행복을 누리고 싶다.

# 2장

행복한 결혼생활을
유지하려면?

# 결혼생활에 필요한 자세

네이버 블로그 〈청춘을 기록하다〉에 아래와 같은 글이 있었다.

스무 살의 나는 일기장에 이렇게 썼다. '어른이 된다는 것은 자기 슬픔을 드러내지 않는 것이다.' 지금 다시 기록한다면 다음과 같이 쓸 것 같다. '다른 사람 눈에서 슬픔을 읽어낼 줄 알아야 어른이다.'

다름을 접하는 것이 사람을 성숙하게 만든다고 믿는다. 내가 당연하게 생각한 것들이 종종 다른 사람에게 상처가 되었다는 것을 알게 되면서 사람을 만나면 이것저것 묻기보다 그들의 말에 귀를 기울이게 된다. 누구든 하고 싶은 말을 할 수 있도록 도와주고 싶어서다. 그런 내게 성가시게 산다고 할는지 모르겠으나 그 성가심을 기꺼이 감내할 수 있어야 어른이라고 생각한다.

한동안 시행착오를 거쳐 타인의 마음을 이해하고, 다름을 인정하게 되었다는 자아 반성의 글이다. 누구에게든 배려가 우선

되어야 한다는 것으로 풀이할 수 있다. 결혼생활도 마찬가지다. 결혼은 혼자만의 삶에서 두 사람의 삶으로 이동되기 때문에 나눔과 도움이 절대적으로 필요하다.

부부는 가장 가깝고도 먼 관계라고 말한다. 어느 한쪽만의 사랑으로 관계 형성이 잘 이뤄질 수 없으며, 지극히 사랑하는 사이라도 나쁜 결과를 초래할 가능성은 있다는 말이다.

그러므로 좋은 부부관계를 유지하려면 서로 존경하고 사랑하는 마음을 유지해야 한다. 더러는 서로의 단점까지도 사랑할 수 있어야 완전한 부부라고 말하는데 단점을 사랑하는 것과 부족함을 이해하고 사랑하는 것은 다르다. 부족함을 이해하고 사랑하라는 것은 단점을 내려놓을 수 있도록 조력자가 되라는 것일 뿐 단점까지 사랑하라는 말은 아니다. 단점을 묵인하는 것은 마찰을 줄이는 데 도움은 될지언정 행위에 대한 성찰의 기회를 놓쳐 타인에게 악영향을 미치게 된다.

그러나 조력자 역할을 하는 데 불협화음이 있어서는 안 된다. 배우자를 동등한 인격체로 인정하는 마음이 우선되어야 한다. 내 스스로 반성할 부분이기도 하다. 결혼생활 동안 배우자가 단점을 고치는 데 기여한 부분은 있으나 그 과정에서 상대의 자존심을 건드리는 일이 있었다.

결혼생활에 어떤 자세가 필요할지 직간접적으로 경험한 것들을 정리해 보겠다.

## 가족의 호칭을 제대로 부르자

1970년대~1990년대에 결혼한, 현재 60~70대 여성 중에 남편을 아빠로 부르는 사람이 많았다. 어떤 교수가 그에 대한 우려의 글을 일간지 칼럼에 올린 적이 있었다. 남편을 아빠라고 부르면 남편은 무의식중에 아내와 딸을 동일시할 가능성이 있다면서 일본에서 부녀 성범죄가 많은 이유 중 하나로 잘못된 호칭을 지적했다.

믿기 어려운 말이지만 아주 무시할 수 없는 논리다. 술에 취하거나 혼미한 상태에서는 그럴 가능성을 배제할 수 없다는 것이다. 언제부턴가 우리나라에 부녀 성범죄가 많이 노출되고 있는 것도 그런 배경이 깔려 있지 않을까, 생각되는데 일부에서는 다른 해석을 내리기도 한다. 예전에는 숨기는 것에 급급했지만 여성의 지위가 향상되면서 사건 노출이 많아졌다는 견해다. 이유야 어떻든 호칭에서 오는 혼선을 예방하려면 올바른 호칭을 사용해야 한다.

## 배우자를 어떻게 부를 것인가!

요즘 젊은이들은 남편을 오빠로 부르는 게 대세다. 그러다 보니 부부 사이인지 오누이 사이인지 구별이 어렵다. 남편을 아빠라고 부르면, 나이 차 많은 부부가 아닐 경우 외형으로 부부관계가 구별되는데, 오빠라고 부르면 남편인지 오빠인지 도무지 구별되지 않는다. 듣는 사람이 착각하고 안 하고를 따지자는 게 아니라 옳고 그름을 분별하라는 것이다.

남편을 아빠나 오빠로 부르는 것은 다름이 아니라 틀림이라는 것을 지적하고 싶다. 부부 사이에는 특별한 애칭이나 이름, 또는 여보라고 하는 게 옳다. 그러나 여보 호칭에 거부감 갖는 사람이 의외로 많다. 몸이 오글거린다거나 낯간지럽다는 사람이 얼마나 많은지 모른다. '여기 좀 보세요.' 줄임말에 불과한 것을 애정 표현의 대명사로 여긴 때문이다. 어떻든 여보라는 호칭을 옳지 않다고 말하는 것은 절대 옳은 일이 아니다. 위 지적을 한낱 가십거리로 여기지 말고 정확한 호칭을 사용하여 불필요한 혼선을 막았으면 한다.

## 배우자 부모님께 당신 부모(엄마, 아빠)라는 말을 사용하지 않는다

종종 배우자의 부모를 당신 부모라고 말할 때가 있다. 시부모든 처부모든 좋은 일에는 그렇게 하지 않는다. 당신 부모라는 말 속에는 언짢은 마음이 담겨 있고 그 현상은 여자에게 많은 편이다. 적어도 그 말을 쓰는 순간은 그럴 확률이 높다는 말이다. 남편은 그런 아내의 감정을 용케도 잘 알아차린다. 나도 그런 일이 몇 번 있었는데 그때마다 남편은 건수 잡았다는 듯이 말했다.

"당신 엄마? 당신 엄마, 내 엄마가 어디 있어? 편싸움하자는 거야, 뭐야? 내가 장모님을 당신 엄마라고 하면 좋겠어?"

남편의 역성에 대꾸할 말이 없었다. 아무리 화가 나도 배우자 부모님을 일컬을 땐 정중하게 어머님, 아버님으로 칭할 것을 권한다. 부모로 인해 싸움이 났더라도 그렇게 하는 게 예의다.

### 장인, 장모 면전에서 그들을 부를 때는?

대개는 아버님, 어머님으로 부르는데 장인어른, 장모님으로 부르는 사람이 있다. 사위는 별 생각 없이 하는 말이겠지만 처부모 입장에서는 멀게 느껴지고 섭섭할 수밖에 없다. 사람들과 대화할 때나 글로 표현할 때나 본가 부모와 구별이 필요할 때는 장인과 장모로 표현할 수밖에 없지만 처부모 면전에서는 어머님, 아버님으로 부를 것을 권한다. 여자들이 시부모님을 부를 때 '시아버님! 시어머님!'으로 부르는 일이 없지 않던가!

곁에 계시지 않는 양쪽 부모님을 구별해서 말할 땐 어떻게 할까?

부모님이 살고 계신 지명을 붙이는 게 좋을 것 같다. '서울 어머님' '대전 어머님' 그렇게 부르고, 양가가 같은 지역에 살고 있다면 '잠실 어머님' '신림동 어머님' 그런 식으로 부르는 게 좋을 성싶다.

부부 사이뿐 아니라 모든 가족의 호칭도 정확하게 사용해야 한다. 시어머니를 할머니로, 시동생을 삼촌으로, 시누이를 고모로 부르는 것은 잘못된 표현임을 기억한다.


## 결혼하여 분가하거나 이사를 하면 부모님을 초대하여 식사 대접을 한다

인터넷 카페에서 며느리 위치의 여자 글에 놀란 적이 있다. 내 스스로 심한 고부갈등을 겪었기 때문에 웬만한 것은 대수롭게 여기지 않는 편인데 여자의 글은 너무 심했다. 결혼한 지 2년 되었다는 여자는 아직 시부모를 초대하지 않았다면서 이유를 나열했다.

그들 부부가 종종 시가에 들러 부모님을 뵙고 있으니 굳이 초대할 이유가 없다, 시부모가 오시면 감시받는 기분이 들 것 같아서 싫다, 남편도 아내 의사를 존중해 신경 쓰지 말라고 한다, 그런 것들이었다. 시부모가 초대를 강요한다는 내용은 없었다. 세밀하게 읽어 보았지만 염치없는 시부모 같지 않았고 되레 자식 입장을 잘 이해해 주는 부모로 보였다. 같은 도시에 살면서 자식 집에 발도 딛지 못한 부모 마음이 오죽할까, 생각이 들고 안쓰러웠다. 포기할 거 포기했으니 너희들이나 잘살아라, 하다가도 한 번쯤 초대해 주기를 오매불망 바라고 있을 것이다. 명색이 부모인데 단 한 번 집에 모시는 것도 싫다면 며느리 인성에 문제가 있지 않을까, 생각도 들었다.

더 놀라운 것은 여자 글에 공감하는 여성이 많았다는 것이다. 한술 더 떠서 불의한 충고까지 서슴지 않았다. 시월드는 애초에 발을 들이지 않게 해야 간섭에서 자유롭다는 것이었다. 말문이 막혔다. 시도 때도 없이 아들 집 드나든 부모가 있고, 연락 없이 비밀번호 누르고 아들 집에 들어선 부모가 있다는 것도 놀랐지만 위와 같은 며느리가 있다는 것도 놀라운 일이었다.

부모, 자식 간에는 기본적으로 지켜야 할 도리가 있다. 하고 싶어도 하지 말아야 할 일이 있고 하기 싫어도 해야 할 일이 있다. 시부모 좋아하는 며느리가 몇이나 될까마는 천륜을 버린 부모가 아니면 최소한의 자식 도리는 해야 된다. 그중 하나가 집들이다. 결혼하고 6개월 안에 부모님을 초대하여 식사 대접할 것을 권한다. 맞벌이에 바빠서 음식 준비가 어려우면 밖에서 대접하고 자식이 살고 있는 모습만은 당연히 보여드려야 할 것이다. 흔히 말하는 동방예의지국이라서가 아니다. 개인주의 성향이 강한 서양에서도 특별한 날 부모님 모시는 것을 당연하게 여긴다.

## 배우자에게 존댓말을 쓰고 언어 사용에 신중을 기한다

불쑥 뱉은 한마디가 분쟁으로 발전한 것을 경험했을 것이다. 가볍게 던진 우스갯소리가 심사를 건드릴 때도 있다. 인생을 살아오면서 말실수 없는 사람 없겠지만 지나친 언어습관으로 불협화음을 일으키는 사람이 있다. 그런 사람의 언어 유형을 보면 하나같은 특징이 있다. 명령적이거나 단정적인 말, 추궁하거나 확인하려 드는 말, 빈정대거나 윽박지르는 말, 따지거나 부정적인 말, 무시하거나 멸시하는 투의 말이 많다.

'당신이 할 수 있는 게 뭐야?' '잔소리 말고 당신 일이나 잘해.' '당신도 모르는데 내가 어떻게 알아? 알면 또 뭐 할 건데?' '니가 감히 그걸 해? 퍽이나 잘하겠다.' '쥐뿔도 모르면서 잘난 척은 잘 해.' '밥이 아깝다.' '전화는 왜 안 받았어? 휴대폰은 폼으로 갖고 다녀?'

이런 투의 말이 일반적이다. 누구라도 그런 말에는 반감을 사게 되고 대면하는 것을 꺼리게 된다. 그러나 부부 사이는 갈라서지 않는 한 피할 방법이 없다. 그러다 보니 평생 언어폭력에 시달리며 죽기 살기로 참아내거나 끝내는 정체성을 찾기 위해 이혼하는 일도 한다.

부부심리학자 존 M. 고트맨은 그의 저서 《행복한 부부, 이혼하는 부부》에서 부부의 대화 내용을 잠깐 지켜보면 그들의 앞날을 알 수 있다면서 부부 사이에 가장 치명적인 것은 비난과 모욕이며, 상대의 인격을 비하하거나, 무시하거나, 외면하는 것이 이혼 사유가 된다고 말했다.

부부싸움이 말에서 시작된다는 것이며 말 속에 인격이 담겨 있다는 것으로 볼 수 있다. 싸움을 하다 보면 험한 말을 하게 되고 그런 일이 잦아지면 폭력이 동반될 수 있고 이혼으로 발전할 수도 있는 것이다. 그런 상황을 막기 위해서는 부부가 서로 동등한 인격체로 존중할 줄 알아야 한다.

그중 하나로 존댓말을 들고 싶다. 부부 사이에 존댓말을 쓰면 멀게 느껴진다는 이들도 있는데 그렇지 않다. 존댓말은 윗사람에게만 쓴다는 선입견이 있어서 지레 멀게 느껴질 뿐 실제로는 반대다. 오히려 반말을 쓰면 조심성을 잃게 되어 말이 가벼워지고 다툼이 일 수 있지만, 존댓말에는 말 자체에 존중의 의미가 담겨 있어서 대화의 깊이가 깊고 다툼을 일으킬 확률도 낮다. 설령 다툼이 생겨도 크게 번질 확률이 낮고 화해 속도가 빠르다.

나의 경우 존댓말을 쓰다 말다 한 사람 중 하나였지만 존댓말 쓰는 부부를 보면 매사에 자신감 있고 자존감도 높다는 것을 알 수 있었다. 관심을 갖고 주변을 살펴보면 이해가 될 것이다.


## 기념일을 잘 챙긴다

기념일에 대한 남녀 성향은 매우 다르다. 남자는 무디고 여자는 지나치게 민감하다. 그러므로 아내는 남편이 알아서 챙겨주길 바라지 말아야 한다. 그게 신상에 좋다는 말이다. '알고 있나 보자!' '뭘 사 오나 보자!' 하고 벼르는 것은 바보짓이다. 결혼기념일에 남편의 선물을 기대했는데 빈손으로 들어오면 어떤 기분이 들까? 거나하게 술까지 취해 들어왔다면 또 어떨까! 보나마나 분위기는 살벌해질 것이다.

'오늘이 무슨 날인지 몰라? 도대체 당신은 나한테 뭐야? 나를 사랑하기는 하는 거야? 사랑한다는 사람이 결혼기념일도 몰라?'

여자는 십중팔구 이렇게 쏘아붙일 것이고, 남자는 총 맞은 기분이 들 것이다. 남자들이 기념일에 무딘 것을 두고 직장 일과 연관시키곤 하는데 그렇지는 않다. 남자와 여자는 근본적으로 뇌 구조가 다르다. 여자는 직장생활을 하든 전업주부를 하든 기념일을 잘 기억하지만 남자는 자기 생일도 기억 못 할 때가 많다. 아내가 챙겨주지 않으면 엄마 전화를 받고 나서야 생일을 의식할 때도 있다. 그렇다고 '이놈의 여편네, 남편 생일도 모르다니, 도대체 뭐하는 여자야!' 하지는 않는다. 여자보다 심한 남자가 없는 것은 아니나 전반적으로 너그러운 편이다.

결혼기념일에는 작게나마 선물을 나누고 이벤트를 하기 바란다. 이벤트가 꼭 거창해야 되는 건 아니다. 그러나 감동을 줄 수 있는 것이라야 한다. 여유가 있으면 조금 넉넉하게, 어려우면 어려운 대로 하면 된다. 형편이 어려워도 감동을 일으킬 이벤트는 얼마든지 있다. 꽃 몇 송이 사는 데 큰 경비가 드는 건 아니다. 촛불 하나 켜고 노래를 부르며 카드를 교환하거나, 풍선 몇 개 띄워 축하 메시지를 전하거나, 손수 식사를 준비하여 대접하거나, 사랑을 전하는 방법은 부지기수로 많다. 그동안 살아온 길을 생각해 보며 고마운 것에 고마움을 표하고 잘못한 것에 미안함을 전하며 애정을 키워 가기 바란다.

마음을 전할 땐 어떤 방법으로든 표현이 중요하다. 단, 받는 사람은 선물의 크고 작음에 비중을 둬서는 안 된다. 금전의 가치보다 형편을 먼저 이해하고 마음을 읽을 줄 알아야 한다. 서로 마음의 중심을 전하고 받아들이는 자세가 중요하다.


얼마 전에 환갑을 맞은 여자가 있다. 여자는 남편의 선물이 없었다며 섭섭해하고 화를 냈다. 누구라도 특별한 의미를 부여할 환갑에 선물을 받지 못했다는 게 의아해서 남편 환갑 때 선물을 했는지 물었다.

"지가 나한테 한 거 있어? 선물 받을 자격이 있어야 하지."

여자는 뚱하니 말하고, 선물 받을 자격이 없다는 걸 알려야 할 의무라도 있는 것처럼 험담을 늘어놓았다. 이처럼 상대를 배려하지 않고 바라기만 하면 불만이 가중되어 부부관계는 험한 단계를 맞을 수 있다.

부부로 살아가는 그대들이여! 선물이 꼭 받고 싶으면 처음부터 길을 들이시라! 달력에 빨간 동그라미를 여남은 개 쳐놓고 날이면 날마다 상기시키라! 유치한 것 같지만 속상해하고 싸우는 것보다 백배 낫다. 받고 싶은 선물을 미리 알려주는 것도 나쁘지 않다. 선물 선택이 쉽지 않은 일인 만큼, 감각 무딘 사람은 더 힘들 것이므로 미리 알려주면 고민을 덜어준 셈이 된다.

양가 부모님 생신도 잘 기억하여 성의를 표해야 한다. 여자들은 의무적으로라도 시가 행사에 관심을 표하지만 남자들은 처가에 무심한 편이다. 나의 경우를 예로 들어보겠다.

결혼 첫해, 새 달력을 받은 날이었다. 남편이 달력에 가족들 기념일을 적기 시작했다. 부모님과 동생들 생일, 우리 부부의 생일과 결혼기념일, 그리고 결혼한 여동생 이름과 함께 'Wedding' 그렇게 적었다. 1980년 12월이었으니까 시기적으로 동생 결혼기념일까지 기억하는 오빠는 거의 없었을 것이다. 나는 '동기간 우애가 대단하구나, 저런 오빠 하나 있으면 좋겠다.' 생각하며 남편의 하는 양을 지켜보고 있었다. 그러나 기록은 거기에서 끝났다. 순간 화가 치밀었다. 동생 결혼기념일을 챙긴 것에 화가 난 게 아니었다. 처부모 생일에도 당연히 관심을 가져야 된다는 것이었다.

나는 섭섭한 심경을 그대로 드러냈다.

"무슨 사람이 그래요? 친정아버지가 계신 것도 아니고, 겨우 엄마뿐인데 동생 결혼기념일까지 챙기면서 장모 생일은 묻지도 않아요? 그래서 사위는 백년손님이라고 하는 거야."

그렇게 타박을 듣고도 남편은 몇 년 동안 변화가 없었다. 그의 마음 가운데 본가는 자기 집이고, 처가는 아내 집이라는 생각이 지배한 것 같았다. 그대로 두면 평생 처가 행사는 외면할 것 같아서 불편한 심경을 드러냈다.

"오늘이 무슨 날인 줄 알아요? 광주 엄마 생일이야! 음력으로 2월 17일이 엄마 생일이니까 잘 기억해둬. 결혼 전부터 약속한 거 잊었어요? 친정에는 당신이 하고 시가에는 내가 하자고 했잖아요. 자기 부모는 다달이 생활비 드리면서 장모한텐 생일 용돈도 없는 사위 백 개 있으면 뭐해. 앞으로 엄마 생일 안 챙기면 당신 부모 생일도 얄짤없을 줄 알아!"

그 뒤부터 남편은 군소리 없이 친정엄마 생일을 챙겨주었다. 치사한 것 같지만 때로는 엎드려 절 받기도 필요하다는 것이다. 단, 위 경우처럼 공격적인 말은 삼가야 한다.


## 전업주부의 역할

전업주부는 엄연한 직업이지만 우리나라에서는 인식이 매우 낮다. 전업주부 스스로도 자신의 역할을 망각하는 일이 많다. 건강한 전업주부가 바깥일 하는 배우자에게 집안일을 강요하는 게 옳은 것일까? 가사가 무조건 주부 몫이라는 것은 아니다. 전업주부에게도 일손이 필요할 때가 있다. 일의 양이 많거나 혼자 힘으로 해결하기 어렵거나 몸이 아프거나 아이가 어릴 때는 당연히 도움이 필요하다. 그러나 일의 정도가 가볍고 시간이 충분한데 일손을 바라는 것은 바람직하지 않다. 전업주부는 일종의 직업이며 맞벌이 부부와 다르다는 것을 스스로 인정해야 한다. '내가 월급 받고 일해?' 그런 생각은 옳지 않다.

전업주부에 대한 가족의 인식도 바뀌어야 한다. 배우자가 전업주부라도 부려먹거나 명령조의 말은 삼가야 한다. '물 좀 줘, 구두 좀 닦아.' 그런 언행을 해서는 안 된다. 노년층에서는 남자가 여자 부리는 것을 당연시하는 경향이 있는데 크든 작든 부리는 태도는 지양해야 된다.


## 건전한 소비문화의 생활화

낭비벽은 써야 할 곳과 쓰지 말아야 할 곳을 구별하지 못한 데서 발생한다. 굳이 근원을 따지면 성장 과정에서 부모 허영이 작용했거나 부족한 환경에서 생성된 콤플렉스일 수 있다. 풍요로운 성장 과정에서 낭비가 몸에 배었거나, 외모건 물질이건 상대적 빈곤으로 인한 콤플렉스가 원인일 수 있다는 말이다.

낭비벽은 이혼 사유의 상당 부분을 차지하는데 남성보다는 여성이 심하다. 특히 옷, 가방류 패션에 민감한 편이다. 패션의 아이콘인 파리에 신제품이 나오면 다음 날 서울에 유행된다는 말이 있을 정도다. 과장된 표현이긴 하지만 패션에 관심이 있거나 해외 생활을 해봤다면 그 의미를 이해할 것이다.

1985년, 2년 만에 방콕에서 돌아왔을 때였다. 한국을 떠난 2년 전과 너무 달라진 것에 깜짝 놀랐다. 수준이 낮은 나라에서 살다 온 탓이려니 했었다. 그러나 그게 아니었다.

1994년, 미국 생활 4년을 마치고 돌아왔을 때도 사정은 다르지 않았다. 공항에서 마주한 여자들 차림새가 생소하다 못해 충격적이었다. 하나같이 허리가 잘록한 옷에 백팩을 메고 입술은 와인색으로 통일되어 있었다. 마치 크고 작은 아바타가 몰려다니는 것 같았다.

그렇게까지 유행에 민감한 이유는 무엇일까! 남의 눈을 의식한, 상대적 빈곤을 탈피하려는 심리에서 비롯된다. 유행에 뒤지면 소외된 것 같아서, 없어 보이면 무시 당하니까 있어 보이고 싶어서, 즉 보여주고 싶은 심리의 발로다. 거기에는 사회적 책임을 무시할 수 없다. 명품을 모르면 무식쟁이 취급하고, 어떤 차를 타고 어떤 옷을 입느냐에 따라 대우가 달라지곤 한다.

나도 그런 경험을 한 적이 있다. 서랍장 하나 살까 말까 고민

하던 중 취향에 맞는 가구를 발견하고 가게에 들어갔다. 왠지 그 가구가 외제 같아서 조금 촌스럽게 물었다.

"이거 우리나라 건가요, 수입품인가요?"

순간 다가오던 남자가 표정을 바꾸며 휙 돌아섰다. 멸시가 담긴 그의 표정에서 그의 마음을 읽게 되었고, 그 가구가 비싼 외제브랜드란 것을 직감했다.

'브랜드도 모르는 촌닭! 능력도 안 된 주제에 왜 들어와? 촌것 상대해 봤자 시간 낭비지.'

남자는 보나 마나 그런 생각을 했을 것이다. 나는 남자의 멸시에 마음 상하기보다 되레 그가 측은하게 느껴졌다.

그러나 그와 같은 상황을 만나면 명품을 사야 할 사유를 끌어내는 게 보편적 심리다. 그러다 명품 하나 갖게 되면 자만감이 생기고 흘깃거리는 시선에 우쭐하여 명품에 집착하게 되는 것이다. 더러는 무리하게 카드를 긁고 대출을 받는 등 가정경제를 위협하기도 한다. 그 몫은 고스란히 배우자에게 돌아가게 되고 이혼에 이를 수도 있다.

낭비벽이 이혼에 큰 영향을 미친다는 것은, 소비 패턴 자체가 고치기 어려운 습성임을 보여주는 것으로, 큰돈도 필요한 것에는 쓰고 작은 돈도 아낄 것은 아껴야 된다는 지혜가 부족한 탓이다. 이유는 자신이 하고 싶은 것을 필요한 것으로 여기는 심리 때문이다. 그런 심리적 요인만 배제하면 써야 할 곳과 쓰지 말아야 할 곳을 구별하는 게 딱히 어렵지 않다. 없어도 위협을 받지 않는 것은 쓰지 않아도 된다는 말이 된다. 예를 들어 한 계절에 옷 두세 벌만 있으면 그 이상은 사지 않아도 큰 불편이 없다는 것이다. 역설적인 표현 같지만 엄격히 따지면 그렇다.

그러나 우리나라 소비 성향은 지나친 면이 있다. 그 유래는 지하경제에서 비롯되었을 것으로 생각한다. 노동의 대가가 아닌 불로소득이 소비를 부추겼다는 말이다. 실제로 금융실명제를 도입한 1993년 이전 지하경제는 상상을 벗어났다. 무질서한 상거래와 뇌물이 판을 치고, 아파트 하나 분양 받으면 떼돈을 벌 수 있는 시절이었으니, 쉽게 축적한 재산이 중산층까지 점령하면서 낭비로 이어졌던 것이다. 실제로 당시 허영과 사치는 도를 넘었다. '졸부'라는 말이 자연스럽게 등장했고 일부 전업주부들마저 덩달아 춤을 췄다. 하는 일 없이 가사도우미를 쓰고, 피부 마사지를 하고, 명동에 나가 머리 손질을 하고, 명품을 사 나르고, 놀러 다니기 위해 자가용을 굴리고, 무분별한 소비가 난무했다.

주변에도 그런 여자가 있었다. 외식을 집밥 먹듯 했고 집에서 밥을 먹을 때는 도우미가 만든 반찬을 꺼내 먹는 정도였다. 여자가 하는 일이라곤 몸치장하고 놀러 다니는 게 거의 다였다. 아이들에게도 외제 브랜드 음식 먹이는 걸 수준인 양 여겼고, 유명

브랜드 옷 입히는 걸 사랑의 정도가 큰 것처럼 말했다. 누군가 그녀의 사치스러운 양육방법이 범죄의 표적이 될 수 있다고 지적하자 당치 않다며 열을 올렸다.

여자는 15년간 시부모 유산으로 잘 쓰고 살다가 남편이 사업에 실패하자 부부 사이가 벌어졌다. 사치와 허영으로 키운 딸도 현실에 적응하지 못했다. 아이는 가출을 반복하다 고등학교를 졸업하고 취업했지만 명품을 사는 데 월급을 다 소비했다. 부모의 낭비벽이 자식에게 영향을 미친 것으로 낭비가 습관화되면 유사시 적응이 어렵다는 것을 보여주고 있다.

최근에는 SNS로 인한 소비 부축이 많아졌다. 일부 명품 소재를 다루는 유튜브 채널은 지나친 면이 있다. 언젠가 '가벼운 가방'을 검색하다가 알고리즘으로 올라온 명품 가방까지 보게 되었는데 한 여성 유튜버가 명품 자랑에 거품을 물고 있었다. 여남은 개의 고가 명품 가방을 늘어놓고 구매만 하면 값이 오른다며 부추기는 것이었다. 그녀가 보여준 핸드백 일부만도 1억 원이 넘는 가격이었다. 믿기 어려운 그 일이 사실이란 것은 '명품 핸드백' 검색으로 확인할 수 있을 것이다. 더 한심한 것은 부모까지 명품 자랑에 열을 올리는 것이었다. 그 채널 구독자가 130만 명 정도였고, 구독자들 반응이 뜨거운 걸로 보아 그녀가 받는 광고 수입만도 엄청날 것으로 보였다. 그녀가 명품 자랑을 할 때마다 구독자와 광고 수입이 늘어날 것이니 그녀는 침을 튀겨가며 광고에 열중하겠지만 얼마나 많은 사람이 상대적 빈곤을 느낄지 걱정되었다. 물론 위 여자와 같은 명품 중독자는 소수에 불과할 것이다. 그러나 명품 가방 하나쯤 있어야 무시 당하지 않는다는 말이 많은 걸 보면 상대적 빈곤율이 높다는 것을 알 수 있다.

사치, 허영, 낭비는 여성에게 도드라진 현상이지만 남성의 경우 단위가 훨씬 크다. 자동차나 기계류를 광적으로 바꾸는 사람이 그에 속하고 형편에 맞지 않게 골프나 술자리를 갖는 것도 그렇다.

나쁘지 않은 소비에 대해서도 말해 보겠다. 뭔가 없어도 생활에 지장은 없지만 있어서 유용하게 쓰는 것들이 있다. 1997년, 헌 원피스를 물려받아 수선하는 데 7만 원을 쓴 적이 있다. 그 말을 들은 친구가 헌 옷에 그 돈을 쓰느니 새 걸 사는 게 낫겠다고 말했다. 일반적인 반응일 것이다. 그러나 그 옷은 소재가 고급스럽고 디자인도 내 취향에 잘 맞는 맞춤옷이었다. 가격도 시중 가격으로 볼 때 백만 원가량의 가치가 있었다. 흠이라면 사이즈가 너무 커서 수선했던 것인데 16년이 지난 지금도 격이 필요한 자리에 잘 입고 다닌다. 수선비 7만 원은 적은 금액이 아니고 쓰지 않아도 될 것에 속하지만 오랫동안 잘 활용할 수 있다면 나쁘지 않다는 개인적 생각이다.

# 술 취하지 말라

우리나라 술 문화는 근본적으로 잘못되었다고 생각한다. 좋아서 한 잔, 슬퍼서 한 잔, 짜증 나서 한 잔, 툭하면 구실을 만들어 술타령을 한다. 술 한잔하자는 말이 일상화되어 있고, 일단 시작하면 끝날 줄을 모른다. 술이 떨어지면 당연히 더 시키고, 딱 한 잔만 더하자며 또 시키고, 마지막 한 방울까지 털어 마시고, 또 술을 시킨다. 지위 고하를 막론하고 그와 비슷하다는 건 오랫동안 지인들을 지켜보면서 알게 된 사실이다. 문제는 내가 성년이 된 이래 50년이 지난 지금도 크게 변함없다는 것이다. 우리 아이들 세상은 다를 것으로 기대했는데 아직도 큰 변화가 없는 것은 애석한 일이다.

그에 반해 서양인들 술 문화는 매우 건전하다. 사람 사는 세상은 어디나 지나친 풍경이 있게 마련이지만 기혼자가 퇴근 후 술자리 찾는 일이 많지 않고 있더라도 가볍게 마시고 귀가해 가족과 저녁을 먹는 게 일반적이다. 휴일도 가족과 보내는 것을 당연히 여기고, 그런 준비 없이는 결혼하지 않는다는 사고가 우세하다.

술에 관한 한 남자에게 특히 관대한 것도 특별한 문화다. 술이 사회생활에 유익한 것으로 여기고 술을 마실 줄 알아야 사회생활에 유리하다는 생각도 우세하다. 실제로 술을 이용해 로비를 하고 술이 들어가면 안 될 것 같은 일이 성사되기도 한다. 술이 센 사람을 영웅시하는 것도 독특한 문화다. 많이 마시는 것을 자랑삼아 떠벌이고 술에 약한 사람은 센 사람을 부러워한다.

법정에서도 취중 실수는 너그러운 편이다. 그래서인지 그걸 악용하는 일이 많다. 종종 매스컴을 통해 취중 성범죄 사건을 접하게 되는데 눈 뜨고 볼 수 없는 사건이 많다. 전혀 그럴 것 같지 않은 유명인사가 연루된 일도 있고, 성범죄에 연루되어 사회에서 매장되거나 스스로 목숨을 끊는 일도 있다. 그 외에도 여러 상황을 접하게 되는데 특히 남녀가 취해서 벌어진 사건을 보면 언짢다 못 해 화가 난다. 성범죄는 중범죄임이 분명하고, 엄격히 다스려야 된다는 것에는 이견이 없으나, 누구라도 피해자가 될 수 있다는 사실을 망각하고 방심한 것에는 늘 아쉬움이 남는다. 만취 상태에서 방어 기회를 놓쳐 범죄에 노출되어서는 안 된다는 말이다.


남성의 전유물로 여겨온 술이 여성 사회를 지배한 것은 오래되지 않았다. 1970년대에 조금씩 분위기를 이끌어온 것으로 기억되는데, 디스코텍과 생맥주 홀이 우후죽순 생겨나고, 남녀가 한데 어울려 한두 잔 마시는 장면이 드라마에 등장하곤 했었다. 그러는 중에도 여자가 술 마신다는 것을 스스로 드러낼 분위기는 아니었다. 몰래몰래 끼리끼리 마시는 추세였고, 가족에게까지 시치미 뗐을 정도였다.

지금은 '그때가 언제였나!' 싶을 만큼 달라졌다. 3차까지 다니면서 마시고 자랑스럽게 SNS에 올리는 것도 낯선 일은 아니다. 세상은 그토록 변했지만 보는 시각은 아직도 보수적이다. 남자가 술에 취해 새벽에 들어오면 그러려니 하고 여자에게는 '여자가 돼 갖고, 여자가 어디서, 세상이 암만 변해도 여자는 여자!' 이런 비난이 쏟아진다. 남자는 바깥사람, 여자는 안사람이라는 사상이 우세하다는 것을 의미한다. 여자의 무방비한 행위를 방관하라는 것은 아니다. 남자는 되고 여자는 안 된다는 사고방식이 잘못되었다는 것이다. 내가 할 수 있는 것은 상대도 할 수 있고 상대의 행위가 못마땅하면 나도 하지 않아야 한다. 단, 여자든 남자든 술자리를 자주 갖거나 지나친 낭비는 바람직하지 않다.

## 전업주부도 자신을 대접할 줄 알아야 한다

전업주부는 일종의 직업이지만 경제활동 인구에 포함되지 않는다. 그러다 보니 '벌지도 못한 주제에!' 하면서 하고 싶은 것을 포기하는 일이 많고 그 현상은 연령대가 높을수록 심하다.

그러나 경제활동과 상관없이 자신을 위한 투자는 필요하다. 보통 가정의 수준이면 가족의 소비를 줄이는 것으로 가능하다. 매년 남편에게 옷을 해준다면 부부가 같이 중저가의 옷을 사고 아이들이 몇 가지 취미활동(필요 이상의 취미활동을 시키는 현실이니)을 하고 있다면 한 가지 줄이면 된다. 특히 시가에 생활비를 대고 있다면 그에 대한 10퍼센트라도 할애하기 바란다. 이기적인 발상 같지만 거시적으로 보면 생산적이다. 남편이 사업에 실패했다고 치자. 써보지도 못하고 잃은 게 얼마나 억울하겠는가! 배우자가 외도를 하고 여자에게 선물을 해줬다고 치자. 그야말로 억울하고 분해서 펄쩍펄쩍 뛰게 될 것이다. '나는 뼈 빠지게 일만 하고 옷 한 벌도 못 사 입었는데 여자한테 돈을 써?' 그런 생각이 들지 않겠는가! 희생적으로 살아온 사람일수록 말년에 더 억울해하더라는 것이다. 근근이 살아가는 형편이라면 이런 말조차 호사스럽게 들리겠지만 조금이라도 조건이 될 때 주저하지 말라는 말이다.

자신을 대접하는 부모가 자식에게 대접받는다는 것을 기억하자. 부모 스스로 대접한 것을 보고 자란 자식은 부모가 마땅히 대접받아야 할 사람으로 여기고 대접하게 되어 있다. 대접받기 위해 자식 키우냐고 반문하겠지만 그런 사람도 훗날 서운해하고 후회하는 것을 봐왔기에 하는 말이다. 그러므로 가족이 알아주길 바라지 말고 스스로 대접하는 삶을 살아야 한다. 자식보다 자신에게 큰 비중을 두라는 것은 아니다.

어느 날 아침방송을 보면서 혀를 찬 적이 있다. 자신을 1순위로 생각한다는 여자가 너무나 자랑스럽게 경험담을 늘어놓았다. 혼자 가족들 몰래 수박을 먹고 있는데 애들 돌아올 시간이 되자 수박 한 통을 얼른 먹어 치웠다는 것이었다. 간혹 음식 맛에 빠져 생각 없이 다 먹어버렸다는 말은 들어봤어도 자식 몰래 다 먹었단 말은 처음이었다. 여자는 또 찬밥이 있으면 아이들 주고, 자신은 따뜻한 밥을 먹는다면서 세 가지 이유를 들었다.

'내가 건강해야 한다.' '아이들은 살아갈 날이 많다.' ' 아이들은 찬밥을 모른다.'

여자는 자신의 행위를 정당화하는 데 열을 올렸지만 이해할 수 없는 것들이었다. 배를 곯아 쓰러지는 한이 있더라도 자식부터 챙기는 게 부모가 아닐까! 부모는 자식들 가슴에 희생의 숨결이 느껴질 수 있어야 부모다운 부모인 것이다.

아이들은 살아갈 날이 많다는 것도 그렇다. 살아갈 날이 많다지만 아웅다웅 같이 살날이 많은 것은 아니다. 분가하여 부모를 떠나는 것은 자연스러운 일이지만 뜻하지 않게 부모를 앞서갈 수도 있는 것이다. 그런 일을 생각하면 어찌 꾸역꾸역 자기 입에

만 넣을 수 있을까! '부모' 하면 사랑과 희생이 각인된 탓인지 여자의 말은 부모 됨을 포기한 것처럼 들렸다. 음식만큼은 자식 입에 먼저 넣어주는 게 부모 마음이란 것은 내 부모로부터 눈이 아리도록 보아온 까닭이다.

위 여자는 자기 위주의 이기적인 부모인 것은 분명하지만 그 속에도 교훈은 있다. 자신을 대접할 줄 알아야 스스로 행복하다는 것이다. 몸이 부실하면 체력단련도 하고, 영양제라도 먹는 습관을 들이자. 건강을 잃으면 삶이 짜증스럽고 가족까지 불편할 수 있으므로 가족을 위해서라도 자신을 대접할 줄 알아야 한다.


## 가사노동을 인정한다


내게 직업선택의 기회가 주어진다면 전업주부는 사양하겠다. 가사노동은 한계가 없고 흔적이 드러나지 않아서다. 일의 종류도 종잡을 수 없고, 일하는 시간도 일정하지 않다. 밤늦은 시각에도 가족이 눈을 뜨고 있으면 임무 아닌 임무를 수행해야 되는 게 전업주부 아니던가! 가족이 수고를 알아주는 것도 아니다. 온종일 싱크대나 옷장을 정리했다 치자. 말하지 않으면 아무도 모른다. 설령 안다 해도 그 과정과 노고는 낱낱이 알지 못한다. 싱크대 속을 청소하려면 얼마나 많이 위아래를 오르내리며, 얼마나 많은 시간을 소모하는지, 보이지 않는 수고를 알 턱이 없다. 또 같은 일이라도 사람에 따라 시간과 노력이 다르다. 먼지만 쓸고 대강 정리하는 것과 세제를 써서 수차례 닦고 정리하는 것은 큰 차이가 있다.

최근 가사노동이 조명을 받게 된 것은 고무적인 일이다. 그렇더라도 아직은 갈 길이 멀다. 세상이 좋아져 여자들만 살판났다고 푸념하는 사람이 많은데 정말 여자들 세상이 되었을까! 그에 대한 판단은 가사분담에 동참한 맞벌이 부부가 잘 알 것이다. 스스로 체험하지 않으면 알 수 없는 것, 해도 해도 끝이 없고 티가 나지 않는 게 가사노동이다. 다만 눈에 보이지 않는 가사노동 가치가 어느 정도인지는 가사도우미 보수로 측정할 수 있다. 주부 대신 가사도우미를 쓴다고 가정해 보자. 만만한 액수가 아니다. 상주 도우미 비용은 말할 것도 없다. 웬만한 샐러리맨 수입을 초과할 큰 액수에 해당된다. 가사도우미 비용이 가사노동 가치의 증거자료가 된다는 말이다.

그러므로 가족들은 주부에게 감사의 마음을 갖고 표현할 줄 알아야 한다. 주부가 바라는 것은 꼭 크고 비싼 것이 아니다. 하찮은 것이라도 사랑이 담긴 것에 행복을 느끼고 자존감이 높아지게 된다. 생일 하루만이라도 일손을 놓게 하고 왕비처럼 모시고 다니거나, 오직 가족만의 솜씨로 식사를 마련해 대접하거나, 평소 갖고 싶어 한 것을 기억해 뒀다가 선물하는 건 어떨까? 여행을 좋아한다면 집을 떠나 자신만의 시간을 가질 수 있도록 배려하는 것도 좋은 일이다. 그때 주부는 자신의 노고와 존재가치를 인정해 주는 것에 펄쩍 뛰며 좋아할 것이다.

여행을 보냈다면 아내(남편)가 집을 비운 사이 어떻게 하면 좋을까?

평소 배우자가 해온 일을 체험해 봤으면 한다. 그리고 귀가하는 날 진정성 있게 맞아주길 바란다. 'Welcome back home! My lovely wife(husband)!' 이런 환영 문구까지 동원해 맞아주면 심신에 큰 에너지가 생성될 것이다. 그것은 가족의 행복으로 재생산되어 나머지 일 년이 더 행복할 것으로 믿는다.


## 배우자의 지적 재산권을 인정한다

지적 재산권에 대한 인지도는 선진화된 나라일수록 높다. 지적 재산권이 삶의 질과 연관된다는 말이 된다. 그러나 우리나라는 경제력과 소비 수준에 비해 인지도가 매우 낮은 편이다. 돈벌이가 되지 않으면 무조건 비하하는 것은 그에 대한 의식이 부족하다는 것을 의미할 것이다.

글을 쓰는 주부작가에 대해 생각해 보자. 대다수 작가는 열악한 환경에서 작업을 하고 있다. 주부 역할을 우선으로 여기는 사회구조에서 가사에 조금만 소홀하면 가족의 불만이 쏟아진다. 때때로 그것은 이혼 사유로 발전하게 되는데 작가의 이혼율이 높은 것도 그런 이유 중 하나다.

그러나 창작 활동은 맥을 이어가는 작업이다. 잘되면 되는 대로 맥을 놓지 않으려 기를 쓰고 맥이 끊기면 맥을 잇기 위해 안간힘을 쓴다. 쓰다가 중단하면 맥이 끊기고, 다시 맥을 잇기까지 시간이 필요한 것인 만큼, 맥이 끊기면 강도 높은 압박감에 시달리게 된다. 작가들이 산사에 칩거하거나 작업실을 두고 집필하는 것은 그런 압박에서 자유롭고 싶은 욕망이다.

애석하게도 주부작가는 그럴 여건이 되지 않는다. 글을 쓸 시간도 사색할 시간도 넉넉하지 않다. 가족들이 편의에 따라 움직여 주기를 바라는 까닭이다. 그들의 요구는 꼭 그 시각에 해야 될 일도 아니고 꼭 주부가 해야 될 일도 아니다. 해도 그만 안 해도 그만, 아무나 할 수 있는 일이 대부분이다. 후렴까지는 안 하는 게 좋으련만 글은 나중에 써도 된다는 말까지 곁들이기 예사다. 생업이 아닌 이상 여가에나 하는 것으로 여긴다는 것이다.

그러나 벌이가 시원찮은 일이라도 가치 없는 것으로 비하해선 안 된다. 오히려 매일 근무시간이 다른 직장인으로 인정하고 안정된 작업을 할 수 있도록 돕는 자세가 필요하다. 세상살이에 금전의 위력을 무시할 수 없겠지만 내적 가치 또한 중요하다는 것을 인식해야 한다.

## 부부싸움과 화해

결혼생활의 의미를 음미해 보자. 자유를 위해 혼자 사는 사람은 있지만 자유롭고 싶어서 결혼한 사람은 없다. 결혼은 구속이 따른다는 말이고 그 규율을 어기면 분란이 생긴다. 어느 한쪽이 가정을 등한시하면 다른 한쪽은 왜 결혼했냐며 따지고 당사자는 사회생활의 불가피성을 역설할 것이다. 그러다 보면 갈등의 폭이 커지고 다툼이 생긴다. 싸우면서 정들고 비 온 뒤 땅이 굳는다는 말도 있지만 싸움이 잦아도 문제, 관심이 없어도 문제다. 싸움은 잦은데 예방접종이나 한 것처럼 잘사는 부부가 있고, 하찮은 일로 이혼하는 부부도 있다. 매일 툭탁거리며 평생 사는 부부가 있는가 하면 한 번 싸움으로 파경을 맞기도 한다. 같은 강도의 싸움도 이겨낼 사람이 있고, 그러지 못한 사람이 있다는 말이다.

심지어 싸움 한 번 안 한 부부가 이혼하는 일도 있다. 겉으로는 평온해 보이지만 자칫 감정이 축적되면 폭발력이 커질 수 있다는 것을 의미한다. 무조건 감정을 억누르는 것이 꼭 좋지만은 않다는 것이다. 다른 각도로 말하면 예의를 지키면서 하는 싸움은 부부 사이가 돈독해질 가능성도 있다는 말이다.

《다시 당신을 사랑합니다》저자 안미경은 행복한 결혼생활을 위해서는 잘 싸우는 부부가 되어야 한다며 다섯 가지 원칙을 제시했다.

싸우더라도 각방은 쓰지 말자.
싸우더라도 가출이나 외박은 하지 말자.
싸우더라도 시댁이나 친정 식구 비난하지 말자.
싸우더라도 인격적인 모독은 하지 말자.
싸우더라도 욕이나 폭력은 쓰지 말자.

위 다섯 가지 기술을 발휘하면 부부싸움이 크게 번지지 않고 화해 속도도 빠를 것으로 확신하는데 하나 더 보태고 싶다. 싸우더라도 되도록 빨리 화해할 것을 권한다. 《성경》에도 해질 때까지 화를 품지 말라 했고, 세상 사람들도 부부싸움은 해를 넘기지 말라고 흔히 말한다. 그러나 사람에 따라 누그러지는 속도가 다르다. 느긋한 사람, 급한 사람, 각양각색이다. 그렇듯 성격의 급한 정도가 서로 다르면 급한 사람이 수양하는 마음으로 기다려 주기 바란다. 생각할 시간이 필요한 사람에게 화해를 강요하면 오히려 화를 돋우고 싸움이 연장될 수 있어서다. 단, 조금이라도 빨리 미안한 마음을 전하고 화가 가라앉은 뒤에 다시 사과하는 게 좋을 것 같다.

## 부부가 공동시간을 많이 갖고 사랑을 저축한다

2024년 1월에 발표한 우리나라 평균수명은 남성 86.3세, 여성 90.7세로 나타났다. 여성 평균수명 세계 1위라는 사실이 마냥 좋을 수만은 없는 현실이다. 위 통계와 별도로 사별한 여자의 평균수명이 길다는 것도 몇 년 전에 알려진 사실이다. 진화 생물학의 최고권위자 최재천 박사는 우리나라만 특별히 사별한 여자 수명이 더 길다는 말끝에 한마디 보탰다. 남자가 여자의 생명을 단축하는 요인이라는 농담이었다. 웃자고 한 말이지만 적어도 기성세대에겐 부인하기 어려운 말이다.

평균수명이 길다는 것은 부부가 같은 공간에 지낼 확률이 높다는 것과 같다. 사람에 따라 직장생활보다 길 수도 있는 퇴직 후 삶을 평안하게 보내려면 어떤 준비가 필요할까?

가장 큰 보험은 부부 공동 관심사를 높이는 것이다. 공동 관심사가 없으면 싸움이 잦고 이혼율도 높게 나타나는데 몇 년 사이 현직에서 물러난 노년층을 예로 들어보겠다. 그들 대부분은 남편이 경제활동에 종사했고 아내는 가사에 전념했다. 경제활동에 종사한 남편은 퇴근 후 술자리를 자주 가졌고 휴일에도 가족과 보내는 날이 많지 않았다. 많은 여성이 수십 년간 혼자 보냈다는 말이 된다. 혼자만의 시간에 익숙한 아내에게 남편의 퇴직은 큰 지각변동이 아닐 수 없다. 그런 상황에서 남편이 잔소리나 간섭을 일삼으면 분쟁이 일 수밖에 없다. 구속받는다고 생각한 아내의 불만과 경제력이 없어지자 한대한다는 남편의 불만이 충돌한다는 것이다. 그 전쟁은 아내의 일방적 승리로 끝나기 일쑤다. 남편이 불만을 드러내면 낼수록 아내는 할 말이 많아지게 되어 있다.

'당신이 돈 벌어온 거 말고 한 게 뭐 있어? 아이 밥 한 끼 먹여준 적이 있어, 놀아준 적이 있어? 돈만 갖다 주면 애는 거저 크는 줄 알았겠지만 다 내 힘으로 키웠어. 당신이 벌어온 거 공짜로 먹고 산 거 같아? 남 있는 귀 있으니까 가정부 월급이 얼만지 들어봤을 거 아냐. 내가 알뜰하게 살림 안 했으면 이렇게나마 살 수 있을 것 같아? 나도 뼈 빠지게 일만 해서 남은 건 골병뿐이니까 입 다물고 조용히 살아. 그 잘난 돈 좀 번답시고 얼마나 유세했는지 기억 못 해? 그뿐이야? 집안일 좀 부탁하면 쉬고 싶다고 눈 부라렸잖아. 나도 이제 편히 살고 싶으니까 눈앞에 얼쩡거리지 말고 제발 나가 놀아. 싫으면 이혼을 하던가! 이 나이에 무서울 게 뭐 있어. 잔소리 듣고 사느니 혼자 사는 게 백 번 나아.'

아내가 소설처럼 묵은 감정을 풀어대면 남편은 이겨낼 재간이 없다. 말 한 번 잘못 꺼내 묵사발 되는 걸 어쩌겠나! 외도라도 해서 상처준 일이 있다면 공격의 강도는 더 심할 것이다.

아내는 그렇다 치자. 더 견딜 수 없는 건 아이들이다. 아빠 얼굴도 못 본 날이 많았던 아이들이 아빠 편에 설 리가 없다. 자격없는 아빠라며 홀대하면 해명거리는 없고 분노와 소외감만 깊어질 것이다. 서글프고 처량하여 눈물을 펑펑 쏟을지도 모른다.

그러나 젊은 날에 여죄가 많았던 것을! 아내가 밉고, 자신의 처지가 처량하여 독립이라도 하고 싶지만 형편이 따라주지 않는다. 재산이라곤 집 한 채뿐이고 해준 대로 먹고 살아왔으니 전기밥솥에 밥하는 것 말고 할 수 있는 것도 없다. 경제적 여유가 있으면 고급 레스토랑에서 여유를 즐기며 살 것 같은데 그럴 수도 없다. 매번 값싼 국물류로 때우는 것도 지겨운 일이다. 시간이 흘러 김치찌개 정도는 할 수 있게 되고 즉석식품이 널려 있다지만 아내 손맛에 길들여진 입맛을 다스리기가 쉬운 일은 아니다. 그래서 집밥 노래를 부르는데 아내는 갈수록 부엌일이 싫다며 투정을 부린다. 끼니때가 되어 밥 타령이라도 하면 총알 같은 핀잔이 날아든다.

'내가 무슨 종이야? 알아서 먹어야지 손이 없어, 발이 없어? 남들 하는 것도 못 하면 사람이야, 송장이야? 누군 해준 밥 좋은 거 모른 줄 알아? 내가 몇십 년 밥 해줬으니까 나도 당신 밥 좀 먹어 보자. 제발 밥 좀 해줘 봐.'

아내가 야속하게 쏘아대면 눈치부터 살필 것이다. 젊은 날의 패기는 어디로 갔는지 의욕도 없고 문밖출입도 싫다. 오직 기댈 것은 아내밖에 없어서 아내를 졸졸 따라다니는데 아내가 화장이라도 하면 남자가 생긴 건 아닌지 의심이 들기도 한다. '저 나이에 무슨!' 하다가도 간혹 그런 생각이 드는 건 어쩔 수가 없다. 불안하고 궁금하여 수십 번 망설이다 어디 가냐고 물으면 아내는 톡 쏘아붙인다. 환갑 진갑 지난 판국에 일일이 보고를 해야겠느냐, 언제부터 여편네 일에 관심이 많아졌느냐, 눈까지 흘기며 소리를 질러대니 멍하니 쳐다보는 것으로 서운함을 달래기 일쑤다. 아내의 심정을 알 법도 한데 외출 기미가 보이면 여전히 똑같은 질문을 하는 것도 초라하기 짝이 없다. 젊어서는 업무보고라도 하는 것처럼 순종적이던 아내가 변한 것에 새옹지마를 느낄 것이다.

젊은 날의 영상만 그림처럼 떠오를 뿐 갑과 을의 위치가 소리 없이 바뀐 것을 어쩐단 말인가! 외출하는 아내 뒷모습만 처절한 눈빛으로 바라보게 될 줄이야! 아내 꽁무니가 사라진 순간부터 목을 빼고 아내를 기다리는 심정이라니! 어떻게든 아내에게 잘 보이고 싶어서 설거지라도 하다가 그릇을 파삭 깼다면 어떤 말이 들려올까? 쓸데없는 짓 해서 생돈을 죽였다느니, 할 줄 아는 것이라곤 없다느니, 심하게는 귀신은 뭐 먹고 사는지 모르겠다는 폭언이 날아들 수도 있다. 아내에게는 입에 붙은 투정일지언정 남편에게는 죽기를 바라는 말로 들릴 것이다. 담배라도 피운다면 구박은 더 심할 수밖에 없다. 냄새에 민감한 반응을 보이는 것은 물론이고 벌지 못하면 쓰는 것이나 아끼라며 눈치를 줄 것이다. 거기에는 3자 입장에서도 크게 동감이다. 타인에게 피해 주고 건강까지 해치는 것에 소비하는 것은 낭비라는 생각이 드는 건 어쩔 수가 없다.

작금의 현실이 노년층 남성에겐 기가 막히고 화가 날 것이다. 남편을 하늘처럼 여겨온 부모 밑에서 남성의 권리로 믿고 살아온 많은 것들이 남녀평등이라는 미명 아래 거품처럼 사라졌으니 혼이 빠질 수밖에 없는 일이다. '졸혼'이란 괴물까지 등장하여 국어

사전을 장식하더니 코앞까지 압박해 오는 것도 기가 막힐 일이다. 빼앗긴 권리를 돌려주지 않으면 홀로서겠다는 아내, 호적정리는 아니더라도 속박만은 벗어나고 싶다는 아내에게 꼬리 내리고 사정하는 꼴이 되고 만 것이다. 구속 같은 건 하지 않을 테니 이혼이네 졸혼이네 망측스러운 말을 거두고 남처럼 살아도 좋으니 한 지붕 아래 있어만 달라고 사정하는 남성이 한두 명이랴!

웃어넘길 수 없는 것은 남처럼 지내는 부부가 적지 않다는 것이다. 아내 곁을 맴도는 남편에게 속박을 느끼는 아내가 많고 젊은 날의 앙금으로 각방 쓰는 부부가 많다는 것도 노년층 딜레마를 대변하고 있다. 소설도 코미디도 아닌 일이 수시로 벌어지는 것은 슬픈 현실이 아닐 수 없다.

주변에도 그런 사람이 있다. 남자는 젊어서 아내를 업신여기고 외도를 즐겼다. 그러나 사업에 실패하자 불러주는 사람도 갈곳도 없어졌다. 오직 아내 곁을 맴도는 백수가 되고 만 것이다. 아내가 외출할 기미를 보이면 언제 들어오냐는 질문부터 하고 외출을 하고 나면 수없이 전화를 해댔다. 그러고는 기다리다 못해 지하철역에서 어슬렁거렸다. 그럴 때마다 아내는 눈을 치켜뜨고 쓴소리를 뱉었다.

"잘난 돈 좀 벌 때는 사사건건 타박하고 죽기를 바라더니 끈 떨어지니까 치마폭을 잡아? 당신이 해준 게 뭔데? 밥 세 끼 먹여준 것밖에 더 있어? 그렇다고 공밥도 아니었고 지극정성으로 당신 해 먹였어. 그 정성으로 돈벌이를 했으면 집 한 채 너끈히 사고 남았을 거야. 꼴도 보기 싫으니까 젊어서 몸 바친 여자들한 테 가봐. 지금도 그 생각만 하면 치가 떨려."

남자는 순종적이었던 아내가 변한 것에 너무 놀랐다. 아내에 게 기세를 놓칠세라 소리를 높여봤지만 그럴수록 손해였다. 싸움이라도 나면 밥도 주지 않고 아침에 나가 저녁때 들어오는 것이었다. 그렇다고 스스로 할 수 있는 요리도 없었다. 몸은 움직이기 싫고 때가 되면 속절없이 배가 고팠다. 찬밥이라도 있으면 먹고 없으면 냉장고에서 대강 꺼내 먹었다. 그러나 따뜻한 밥과 국물에 인이 박혀 모래알처럼 입안에서 겉돌았다. 옷을 자주 갈아입는 것도 아내는 싫어했다. 물이며 세제는 거저 나오냐며 핀잔을 주는 것이었다. 남자는 아내를 건드리지 않으려고 되도록 오래 입었다. 목욕을 해도 금방 냄새가 배어들었다. 아내의 구박은 날이 갈수록 심해졌다. 노숙자 같다느니, 돈도 못 번 주제에 밥만 축낸다느니, 별의별 말로 자존심을 건드렸다. 자식들도 엄마가 한마디 하면 두세 마디 역성을 들었다.

이렇듯 일부 노년층 삶이 전쟁으로 변한 이유는 무엇일까? 가정마다 사연이 있겠지만 대개는 가정을 등한시한 남편의 전력 때문이다. 인생의 동반자로 여기고 사랑했어야 할 아내를 방심하거나 무시한 대가가 부메랑으로 돌아온 것이다. 그러므로 평온한 노후를 보내고 싶다면 평소 아내를 사랑하고 함께하는 시간을 많이 가져야 한다. 함께 시간을 갖되 귀찮은 존재가 되어서는 안 된다.

언젠가 TV를 보면서 키득키득 웃었다. 미국에 사는 한국인 부부 일상을 보여주는 것이었는데, 남자가 퇴직하고부터 부인을 졸졸 따라다닌다는 것이었다. 심지어 자수 교습소까지 따라가는 걸 보면서 노후에 남자가 의지할 것은 아내뿐이라는 생각이 들었다.

부부가 시간을 함께 보내는 것으로 공동 취미생활을 추천하고 싶다. 스포츠, 등산, 독서, 영화, 작품활동 등 공동 취미생활을 하면 대화가 자연스럽고 부부 사이도 돈독해질 수 있다.

노년층에 들어선 지인 중에 젊은 시절에 맞벌이한 부부가 있다. 그들의 젊은 시절은 역동적이었다. 평일에도 새벽에 일어나 테니스를 하고 출근했을 정도였다. 대화도 스포츠에 관한 것이 많았고, TV에서 테니스 게임이 방영되면 이견 없이 그 채널을 보고, 좋아하는 선수를 응원하며 시간을 보냈다. 연휴에도 테니스를 하고 휴가철에는 마음이 통하는 동호인들과 테니스 여행을 떠났다. 시설이 있는 숙소에서 스포츠를 즐기고 맛집을 찾아다니는 여행이었다. 그들은 운동에 빠져 싸울 틈이 없었고, 싸우더라도 테니스 욕심에 말을 하게 되고 금방 화해가 이뤄졌다. 지금은 나이가 많아져 골프와 수영으로 취미를 돌렸고 여전히 행복한 삶을 이어가고 있다. 공동 취미생활은 노후 삶에 든든한 자산이 될 수 있다는 것이다.

## 남자도 몇 가지 요리법을 익힌다

몇 년 전에 퇴직한 귀촌 동기는 퇴직 전에 아내와 약속을 했다. 30년 넘게 아내가 해준 밥을 먹었으니 퇴직하면 스스로 식사 당번을 하겠다는 것이었다. 그는 TV 요리 채널과 인터넷에서 요리를 배웠고 지금은 그 약속을 잘 지키고 있다. 그뿐 아니다. 일년에 한두 번 아내에게 목돈을 건네주며 그동안의 노고에 감사를 표한다.

혹자의 퇴직 후 삶을 보면 양지가 음지 되고 음지가 양지 된다는 말을 떠올리게 되는데, 그들 부부는 더위에 그늘을 찾아주고 추위에 군불을 지펴주는 푸근한 관계의 부부로 느껴졌다. 여자의 지나온 삶에 보답할 줄 아는 남자의 노후가 평온하다는 것을 확인해준 셈이다.

# 바람직한 맞벌이 부부

맞벌이 부부 증가는 여성의 경제활동이 본격화되고 남녀평등 사회가 어느 정도 실현되었다는 것으로 볼 수 있다. 그러나 외벌이에서 맞벌이로의 변화는 또 다른 전후세대(前後世代) 갈등과 부부갈등을 일으킬 소지가 있다. 그 이유는 부모에게 학습된 관습의 결과가 큰 몫을 차지한다.

내가 사회에 진출한 1970년대는 여성의 사회활동에 제약이 많았다. 기혼여성의 직업선택 기회는 거의 절벽이었고 직장여성의 고충도 심했다. 직장내 성차별은 차치하고라도 가족들 배려도 부족했다. 가족들은 여자가 직장인이라는 것을 알면서도 그들에게 가사분담을 요청하면 불만을 토했다. 일 때려치우고 살림 제대로 하라는 면박을 일삼았고, 아내의 수입을 바라는 남편도 〈너 좋아서 하는 일〉로 합리화하기 일쑤였다. 그런 부모 밑에 자란 자녀가 맞벌이 시대를 잘 살아가려면 어떤 자세가 필요할지 보고 듣고 느낀 것을 솔직하게 정리해 보았다.

# 합리적인 가사분담

우리나라 맞벌이 부부 가사분담은 남자보다 여자가 훨씬 높다. 남자의 부엌 출입을 꺼려온 부모세대 의식이 자식에게 영향을 미친 것으로 맞벌이 시대에 대비한 교육이 미비했다는 것을 뜻한다. 그러나 맞벌이가 보편화된 세상을 살아가려면 받아들여야 할 것과 버려야 할 것이 있다.

먼저 남자 일과 여자 일을 구별해서는 안 된다. 전업주부 가사전담이 당연한 것이라면 맞벌이 부부에게 가사는 두 사람 몫이라는 의식이 필요하다. 아내가 남편을 돕고, 남편이 아내를 돕는다는 개념이 아니라, 우리 일이라는 자세로 임해야 한다.

가사분담이 효율적으로 이뤄지지 않는 것은 한국만의 문제는 아니다. 미국 주부의 가사분담률이 75%에 이른다는 통계는 매우 놀라운 일이었다. 미국 남자의 가사분담률이 25%에 불과하다는 것인데 잘못된 정보가 아닌지 의심스러울 정도였다. 몇 년 간 그들을 직접 지켜본 것과 달라 보인 탓이었다. 그나마 예전보다 나아졌다는 말은 더 놀라웠다. 남녀평등 사상이 잘 정착되었다는 미국 실정이 그럴진대 우리나라는 말할 여지가 없다.

맞벌이 부부에게 가사는 의무와 권리가 동등하게 주어져야 한다. 어느 한쪽이 가사분담을 더 많이 해야 된다면 직장 근무시간 비중과 신체조건을 고려하여 분배하는 게 합리적이다.

그러나 가사분담이 잘 이뤄지는 가정이라도 부모의 시각차로 인한 불화가 따를 수 있다. 가사를 여자 몫으로 여겨온 시부모가 며느리에게 가사전담을 강요하면 며느리 반발에 부딪힐 게 뻔하다.

'저는 어머님과 달라요. 어머님은 아버님이 벌어오신 것으로 살림만 하셨지만 저는 같이 버는데 왜 저만 일해요? 저도 꿈이 있는데 남편 밥해주려고 결혼한 거 아니잖아요. 저는 남편 밥해주는 것보다 제 커리어(carrer)가 더 중요해요. 어머님도 세상이 변했다는 걸 아셔야죠. 요즘 세상에 남자 여자가 어딨어요?'

인용한 며느리 말이 심해 보이지만 그 정도 대꾸는 쉽게 들을 수 있는 말이다. 맞벌이 시대 전환기에 흔히 일어나는 줄다리기 현상으로 종종 친정엄마까지 개입해 갈등이 확대되는 일도 있다. 그러한 갈등을 예방하기 위해서는 가부장적 사고 청산이 우선되어야 하고, 아들 가진 부모의 의식변화가 더 우선되어야 한다.

몇 년 전, 지인들과 맞벌이에 대한 말을 한 적이 있다. 당시 현직에 계신 분들이라 그들 사고가 진취적일 것으로 믿었는데 예상과 달리 비판적이었다. 자신들은 맞벌이하면서 가사를 전담했는데 젊은이들은 남편을 너무 부려 먹는다는 것이었다. 가사가 여자 몫이라는 사고를 반증한 것 같아서 맞벌이 여성의 턱이 아직 높다는 것을 절감했다.

가사분담에 대한 내 견해는 그들과 조금 다르다. 신체적으로 우월한 남자가 더 분담하는 게 합리적이라는 생각이다. 그런 분위기를 조성하려면 부모는 아들이 어려서부터 가사분담에 대한 조언을 하고 훈련을 쌓도록 지도해야 한다. 며느리가 경제활동 하는 직장인이며 아들이 직장에서 겪는 어려움을 똑같이 겪고 있다는 것을 인정하고 아들 스스로 가사에 동참하도록 조언해야 된다.

우리 아들을 예로 들어보겠다. 아들은 결혼 전까지 집안일을 하지 않았다. 하지 않았다기보다 시키지 않았다는 말이 옳을 것이다. 하물며 방 청소까지 대신해 준 것은 호흡기질환과 피부질환 탓이었는데 훗날 가정생활에 미칠 영향을 염려해 가사분담에 대한 충고는 게을리하지 않았다.

세월이 흘러 아들은 결혼을 했고, 아들의 가사분담 내막은 며느리를 통해 듣곤 하는데 요리뿐 아니라 다른 일까지 잘한다는 칭찬이었다. 가사분담에 대한 부모의 충고만으로도 웬만큼 효과를 볼 수 있다는 말이 된다.

남자의 가사분담 비율이 여자보다 훨씬 낮은 또 다른 이유는 무엇일까? 직장일 비중이 높은 것일 수도 있겠으나 사적인 시간 소모가 큰 요인을 차지한다. 퇴근 후 술자리가 많다는 것인데 퇴근 후 술자리는 우리나라가 유독 심하다. 취할 때까지 마시고 휘청거리는 풍토는 속히 사라져야 할 과제다.

## 자녀 양육에 대한 공동책임

미국을 비롯한 서구권에선 양육에 대한 부부 공동책임이 매우 합리적이다. 양육의 전반적인 것을 함께해야 되고 그 의무를 어기면 법적 책임을 묻는다. 이혼을 해도 마찬가지다. 한쪽 부모와 생활하는 아이는 주말에 다른 한쪽 부모와 함께하는 것을 원칙으로 하는데 부부는 결별하더라도 아이에겐 부모로서 충실하라는 것이다. 이혼한 부부가 아이들 학교행사나 취미활동 행사에 동행하고 이혼한 배우자를 스스럼없이 소개하는 것도 희귀한 일은 아니다. 부모가 함께 살건 아니건 어떤 경우에도 아이들 행사는 우선으로 여긴다. 학교행사가 평일 밤이나 휴일에 진행되는 것도 가족이 함께한다는 의식에서 비롯되었다.

우리 가족이 캐나다에서 경험한 일을 언급해 보겠다. 2000년 당시 남편은 스웨덴에 본사를 둔 회사에 근무했는데 본사에 큰

회의가 예정되어 있었다. 회의 일정은 아이의 고등학교 졸업식과 맞물려 있었고, 학교까지는 자동차로 꼬박 하루가 걸리는 거리였다. 졸업식에 참석하려면 적어도 3일간 휴가를 내야 했다. 그런데 회사에서는 너무 당연한 듯 졸업식에 참석하도록 배려해 주었다. 한국에서는 상상할 수 없는 일이었다. 고등학교 졸업식이 뭐 그리 중요하냐고 반문하겠지만 그들의 졸업식 개념은 우리나라와 매우 다르다. 대학교 졸업식보다 고등학교 졸업식 비중이 훨씬 더 크다. 대학졸업식은 참석해도 그만 안 해도 그만, 오히려 불참 학생이 많은데 고등학교 졸업식은 화려하고 성대하기까지 하다. 대학에 목숨 걸지 않는 그들 풍토에서 누군가 마지막 졸업이 될 수 있는 시간을 모두의 추억으로 간직한다는 의미가 담겨 있을 것이다. 그러다 보니 가족이 졸업식에 참석해 축하하는 것은 의례가 되어 있었다. 만약 불참하면 아이는 상대적 박탈감을 느낀다는 말이 된다.

졸업행사가 얼마나 거창하고 중요한 것인지 재미 차원에서 소개해 볼까 한다. 글의 주제와는 동떨어지지만 우리 졸업문화도 머잖아 변할 것이므로 잠깐 소개하는 것도 나쁘지 않을 것 같다.

학교마다 다를 것인즉 내가 본 졸업식 풍경을 묘사해 보겠다. 졸업식은 전날부터 시작되었는데 호텔 볼룸에서 프럼(댄스 파티)을 겸한 전야제가 있었다. 턱시도에 나비넥타이를 맨 남학생들과 화려한 드레스와 장신구로 치장한 여학생들! 조금은 어색하거나 부자연스러울 것도 같은데 늘 그렇게 살아온 것처럼 세련되고 자연스러웠다. 그렇게 멋진 아이들이 음료수를 들고 자유롭게 돌아다니며 담소하는 장면은 귀족파티를 방불케 했다. 졸업식 프롬을 위해 오랫동안 돈을 모아 액세서리를 사고, 드레스를 빌리고, 리무진까지 동원되는 것으로 보아, 졸업식이 얼마나 중요한 것인지 짐작할 수 있었다. 근검절약이 생활화된 그들이 그렇게까지 하는 것은 소중한 졸업식을 오래오래 간직하려는 마음일 것이다.

전야제는 3부로 나뉘어 진행되었다. 1부는 남학생과 여학생 파트너 가족이 한 테이블에서 식사를 한 뒤 사회자가 졸업생 하나하나 무대로 불러 프로필을 소개했다. 국적, 취미, 특기, 기억될 만한 추억들이었다. 학생들 인기는 무대에 오를 때 반응으로 알 수 있었다. 좋아하는 아이가 무대에 오르면 휘파람을 불고 이름을 부르고 괴성을 질러댔다. 자유분방하면서도 질서를 잃지 않는 모습이 싱그럽기까지 했다. 애석하게도 학부형과 함께하는 행사는 1부에서 끝이 나 발길을 돌렸지만 2부는 졸업생들과 파트너가 한데 어울려 댄스파티를 하고, 3부는 학부형이 내어준 별장에서 밤샘 파티를 갖는다고 했다.

파티를 보면서 불쑥불쑥 그들 문화가 부러웠고 60~70여 명의 인원으로 북적거렸던 학창시절 교실이 떠올라 '왜 이런 나라에 태어나지 못했을까?' 생각도 들었다.

곁가지로 흘러갔지만 말하고 싶은 것은 어떤 경우든 가족이 우선이라는 것이다. 그러나 제도의 뒷받침 없이는 의식 있는 부모라도 실천이 어려운데 우리도 주 5일제 근무가 정착되었고, 휴가를 장려하는 등 합리적인 방향으로 발전하는 것에 박수 보내고 싶다.


## 거주지에 대한 고민


거주지에 대한 고민은 늘 따라다닌다. 경제 사정에 따라 다르고 아이가 있고 없고에 따라 다르고 직장과의 거리 문제까지 다양하다. 이 가운데 거리가 고민이라면 여자 직장과 가까운 곳에 거주할 것을 권한다. 거기에는 몇 가지 이유가 있다. 여자는 신체적으로 약하고 시간 소모를 많이 할 수밖에 없는 구조를 갖고 있기 때문이다. 출근 준비에 대해 생각해 보자. 머리 손질과 화장으로 30분 정도 소모한다고 가정할 때 출퇴근 시간이 30분 거리라면, 한 시간 거리에 있는 것과 같다. 더 중요한 이유는 출퇴근에 시간을 많이 소모하면 피로가 누적되어 문제가 생길 수 있는데 면역체계에 혼란을 일으켜 질병을 유발하거나 불임이 올 수도 있다.

딸아이를 예로 들어보겠다. 서른이 넘어 결혼한 딸아이는 2세를 원했지만 착상이 되지 않았다. 장거리 출퇴근에 의한 피로 누적이 원인이었다. 지하철을 한 번 환승하고, 버스를 타고, 버스에서 내려 15분을 걷고, 하루 세 시간을 소모하는 거리였다. 더구나 걷는 길이 으슥하여 밤에는 공포심에 떨어야 했다. 가까스로 귀가하여 가사를 하다 보면 자정을 넘기기 일쑤여서 잠자리에 들어서도 일찍 일어나야 된다는 압박감에 시달렸다. 알람을 두세 개 맞춰 놓아도 압박감은 여전했다.

이야기를 들어보니 생활 전체가 엉망이었다. 잠도 못 자고, 먹는 것도 소홀하고, 부부관계도 소홀했다. 결국 두 사람 직장의 중간지점으로 이사하여 충분한 수면을 취하게 되면서 생활이 안정되고 아이도 갖게 되었다. 불임의 원인이 피로 누적과 무관하지 않다는 것을 보여준 것이다. 거주지가 여자 직장과 가까우면 아이 양육에도 유리하다는 것 또한 참고하기 바란다. 아이가 엄마를 필요로 할 때 언제든 달려올 수 있는 이점이 있다.

# 맞벌이 부부의 경제권

　농경사회에서는 남편이 경제권을 가졌고 아내는 생활비를 타서 쓰는 정도였다. 그러나 산업화 시대가 열리면서 거대한 반전이 일어났다. 남편의 월급이 배우자 통장으로 들어오게 되었다. 술값으로 월급을 탕진한 일이 많았던 탓이었을까? 우스갯소리 같지만 아주 근거 없는 말은 아니다. 한 달 봉급을 하룻밤 술값으로 날리는 일도 있었고, 주제넘게 팁을 뿌려서 다음 날 회수하는 일도 있었다. 그런 상황을 자주 겪다 보면 배우자는 드세지게 마련이었다. 아내가 용감하게 남편 직장을 찾아가 봉급을 수령한 일도 있었다.

　남편 월급이 정책적으로 아내에게 입금된 것은 1980년대 초반이었다. 그때부터 아내가 경제 주도권을 쥐는 가정이 많아졌다. 더불어 아내의 기세가 높아지고 남편은 눈치를 살피며 용돈을 받아 쓰는 신세가 되었다.

　맞벌이 시대에 돌입하고부터는 부부가 함께 경제권을 갖는 것으로 발전했다. 남편의 권세가 충천했던 시대나 아내가 경제권을 잡았던 시대에 비쳐 볼 때 매우 바람직한 현상으로 보인다.

　그런데 어느 한쪽이 경제권을 가져야 한다면 특별한 경우를 제외하고 아내가 관리하는 게 좋을 성싶다. 일반적으로 남자는 귀가 얇고 단순한데 배짱이나 허세가 월등하여 생각 없이 돈을 빌려주고, 투자에도 공격적이며 채무보증도 거절하지 못하는 특성 때문이다. 흔히 남자 세계에서 말하는 의리를 지나치게 앞세운다는 것이다. 또 여자보다 인심도 후하고 오락이나 도박에 빠질 확률도 높다.

그러나 예외는 있게 마련이다. 절제력이 부족한 것은 남자에 국한되지 않으므로 누가 경제권을 맡건 충분한 대화를 통해 결정하기 바란다.


## 가사분쟁이 생기면 역할 바꾸기를 실행한다

우리나라에서 가사노동은 오랫동안 여성만의 것, 여성의 의무 같은 것으로 여겨 왔었다. 지금은 남성의 참여도가 눈에 띄게 높아졌다지만 분쟁의 소지는 여전히 많다. 가사노동은 정확히 등분하기 어렵고, 일의 종류, 소요 시간, 힘든 정도에 따라 가치가 다르기 때문이다. 한 사람이 요리할 때 배우자가 빨래와 청소를 하고 다림질을 했다면 누가 더 많은 수고를 한 것일까? 세 가지 일을 한 사람이 더 수고한 것으로 생각하기 쉽다. 그러나 가짓수만으로 수고의 정도를 따져서는 안 된다. 가사노동은 난이도와

노동시간에 비례하지 않고 신체조건에 따라 무게감이 다른 까닭이다.

흔히 가사분담에 마찰이 생기는 것은 그런 속성을 깨닫지 못한 데서 발생한다. 하찮은 분쟁이 이혼에 이르기도 하는데 소송 중 남자들이 토로한 가장 큰 불만은 아침밥 문제라고 한다. 아침식사를 아내 몫으로 단정하는 남자가 많다는 것이다. 그런 의식을 가진 재판관이 소송을 담당하면 여자에게 불리한 판정이 나올 것은 빤한 이치다. 아침밥을 여자 몫으로 생각해서는 안 된다는 말이다. 물론 건강한 주부가 게으름을 피웠다면 비난받아 마땅하다. 그러나 몸이 쇠약하거나, 어린아이가 있거나(신생아나 병든 아이가 있다면 더욱), 맞벌이를 하고 있다면 경우가 다르다. 함께 경제활동 하면서 아침상을 아내 몫으로 여기는 것은 자신만 대접받겠다는 것밖에 되지 않는다.

**식사문제로 이견이 좁혀지지 않을 때 어떻게 할까?**

일주일 또는 한 달 단위 식단을 작성해 교대로 실천해보기 바란다. 부엌일을 여자 전유물로 여겨온 사람에겐 이 제안이 불만스러울 것이다. 그러나 역할 바꾸기를 통한 체험, 즉 서로 같은 메뉴를 하다 보면 요리에 따른 난이도를 알게 되고 자연스럽게 공감대가 형성될 것으로 믿는다. 한쪽은 손이 많이 가는 음식을 해줬는데 배우자가 간편식만 해준다면 상대의 수고를 가늠하기 어렵지 않겠는가! 자로 잰 듯 가사분담을 하라는 것이 아니라, 의견 차이로 충돌이 맞설 때 역할 바꾸기로 상대 입장을 체험해 보라는 것이다.

# 부부갈등 예방 차원의 태교와 육아

부부가 가장 많은 갈등을 겪는 시기는 언제일까? 이런저런 사례를 분석해 보면 아이가 태어나고부터라는 결론에 도달한다. 축복이 되어야 할 아이의 탄생이 불화의 원인이 되는 것은 부부 동반 육아가 절실한 핵가족 시대에 전반적인 육아를 여자 몫으로 여기는 데 있다.

아기를 갖고 양육하는 것은 무엇과도 대체할 수 없는 일이므로 세밀하게 언급해 보겠다. 건강한 가정, 건강한 아이를 갖기 위해서는 아기가 잉태되기 전부터 지켜야 할 것들이 있다.

## 태교에 각별히 신경 쓴다

건강한 아이를 낳으려면 먼저 건강한 난자와 정자의 결합이 이뤄져야 한다. 그러기 위해서는 음주, 흡연 등 몸을 해치는 행위를 자제하여 건강을 유지하고, 건전한 정신으로 부부관계를 가져야 한다.

착상이 되면 정성으로 태교에 임해야 한다. 믿음은 들음에서 난다는 《성경》 말씀을 상기해 보자. 《성경》에서 〈들음〉은 하나님 말씀을 의미하지만 《성경》에 국한되지 않는다. 지식은 듣고 배우는 것으로 축적되고 실생활에 응용할 수 있으므로 교육-이해-실천 과정을 거쳐 준비된 부모의 길을 걸어야 한다. 육아서적을 읽고 태아 교육 프로그램에 참여하고 실천하는 등 산모와 태아를 위해 철저히 준비하라는 것이다.

**태교는 왜 중요할까?**

인성(人性)은 태아에서부터 2~3세 사이에 80% 가량 형성되고 나머지는 유아기에 이뤄진다는 학설이 있다. 태아가 부모 목소리는 물론 사소한 감정까지 감지한다는 것도 증명된 사실이다. 아이의 인성과 행복지수가 가족의 사랑에 기인한다는 상관관계 학설로 볼 수 있다. 임산부가 태아 사진을 SNS에 올리고 호들갑을 떠는 것도 그런 이론을 실천하려는 의도일 것이다. 가끔 대중 앞에서 자랑스럽게 배를 문지르는 임산부를 보면 민망하다는 반응을 보이기도 하는데, 인격이 태아 때부터 형성된다는 위 학설에 비쳐 볼 때 오히려 권장해야 될 것으로 여겨진다. 부모 입장이 되어 태아의 영상을 보고 있다고 가정해 보자. 역동적인 태아의 모습과 쿵쾅거리는 심장 소리를 들으면 어떤 생각이 들까! 귀한 생명이 나 좀 보아달라고 손짓하는 것 같아서 뭉클한 감동이 스멀스멀 올라올 것이다.

부모로서 그런 감동을 맛보기 위해서는 임산부가 검진받을 때 남편도 함께 갈 것을 권한다. 태아의 성장 과정을 함께 관찰하고 미래를 설계하다 보면 사이가 더 돈독해질 것이며 아이에 대한 사랑과 책임감도 높아질 것이다. 그렇다고 임산부가 터무니없는 요구를 해서는 안 된다. 시간이 자유로운 다른 임산부 남편과 비교하며 진료 때마다 동행할 것을 강요하거나 능력에 미치지 못한 것을 요구하는 것은 금물이다. 대수롭게 여기지 않은 일이 태교에 나쁜 영향을 미칠 수 있으므로 그때그때 상황을 잘 파악하여 대처해야 한다.

태교를 부부만의 과제로 단정해서도 안 된다. 온 가족이 동참해야 할 특별한 계명임을 의식해 가족 모두 마음을 모아 태아에게 좋은 말을 건네고, 책을 읽어주고, 사랑을 전달하는 전도사가 되어야 한다.

# 아기가 태어나면 부부동반 육아의 중요성을 깨닫고 실천한다

〈자식은 끈이다〉

나이 지긋한 분들이 즐겨 쓰는 말이다. 속뜻을 분석해 보면 부부가 헤어질 고비를 만나더라도 자식을 위해 참고 견딘다는 의미가 담겨 있다. 아닌 게 아니라 자식을 보고 바득바득 살다 보면 변심한 배우자가 돌아오는 일도 있고, 자식이 나서서 부부갈등을 풀어주는 일도 있다. 그래서인지 부모들은 자식이 2세를 가진 뒤라야 완전한 가정을 이룰 것으로 믿는다. 그러나 완전한 가정을 이뤘다고 믿는 그 시점이 가장 큰 고비가 될 수 있다.

육아는 매우 광범위하여 전반적으로 언급하기엔 제약이 따르므로 부부갈등을 예방하는 데 꼭 필요한 것들만 몇 가지 살펴보겠다.

## 출산 뒤 남편의 역할은?

출산은 산모의 생명을 담보한 위험하고 힘든 과정이다. 그런데도 출산은 여자에게 엄마라는 긴 과정의 시작에 불과하다. 지금은 무통분만 기술이 발달되어 출산 자체는 순조로워졌지만 임신에서 출산까지 오만 관절이 어긋나 정상을 찾기까지 1년 넘게 걸리고 환경변화로 인한 정서적 불안 등 어려운 상황이 산적해 있다.

무엇보다 어려운 건 양육이다. 신생아는 잠시도 소홀할 수 없는 보살핌이 필요하고 산모에겐 고문 같은 일이 수없이 벌어진다. 야간 수유도 그중 하나다. 젖을 먹고 트림을 하기까지 때로는 많은 시간이 걸리는데 산모가 잠을 청하기도 전에 또 젖을 먹이는 일이 발생하기도 한다. 그런 일이 반복되다 보면 산모는 심각한 심신의 위협을 받게 된다. 그러나 그런 산모의 고통을 알아주는 남편은 많지 않다. 모든 여자가 겪는 당연한 것으로 여기게 마련이다. 온전치 못한 몸으로 젖을 먹이는 것도 어려운데 졸음을 쫓으며 트림을 할 때까지 버티는 게 얼마나 힘든 일인지 알 턱이 없다. 역설적으로 표현하면 신생아를 키우는 산모는 환자의 몸으로 24시간 밤낮으로 일하는 노동자나 다름없다. 남편이 직장에서 일할 때도 아이와 씨름하고 잠잘 때도 아이와 씨름한다.

그러므로 남편은 산모와 아기가 안정을 유지할 만한 환경을 만들어주고 아내가 자신의 핏줄을 생산한 소중한 존재란 것을 느낄 수 있도록 사랑을 베풀어야 한다. 아내에게도 남편의 사랑이 절실하고 아이에게도 아빠의 사랑이 절실한 때문이다.

남편은 할 수 있는 한 많은 것을 산모와 동참하기 바란다. 산모와 같은 방을 쓰는 것은 두말할 여지가 없다. 아이가 우유를 먹는다면 하루 한 번이라도 우유를 먹여주고 모유를 먹는다면 트림이라도 한 번쯤 시켜주는 아빠가 되자. 깊은 밤에 수유하는 것은 몇 달이면 족하다. 4개월이 되면 아이는 네댓 시간 잘 수 있을 만큼 성장하므로 졸려 죽을 것 같은 고비는 지나갈 테니 말이다. 아내의 생명을 담보로 태어난 자식에게 그마저 할 수 없다면 아빠 자격 운운할 자격이 없다.

남편은 아이가 태어나면 최소한 백일까지 세상과 단절할 것을 호소한다. 오직 아이와 아내에게 몸과 마음으로 헌신하길 바란다. 뱃속에서부터 아빠의 음성과 행동을 감지해온 아이, 그 아이는 엄마 아빠가 살가운 말을 건네고 사랑을 줄 때 안정을 취하고 행복을 느끼기 때문이다. 말은 하지 못하지만, 아빠가 주는 사랑의 정도는 인지할 수 있으므로, 안아주고, 쓰다듬어 주고, 마음을 읽어주는 아빠라야 한다. 아이에게는 엄마 아빠보다 좋은 스승이 없다는 것을 명심하고 아빠의 자리를 잘 지켜주기 바란다. 긴 인생에서 겨우 서너 달마저 헌신할 수 없다면 아이는 갖지 않는 게 낫다.

직장 일을 팽개치고 육아에 전념하라는 것은 아니다. 퇴근 시간만이라도 엄수하여 육아에 동참하라는 것이다. 여기서 말하는 동참은 전담이 아니라 문자 그대로 동참이다.

남편의 육아 동참이 얼마나 중요한 것인지 아이의 기억력을 토대로 풀어보겠다. 나는 조금 깔끔한 편이다. 아이들을 키울 때는 훨씬 더했다. 어질러져 있으면 안정이 되지 않아서 아이가 놀고 있는 중에도 한쪽에 있는 장난감을 치울 정도였다. 특히 잠자리에 들 때는 조금도 흐트러짐 없이 정리했다. 아이는 다음 날 아침에 일어나 전날 갖고 논 장난감을 찾은 적이 없었다. 당연히 잠을 자는 동안 전날 일을 잊어버렸을 것으로 생각했었다. 그런데 아이가 말을 하게 되면서 눈을 뜨면 장난감부터 찾고 아빠가 보이지 않으면 아빠를 찾았다. 그동안 장난감과 아빠를 찾지 않은 것은 사고력이 없어서가 아니라 표현능력이 없었다는 말이 된다. 이렇듯 자신이 좋아하는 것을 잘 기억하는 아이가 젖을 먹을 때 아빠가 곁에서 사랑을 표현하면 어떤 효과가 있을까? 아이는 한결 더 행복한 마음으로 젖을 먹고 수면을 취할 것이며 인격 형성에 긍정적인 영향을 미치게 된다.

  아이의 성장 과정에 부모의 사랑보다 크고 위대한 것이 또 있을까? 부모의 사랑은 육체를 살찌우는 음식처럼 평생 필요한 것이되 특별히 더 필요한 시기가 있다. 그 시기를 놓치면 어떤 것으로도 배상받을 수 없는 상황이 닥칠 수 있다는 것을 가슴에 새기고 한없는 사랑을 부어줘야 한다. 훗날 아이가 사랑의 결핍을 느끼지 않도록 아내와 화목으로 하나 되어 순전한 사랑을 베풀어야 한다. 그것은 부모가 갖춰야 할 마땅한 도리다. 그런데 아이 양육에 녹초가 된 아내를 윽박지르고 비난하는 남편이 수없이 많다.

'너만 애 키워? 세상 여자가 다 하는 일인데 겨우 애 하나 갖고 뭐가 그렇게 힘들어? 내 친구 부인은 애가 셋이나 되는데 잘만 키우더라. 옛날 사람들은 대여섯 명씩 어떻게 키웠겠어? 나도 집에 오면 쉬고 싶어.'

이렇게 말하는 남자가 얼마나 많은지 모른다. 그런 남편에게 아내는 어떤 반응을 보일까?

'당신만 일했어? 나는 그냥 노는 것 같지? 당신은 점심이라도 편히 먹지만 나는 밥 한 끼 온전하게 못 먹어. 내가 능력 없어서 이러고 있는 거 아니잖아? 육아가 쉬워 보이면 당신이 해봐.'

육아에 지친 아내에게 옛날 사람 들먹이며 윽박지르는 것은 스스로 무지를 드러낸 꼴이 된다. 설령 대여섯 아이를 능숙하게 키우는 엄마가 있더라도 그런 말을 해서는 안 된다. 체력이 강한 사람도 있고, 약한 사람도 있고, 각자 신체 조건이 다름을 알아야 한다.

일주일에 청소 한 번 하고, 한두 시간 아기 보는 것을 육아의 전부인 양 여겨서도 안 된다. 아이를 키우다 보면 하루해가 부족하다. 빨래하고, 목욕시키고, 수유하고, 기저귀 갈고, 이유식 만들고, 먹이고, 책 읽어주고, 이런저런 수발을 하다 보면, 있는 음식도 못 먹을 때가 있다. 꺼내 먹기는커녕 차려준 밥상도 받지 못할 때가 있다. 아기가 아플 때는 말할 것도 없다. 열나고 토하고 설사라도 하면 밤을 꼬박 새우게 되고 애간장 녹는 고통을 받게 된다. 누구나 감수해야 할 엄마의 역할일지라도 아내의 노고를 가볍게 여겨서는 안 된다.

일 년 미만의 아이를 둔 주부와 일반 주부를 동일시하는 것도 금물이다. 그 시기에는 여자에게 잔심부름마저 시켜서는 안 된다. 남편이 아내를 부리는 것은 아내에게도 힘든 일이지만 아이에게도 나쁜 영향을 미친다.

딸아이가 임신했을 때 산부인과에 따라갔다가 영상을 통해 알게 된 학설 하나를 소개해 보겠다.

〈부부 사이가 좋지 않으면 아이는 스트레스를 받게 되고, 스트레스를 받은 아이는 두뇌발달도 떨어진다.〉

미국의 어떤 학자는 위 말을 인용하며 농담을 곁들였다. 아이를 하버드에 보내고 싶으면 아빠가 가사분담을 많이 하라는 것이었다. 그 말이 진리임을 뒷받침할 학설은 매우 많다.

2015년 11월 19일, 〈헤럴드경제신문〉에 심리과학(Psychological

Science) 학술지를 인용한 기사가 실려 있었다.

캐나다 브리티시 콜럼비아대학 심리학 연구진이 초등학생과 부모를 대상으로 조사한 결과 부부가 가사분담을 잘하는 가정일수록 아이에게 긍정적인 영향을 미치고 아이가 성장하여 부자가 될 가능성이 높은 것으로 나타났다.

그런 가정에서 자란 여학생은 목표의식이 강하다는 결과도 나왔다. 집안일에 적극적인 아버지를 둔 딸은 낡은 고정관념이 없기 때문에 직장에서 성공하고 미래에 부자가 될 가능성이 높다.

연구진은 부모들에게 직업에 대한 인식, 남녀평등관, 가사분담을 검증하고 아이들에겐 장래 포부를 물었는데 조사 결과 행동으로 실천한 아버지를 둔 아이에게 좋은 영향을 미친다는 것을 알게 되었다. 외부에서 남녀평등을 외치는 것보다 집안일에 솔선하는 남성이 낫다는 결과도 나왔다. 또한 앞으로 여성의 사회진출이 많아질 것에 대비하여 여성의 출세가 꿈같은 얘기가 되지 않도록 딸을 둔 아버지가 행동으로 보여줄 것을 강조했다.

가정에서 아버지 역할이 많을수록 아이가 안정적으로 성장하고 성공률도 높다는 말이다. 아버지가 가사에 적극적인 태도를 보인 것은 가족을 향한 사랑이 가슴 속에 깔려 있기 때문일 것이다.

그러므로 심신이 강건한 아이로 성장하길 바란다면 부모가 온당한 노력을 기울여야 한다. 육아서적을 읽고 실천하며 육아 프로그램에 적극 참여하는 부모가 되어야 한다. 물질주의에 빠진 아이는 탈선의 유혹에 빠질 수 있지만 사랑으로 키운 아이는 사랑으로 보답한다는 것을 명심하고 좋은 부모로서 길을 잘 닦아나가야 한다. 아이에게는 첫째도 사랑이요, 둘째도 사랑이요, 마지막도 사랑인 때문이다. 사랑받은 아이는 혹시 모를 방황에 빠지더라도 곧 뉘우친다는 것도 기억하자. 지나간 시간은 돌아오지 않으며 사랑은 행동으로 보여줄 때 좋은 열매 맺는 법이다. 그러므로 최선을 다해 그때그때 필요한 사랑을 베풀어주자. 누르고 흔들어 넘치도록 사랑을 쏟아주는 부모가 되자.

외할머니와 손녀 사이 불화가 세상을 달군 적이 있다. 할머니에게 폭행당했다는 손녀 글이 기사화되자 댓글이 쇄도했다. 할머니를 욕하는 내용도 일부 있었지만, 아이에 대한 비난이 거의 다였다. 키워준 은혜를 모르는 불효막심한 아이라는 것이었다. 그러나 그 어느 쪽의 잘잘못을 따질 수가 없었다. 다만 깊은 연민과 함께 가슴이 저리고 눈시울이 뜨거웠다. 할머니는 할머니대로 손녀를 돌봤을 것이고, 방법은 서툴렀을지언정 나름의 사랑을 줬을 것이다.

그러나 손녀는 그것으로 만족할 처지가 아니었다. 굳이 결핍의 원인을 찾자면 아이의 부모에게 있었다. 아이의 부모는 아이가 뱃속에 있을 때부터 싸움이 잦았고 심지어 엄마는 임신 중에 아빠의 폭행으로 계단에서 굴러떨어진 일도 있었다. 얼마 후 부모는 이혼했고, 믿고 의지해온 엄마와 외삼촌, 아빠가 줄줄이 자살하는 사태가 벌어졌다. 가장 큰 사랑을 줘야 할 가족이 거대한 트라우마를 남기고 떠나버린 것이었다.

아이에게는 사랑받아야 할 대상도 사랑받아야 할 시간도 충분하지 않았다. 할머니 혼자 어찌 네 사람 몫의 사랑을 감당할 수 있었겠는가! 할머니의 사랑이 엄마 아빠의 사랑을 대신하기엔 턱없이 부족했을 것이다.

아빠가 외도하지 않고 가정을 잘 지켰더라면, 부모가 밥 먹듯이 싸움을 하지 않았더라면, 가족들이 연달아 떠나지 않았더라면, 부모 사랑을 흠뻑 받고 자랐더라면, 일어나지 않았을 일이었다.

세상을 떠난 가족도 안쓰럽고 자식을 둘이나 묻고 손주를 키운 할머니의 눈물겨운 삶도 안쓰럽고 상처 입은 손주도 안쓰럽고 서로의 삶을 이해하지 못해 갈등을 겪는 그 상황도 안타까웠다. 누가 그들에게 돌을 던질 수 있을까! 누구도 그들을 비난해서는 안 된다. 아이도 할머니도 따뜻한 위로가 필요할 뿐이다. 할머니와 손녀의 가슴 아픈 사연을 한낱 가십거리로 치부해서는 안 된다는 말이다. 오직 사랑을 떠난 부모의 삶이 얼마나 비참하며, 그로 인한 아이의 상처가 얼마나 컸을지 신중하게 성찰해 봐야 한다.

아이에게 부모는 어떤 존재이며 아이의 인성은 어떻게 형성되는 것일까! 우리 모두 진지하게 생각해 볼 문제다.

# 전업주부도 깨어나야 할 때다.

## 헌신적인 아내와 엄마를 둔 가족은 주부가
## 헌신한 만큼 행복할까?

　그렇지는 않다. 다른 가족은 그 가족을 부러워할 수 있겠지만, 정작 그들은 다른 가족의 아내나 엄마를 부러워할 수도 있다. 있는 것에 대한 소중함보다 없는 것을 열망하는 심리 때문이다. 주부의 완벽함이 가족 모두에게 꼭 좋은 것만은 아니라는 말이다. 매일 하는 청소를 이틀 만에 하거나, 이불 빨래를 늦춘다 해서 가족이 불편을 느끼는 것은 아니다. 쾌적함이 조금 덜할 뿐이다. 가족이 쾌적함의 깊이를 의식하는 것도 아니고, 설령 의식하더라도 쾌적함이 주는 느낌보다 다른 평안을 바랄 수도 있다. 주부의 정결함과 근면성은 좋은 근성이지만, 하지 않아도 불편하지 않은 일을 하면서 피로를 호소하고 불평하면, 가족은 불편을 느끼게 된다. 그렇다고 주부가 일손을 놓을 수도 없다. 열심히 해도 티가

나지 않지만 조금만 나태하면 티가 나는 게 집안일이다. 완벽한 주부든 부족한 주부든 가족들은 만족하기 어렵다는 것이다.


## 여성들이여! 비단을 짜자!

조금 은유적인 표현이지만 박완서 수필집《못 가본 길이 더 아름답다》를 읽으면서 생각해낸 제목이다. 경제활동을 하건 전업주부로 살건 스스로 벽을 쌓지 말고 미래에 대비하며 살기를 바라는 글이다. 내 자신을 향한 자책의 글이기도 하다. 먼저 박완서 님의 수필 일부를 인용해 본다.

막 대학 문턱에 들어선 초년생에게 대학은 자유와 진리의 공간이었고, 만 권의 책이었고, 그 안에 숨어 있는 아름다운 문장이었고, 지적 갈증을 풀어줄 명강의였고, 사랑과 진리 등 온갖 좋은 것들이었다. 나는 그런 것들로 나만의 아름다운 비단을 짤 수 있을 것이라 믿었다. 그러나 막 베틀에 앉아 내가 꿈꾸던 비단을 한 뼘도 짜기 전에 무참히 중턱을 잘리고 말았다. 전쟁은 그렇게 무자비했다. 그래도 나는 살아남았으니까 다른 인생을 직조할 수 있었지만 당초에 꿈꾸던 비단은 아니었다. 내가 꿈꾸던 비단은 현재 내가 획득한 것보다 못 할 수도 있겠지만, 가본 길보다는 못 가본 길이 더 아름다운 것처럼 내가 놓친 꿈에 비해 현실적으로 획득한 성공이 초라해 보이는 건 어쩔 수가 없다.

윗글을 읽었을 때 멋진 글이라고만 생각했을 뿐 비단을 짜야겠다는 생각은 하지 못했다. 결혼 이래 방치한 베틀이 먼지를 덮어쓴 채 녹슬어 있었지만 걱정하지 않았다. 스스로 비단을 짜지 않아도 비단을 잘 짜는 남편 덕에 어려움이 없었고, 장래에 닥칠 불운한 일도 예상하지 못했다.

그러나 비단은 짜지 않았더라도 종종 베틀을 손질하고, 가끔 베틀에 앉아 머릿속으로나마 비단 짜는 연습을 했어야 했다. 그때 조금만 냉철했다면 35년 전에 짠 비단과는 비교되지 않더라도 훗날 웬만큼 비단을 짤 수 있었을 텐데 모순된 시대의 사고를 벗어나지 못한 결과는 처참했다.

내가 학창시절을 보내고 결혼을 한 당시에는 여성의 사회적 진출을 반기는 분위기가 아니었다. 여성의 취업 문은 빈약해서 작은 회사 경리나 공장의 생산직 정도였고, 전문직이라야 교사와 약사가 거의 다였다. 그나마 교사와 약사는 마음만 먹으면 오랫동안 할 수 있는 직업이어서 나는 시대 조류에 편승해 사범대학을 나와 교직에 발을 디뎠다. 그러나 결혼과 동시에 직장을 놓았다. 남편을 내조한다는 명목이었다. 퇴직 당시 남편의 월급보다 많았던 황금 직장을 박차고도 30년 동안 후회한 적이 없었다. 나뿐만이 아니었다. 여성들 대부분은 결혼과 동시에 베틀에서 내려와 전업주부로 사는 것을 축복으로 여겼었다. 어이없게도 팔자 센 여자들이나 경제활동 하는 것으로 여기던 세상이었다.

나 또한 세상 사람들이 생각한 팔자 좋은 여자로 살았다는 것인데 훗날 상상할 수 없는 일이 벌어졌다. 남편이 뜻하지 않은 일로 비단공장 대표와 불화를 겪고 베틀에서 내려온 것이었다. 갑작스러운 사태에 숨이 막히고 가슴이 내려앉았다. 놀란 가슴을 부여잡고 뒤돌아보니 그동안 안일하게 세상을 살아왔고, 미래에 대한 통찰력이 부족했다는 것을 깨달았다.

그리고 꾸준히 비단을 짜온 여자들이 부러워졌다. 그들은 남성우월주의가 팽배한 시절에 전투 같은 직장생활을 시작했지만, 어느새 여성의 사회진출이 보편화된 사회에서 당당하게 후대를 끌어가고 있었다. 높은 보수는 물론 노후보장까지 잘 되어 있어서 움직이는 중소기업이라는 극찬까지 받고 있었다. 그들이 안정과 여유를 누리게 된 것은 편견에 굴하지 않고 성실하게 비단을 짜온 덕분이었다. 생각의 차이, 미래를 내다보는 안목의 차이가 극명하게 노후를 갈라놓는 잣대가 되었던 것이다.

후회와 부끄러움이 밀려왔다. 한두 해도 아닌 30년 동안 남편이 짠 비단을 내 것으로 착각하고 살아온 것은 어리석은 일이었다. 남편의 비단이 좋네, 나쁘네, 채근하며 살아온 것도 바보 같은 짓이었다. 더 어리석은 것은 남편이 가족을 위해 평생 비단을 짜줄 것으로 믿었다는 것이다.

그뿐이랴! 남편이 비단공장을 나왔을 때도 걱정하지 않았다. 더 좋은 공장에서 더 좋은 비단을 짤 것으로 믿었다.

그러나 세상은 만만한 것이 아니었다. 남편이 이 공장 저 공장 기웃거리는 사이 세월은 촉수처럼 지나갔다. 남편은 어쩔 수 없이 작은 비단공장에 들어가게 되었다. 공장 대표는 그가 짠 비단에 성과급까지 넉넉하게 주겠다고 약속했지만 들어가 보니 상황이 달랐다. 기술력과 자금력이 엉망이었다. 좋은 비단을 생산하려면 좋은 베틀이 필요했으나 회사는 여력이 없었다. 그의 기술도 공장 베틀과 맞지 않았다. 낡은 베틀에서 짠 비단은 의지와 상관없이 엉성했다. 시중 반응도 냉랭했다. 그의 비단을 눈여겨보는 사람이 없었다. 그는 절망을 느끼며 베틀에서 내려와 뽕밭으로 들어갔다. 그리고 뽕나무 그늘에서 세월을 낚았다. 가족들 생계가 걱정은 되었지만 나날이 의지가 꺾이고 나태해졌다.

어느 틈에 그는 타락의 늪에 발을 담갔다. 집 안에 비단은 동이 나고 하루하루 빚만 쌓여갔다. 다른 사람의 비단을 빌려 시장에 나가봤지만, 그마저 아무도 눈여겨보지 않았다. 게다가 예전에 그가 다녔던 비단공장 주인은 그가 로비자금으로 쓴 수억 원을 내놓으라고 으름장을 놓았다.

가정경제는 미궁에 빠지고, 절망한 그는 더 깊은 탈선으로 빠져들었다. 아내인 내겐 인내의 한계를 벗어난 것이었다. 부부 사이가 벌어지고 결별의 길로 들어섰다. 나는 뜻하지 않게 그의 빚까지 걸머지게 되었고 하나뿐인 집은 압류를 당하고 말았다. 내 스스로 비단을 짜지 않으면 생계를 이어갈 수가 없었다. 나는 30년 동안 거들떠보지 않은 베틀의 먼지를 털어내고 조심스럽게 베틀에 앉아 보았다. 그러나 비단을 어떻게 짜는지 기억나지 않았다. 설령 비단을 짠다 해도 질 좋은 비단이 홍수를 이루는 판국에 내 비단이 조명받을 것 같지 않았다. 수없이 베틀 주위만 맴돌며 고개를 저었다. 기술은 익힐 수 있다는 주변의 격려도 듣기 좋은 소리로만 들렸다. 그저 한숨을 쉬며 시간을 흘려보낼 뿐이었다.

그러나 시간은 다급했다. 다시 베틀에 앉아 어둔하게 비단을 짜기 시작했다. 또 얼마만큼 세월이 지나 그 순간에 비단을 짜지 않은 것을 후회하지 않겠다는 각오였다. 그러나 베틀은 끽끽 소리만 요란하게 토해냈다. 자꾸 실이 끊기고 올은 성글었다. 질 좋은 비단을 짜서 하루빨리 빚을 갚아야 하는데 마음대로 되지 않았다. 열심히 하는 수밖에 없었다.

위 글은 남편의 외도와 경제적 위기를 겪으면서 가슴앓이해온 흔적이다. 오직 가족을 위해 헌신해 왔다고 생각했는데 불순한 일이 발생한 것에 분노가 일고 영육이 피폐해졌다. 그렇다고 주저앉아 있을 수만은 없었다. 네트워크 사업에 열중하며 어설프나마 소설을 쓰게 되었다. 허구를 가미한 자전소설이었다. 소설을 본 기획사에서 드라마 교섭이 들어오는 등 조금은 희망이 보이는 것 같았다. 그러나 세상은 어렵사리 잡은 꿈을 잔인하게 삼켜버렸다. 드라마 경쟁이 치열해지면서 제작사가 문을 닫은 것이다.

실망스러운 일이었지만 크게 실망은 하지 않았다. 궤도를 벗어나 비틀거리는 것들은 곧 제자리에 돌아올 것으로 믿었다. 옅게 드리운 그림자 뒤에 음산한 기운이 도사리고 있다는 것은 알고 있었지만, 생애 하나뿐인 남편의 건투를 빌며 희망의 끈을 놓지 않았다. 남편이란 존재는 작은 바람 앞에 스러지는 등불이 아니라, 먼저 뜨고 늦게 지는 샛별 같은 것이라 여겼고, 그 스스로 힘이 들지라도 흐릿한 빛으로나마 가족을 비춰줄 것으로 믿었다. 그마저 어려우면 내 작은 빛으로 그를 비춰 주리라 다짐했었다. 그러나 남편은 거대한 파도에 휩쓸려가고 말았다. 나는 비바람 몰아치는 얼음판을 혼자 헤쳐갈 수밖에 없었다.

위 글을 통해 전하고 싶은 메시지는 크든 작든 자신의 달란트를 묵히지 말고, 활용하고 개발하여 미래에 대비하라는 것이다.

3장

# 고부갈등을
# 예방하려면?

# 고부갈등은 불가피한 것인가?

　고부갈등은 가정생활에 매우 큰 골칫거리 중 하나다. 고부갈등의 파장은 엄청난 것이어서 가정을 파탄으로 내몰 수도 있는데, 아들에 대한 부모의 집착에서 비롯된 일이 많다. 시중에 떠도는 미친년 시리즈에도 그것을 빗댄 말이 있다.

　'며느리 남편을 내 아들로 착각하는 년'

　여자들 사이에 스스럼없이 하는 말이다. 비약적인 표현이긴 하지만 근거 없는 말이 아니란 것은 토니 험프리스(Tony Humphreys) 이론이 뒷받침한다.

　〈가족은 그 구성원이 독립된 존재로 성장하여 떠날 수 있도록 해야 한다. 가족을 떠난다는 것은 몸만 빠져나가는 것이 아니라 정신적인 이별도 해야 한다. 그래야 자녀 스스로 가족의 일원이 아닌 주체적 존재로 생각할 수 있다. 남아 있는 가족도 그렇게 인식을 해야 한다. 성숙한 부부관계를 가로막는 가장 큰 장애물은 분리되지 못한 가족관계에서 비롯된다.)

자식이 성장하면 미련 없이 놓아주라는, 극히 당연하고 자연스러운 논리다.

우리나라에도 품 안의 자식이란 말이 있다. 자식은 부모 손길이 필요한 때는 부모를 잘 따르지만, 성장하면 간섭이 먹히지 않는다는 말이다. 누군가 자식에게 섭섭해할 때, 품 안의 자식이라며 위로하는 것도 성장한 자식에게 살가운 행위는 기대하지 말라는 뜻이다. 그러나 자식의 삶을 존중하여 간섭하지 않는 것과 간섭이 먹히지 않아 포기하는 것은 다르다.

부모와 자식의 상관관계를 엄격하게 분리해 생각해 보자. 자식에게 부모는 꼭 필요한 시기가 있고, 있으면 좋은 시기가 있고, 필요성을 느끼지 않는 시기가 있다. 독립이 어려운 시기에는 부모가 꼭 필요하지만, 나이가 들면서 시나브로 멀어지는 건 자연스러운 일이다. 문득문득 부모가 생각나 울컥할 때는 있어도 부모의 부재가 장애 요인은 되지 않는다. 부모라는 존재의 기억은 세상을 떠난 뒤에도 영원하되 존재 자체가 꼭 필요하지는 않다는 것이다. 제 자식이라도 갖게 되어 부모와 자식 중 하나를 택해야 될 상황이 오면 자식이 먼저일 수밖에 없다. 누군가 부모가 먼저라고 말한다면 체면을 의식한 것일 확률이 높다.

순리가 그러하니 귀한 자식이라도 때가 되면 놓아줘야 한다. 새들도 새 둥지를 틀면 낡은 둥지에 연연하지 않는 법이니, 아들이 가정을 이루면 며느리 남편으로 인정하고 마음에서 털어낼 줄 알아야 한다. 그 원리에 순응하지 않으면 아들 가정은 평온을 유지할 수가 없다. 아들을 빼앗겼다고 생각한 순간부터 불행의 싹이 트고, 키가 자라, 거대한 폭탄의 열매로 두 가정을 위협하게 될 것이다.

부모와 자식은 어떻게 다른지 냉철하게 살펴보겠다. 부모의 자식을 향한 사랑과, 자식의 부모를 향한 사랑은 모양부터 다르다. 부모의 사랑은 영원하되 자식의 사랑은 자꾸 변한다. 깊이도 다르고, 넓이도 다르고, 두께도 다르다. 부모가 중병이라도 걸리면 벗어나려 안달하는 게 자식이다. 이래서는 안 되지, 나를 어떻게 키우셨는데, 내가 이러면 벌 받지, 하면서도 끊임없이 갈등하는 게 자식이다. 긴 병에 효자 없다는 말도 그냥 생겨난 것이 아니다.

반대로 자식이 병석에 있다면 부모는 어떨까? 온전한 부모는 자신의 형편에 아랑곳하지 않는다. 장기를 떼주는 것도 두렵지 않고 목숨까지도 바칠 각오가 되어 있다. 자식 대신 자신을 데려가 달라고, 제발 제발 자식만은 살려달라고, 가슴 졸이고 눈물 흘리며 간절히 비는 게 부모다. 그런 마음이 없다면 부모라고 할 수가 없다.

부모는 자식의 잘못도 기억하지 않는다. 자식은 작은 것에도 섭섭해하고 오랫동안 섭섭함을 버리지 못하지만 부모는 자식의 잘못을 금방 비워 버린다. 나의 친정엄마도 그러셨다. 기억은 하실지언정 겉으로 드러내지 않으셨다. 수십 년 세월이 흐른 뒤에도 그 옛날 어려운 형편에 처하셨을 때 월급봉투 갖다 드린 효녀로만 기억하셨다. 내게만 그러신 게 아니었다. 모든 자식에게 못 해 주셨다고 생각되는 것, 자식들이 엄마에게 잘해드렸던 것만 말씀하셨다. 종종 눈물까지 훔치시며 미안함을 전하셨고 고마움 또한 눈물로 표현하셨다. 그때는 고마웠다, 그때는 미안했다, 말씀하실 때마다 목소리가 젖어 있었다. 매일 이 자식 저 자식에게 전화하여 안부를 묻고 평온을 빌어주셨던 엄마! 그 엄마가 편찮으실 때 자식들은 즐거운 마음으로 전화하거나 찾아뵌 게 아니었다. 그리워서가 아니라, 소식을 기다리시니까, 걱정하시니까, 헌신적으로 길러주셨으니까, 그게 고맙고 미안해서 성의 없이 반응했을 뿐이었다. 바쁠 때 전화가 오면 왜 그렇게 자주 전화하시는지 모르겠다며 짜증을 내기까지 했었다. 엄마의 사랑을 몰라서는 아니었다. 자식이기에, 그냥 얇고 얕은 자식이기에, 부모와 교통하는 시간이 얼마나 소중한 것인지 부모님 생전엔 깨닫지 못하고, 세상을 떠난 뒤에야 후회하게 되는 것이다.

　친구에겐 이런 일도 있었다. 친구 엄마는 매일 두세 번 전화를 하셨다. 특별한 일이 있어서는 아니었고 그날그날 일어난 일을 시시콜콜 알려 주는 정도였다. 모르는 사람 이야기도 많았고, 하물며 옆집 강아지까지 화제에 올렸다. 알아야 할 것도 아니고 알고 싶은 것도 아니었다.

　어느 날 오후, 전화벨이 울렸다. 당시에는 휴대폰이 귀한 시절이었고, 가정주부 대부분은 일반전화를 이용했는데 수신번호를 보니 친정집 번호였다. 엄마 전화를 받으면 족히 30분은 소모해야 할 판이었다. 친구는 급한 전화는 아닐 것으로 생각하고 하던 일을 계속했다. 그런데도 전화는 계속 걸려왔다. 친구는 귀찮아 하면서 전화를 받았다.

　아버지의 떨리는 목소리가 들려왔다.

　"엄마 돌아가셨다."

　몇 시간 전까지 팔팔하게 전화하셨던 엄마, 늘 곁에 계실 것으로 믿어온 엄마가 느닷없이 세상을 떠나가신 것이었다.

　부모에게 자식은 그런 존재밖에 되지 않는다. 제 자식이 전화하면 일을 방해하건 단잠을 깨우건 반갑게 전화를 받지만, 부모에겐 무심한 게 자식이다. 고독한 부모님이 온종일 무료한 시간

속에서 자식만 생각하고 계신다는 것을 어찌 다 알겠는가! 훗날 부모님과 같은 상황을 맞거나 부모님이 세상을 떠난 뒤에야 '이런 것이었구나, 그땐 얼마나 섭섭하셨을까, 잘해드렸어야 했는데, 한 번만 뵐 수 있다면 얼마나 좋을까!' 하면서 아파하는 게 자식인 것이다. 이렇듯 자식에게는 스스로 알 수 없는, 부모와는 전혀 다른 심리가 있다.

그러므로 부모는 자식이 알지 못한 그 무엇에 섭섭해하지 말고 내 부모에게 조건 없이 받은 사랑을 조건 없이 내려줘야 한다. 마음을 몰라주더라도 사랑이 필요할 때 베풀어주는 것으로 만족해야 한다. 그뿐이다. 경험하지 못한 것을 알아주라 한들 알 턱이 없는 것이다.


13년 동안 병든 시어머니를 돌봐 드린 지인이 있다. 누군가 그녀의 수고에 동정을 표하면 그녀는 토를 달았다. 시어머니 은공에 비해 약소하다는 것이었다. 매일 새벽밥을 지으셨던 시어머니는 아들 내외 단잠을 깨우지 않으시려고, 수도꼭지에 바가지를 바짝 대고 물을 받으실 정도였었다. 젊고 건강한 며느리는 늦잠을 자고 시어머니가 밥을 지으셨다는 얘기다.

며느리 밥이나 해주는 시어머니가 되라는 것은 아니다. 위 시어머니 사랑은 지나친 면이 있으나, 며느리에게 사랑을 베풀면 작게나마 알아준다는 것을 말하고 싶을 뿐이다. 그러나 조건 없는 사랑보다 더 큰 공로는 없다.

자식에게 밥도 해주지 못하면 무슨 낙으로 살겠냐며 정성으로 아들 내외를 먹이셨던 어머니! 아들 내외가 잘 먹는 것을 행복으로 여기셨던 어머니도 생로병사는 어쩌지 못해 가시는 길에 며느리 신세를 지셨던 것이다.

죽음이 다가오면 누구라도 자식 신세를 질 수밖에 없다는 것이다. 잘났거나 못났거나, 자식과 살거나 시설에 살거나, 숙명처럼 거쳐 가는 과정이 아니겠는가! 다만 그 기간이 얼마쯤 될지 모를 뿐이다. 비록 그 기간이 짧은 순간이 될지라도 마지막 길에 미안하지 않도록 부모는 자식들 가슴에 사랑을 저축해 둬야 한다. 그것은 꼭 이자가 더해져 돌아오는 것은 아니다. 금은보화 쏟아내는 복바가지가 아니라 깨진 쪽박이 되어 돌아올 수도 있다. 그러나 쪽박 한 조각으로도 한 입 물을 축일 수는 있는 것이다. 그러므로 아들이 잘 살기를 바라는 마음으로 조건 없는 사랑을 담아주면 그뿐이다.

만약 며느리를 구박한 시어머니였다면 며느리가 불평 없이 수발할 수 있었을까? 며느리는 시어머니 사랑이 고마워서, 그 사랑을 외면할 수 없어서, 부족하나마 정성으로 수발했다며 눈시울을 적셨다.

어느 유명한 소설가에게도 헌신적으로 자식을 돌봐 주신 친정 엄마가 계신다. 젊은 날, 방랑기가 심했던 아버지는 전국을 방랑하셨고, 엄마 혼자 다섯 명의 자식을 가르치셨다. 무심한 남편이 원망스러울 것도 같은데, 남편이 밉지 않냐고 물으면, 다른 생각은 없고, 오직 큰아들 고생시킨 것만 짠하다고 하셨다. 다른 자식과 달리 야간학교 다녔던 큰아들이 짠하다는 말씀이었다. 아들은 사회적으로 성공하여 거부가 되었지만, 수십 년 세월이 흘러도 야간학교 다닐 때 모습만 눈에 밟히셨던 것이다.

그분은 몇 년 전까지 큰아들에게 밥상 차려주시는 낙으로 사셨다. 야간학교 보낸 게 죄인 양 미안하고 짠해서 하루 세끼 돌솥 밥을 지으셨다. 큰아들에게 밥상 차려주시는 걸 사명으로 여기셨고, 양념까지도 큰아들 반찬에 넣는 것은 따로 쓰셨다. 몸이 편찮으셔도 아들 밥상만큼은 손수 차리셨다. 어쩌다 딸네라도 가시면 큰아들 식사가 걱정되어 부르르 내려가실 정도였다. 그토록 지나치게 큰아들을 사랑하신 엄마였지만 다른 자식들은 그에 대해 섭섭해하지 않았다. 하나같이 엄마를 이해하고 어루만져 주었다. 그들 모두에게 쏟아주신 엄마의 정성이 감사하여 배움의 혜택이 적은 동기에게 그들 또한 애틋함이 자리하고 있었다.

천년만년 아들에게 밥상을 차려주실 것 같던 그분은 지금 요양병원에 계신다. 다행히도 자식들은 엄마를 극진히 돌봐 드리고 있다. 멀리 있는 자식까지 일주일에 한 번씩 꼬박꼬박 내려와 돌봐 드리는 것에 모두들 놀라고 칭송을 쏟는다. 엄마의 희생이 없었다면 자식들이 그렇게까지 사랑하고 존중할 수 있을까! 자식들 됨됨이도 훌륭하지만 엄마의 헌신이 자식에게 감동을 줬다는 말이 된다. 존경받는 부모가 되는 것은 부모 몫이라는 말이다. 예외가 없는 것은 아니지만 부모인 우리는 그 사실을 가슴에 새기고 마음 써야 할 일이다.

대접받는 것과 존경받는 것은 별개라는 것도 말하고 싶다. 부모를 잘 챙긴다 해서 꼭 존경하는 마음으로 볼 수 없다는 말이다. 물량 공세는 물질만 있으면 할 수 있지만, 존경은 가슴에서 우러나지 않으면 할 수 없는 일이기 때문이다. 재산을 노리고 사심 없는 척 대접하는 자식도 세상에 널려 있음을 우리는 잘 알고 있다.

고부갈등을 겪지 않으려면 부모 스스로 자식과 선을 그어야 한다. 아들이 새 가정의 가장으로 승급했음을 인정하고 목적지를 향해 출항하는 아들에게 멋진 항해사가 되도록 응원해 줘야 한다. 길고 긴 항로에 두려움인들 없겠는가! 두려운 길 떠나는 귀한 자식이 거친 풍랑에 시달리지 않도록 빌고 또 빌어주는 부모가 되자.

가족을 싣고 떠난 아들의 배가 고향으로 돌아오길 바라지도 말자. 내 자식이 좋아하는 곳에 터를 잡고 사랑하는 가족과 행복하게 살기를 빌어주는 부모, 잘 있다는 소식만으로 만족하는 부모가 되자. 내가 낳았고, 내가 키웠으니, 내 것이라는 망상을 버리고, 오직 사랑으로 감싸주는 부모가 되자.

아들을 사랑하는 마음은 며느리를 사랑하는 것으로 전달했으면 한다. 며느리가 마음에 들지 않더라도 내 귀한 자식이 사랑하는 사람, 내 귀한 자식을 사랑하는 사람을 감싸주고 다독여주자. 그러다 보면 며느리 가슴에 시나브로 사랑이 자라나 언젠가 마음을 알아줄 것이다.

그런데 며느리에게 아들을 빼앗겼다고 말하는 사람이 종종 있다. 그런 사람을 보면 측은하고 안타깝다. 선물은 선물일 뿐, 주고 나면 돌려받을 성질의 것이 아닌 것을! 받은 사람이 귀히 여기면 그뿐인 선물인데, 받은 사람이 미워서 반납을 요구하면, 되레 그 사람이 우습게 되지 않겠는가! 내가 준 선물이 아니고 조물주가 맡겨둔 선물에 미련 갖지 말자. 간섭이 사랑인 양 권리인 양 여기지도 말자. 오직 서로의 삶이 확연히 다름을 인정하고 자식의 삶을 존중해 주자.

고부갈등에 대한 말을 듣다 보면 흔히 아랫사람이 져주는 게

도리라고 말한다. 많이 배운 자식이 양보하라는 말도 자주 듣는 말이다. 그러나 고부갈등은 지식으로 해결될 문제가 아니다. 지식과 지혜는 별개의 모양임을 알아야 한다.

위 글은 남자와 시어머니에게만 양보를 강요한 것으로 보일 것도 같다. 여자보다 남자가, 며느리보다 시어머니가 득세했던 세상을 살아온 세대의 시각에서는 더 그렇다. 그렇더라도 어느 한쪽의 입장만 생각한 것으로 오해하지 않았으면 한다. 인생을 살아오면서 직간접적으로 경험한 것들을 분석해 보니, 시어머니가 양보하고 감싸준 가정이 평온한 것을 알게 되어, 고부갈등 예방 차원에서 정리했을 뿐 사심은 없다. 내가 살아온 세상의 시어머니가 조금 너그러운 시선으로 며느리를 바라보고 사랑했다면, 자식들이 조금 더 행복하지 않았을까, 하는 아쉬움이기도 하다. 분명한 것은 내가 며느리 입장이거나 딸만 둔 부모였다면 이 글은 쓰지 못했을 것이다.

그러니까 이 글은 나를 향한 명령이며 내 아들에게 하고 싶은 말이기도 하다. 혹자에겐 불편한 것이 될 수 있겠으나, 다가올 세상은 확연히 달라질 것을 믿고 두려운 마음으로 글을 올린다.

# 좋은 시어머니가 되려면 어떻게 해야 할까?

아쉬움을 남긴 채 걸어온 길이 일흔(2024년 현재) 해, 어느새 둥지를 튼 아들이 있다. 아들은 내가 성깔 있는 엄마란 걸 알았음인지, 아내와 엄마 사이에 있을 법한 갈등을 염려해온 모양이었다. 지나치게 엄격한 엄마가 아내를 힘들게 하지 않을까 하는 염려였다.

그러나 그것은 기우에 불과했다. 며느리 들어온 지 9년이 되었지만 깐깐하게 굴거나 서운해한 적이 없다. 덕분에 아들은 평온하게 살고 있으며, 제 아내 사랑해줘서 고맙다고 말한다. 고부갈등을 겪는 친구가 많다는 말도 들려주곤 한다.

며느리도 주변 이야기를 들려주며 고마워할 때가 있다. 특별한 날에 건넨 카드에도 고마운 마음이 가득하다. 그중에서도 특별히 행복을 느끼는 문장이 있다.

'어머님이 우리 어머님이라서 행복해요.'

한동안 눈을 떼지 못할 만큼 뿌듯한 글이다. 남은 시간도 아들 부부가 행복하길 기원하며 흐르는 물처럼 사랑을 흘려주는 부모로 살고 싶다.

어떻게 해야 그렇게 살 수 있을까!


## 아들 내외 집을 함부로 들락거리지 않는다

〈고부갈등은 불가피한 것인가!〉 첫머리에 고부갈등의 원인 중 하나로 아들에 대한 집착을 지적한 바 있다. 문제는 시어머니 스스로 그걸 의식하지 못한다는 것이다. 아들 내외 집을 제집처럼 들락거리는 시어머니도 그런 부류다.

아들 집을 자주 들락거리면 어떤 일이 발생할까?

잔소리가 늘게 된다. 한두 번 경험하면 며느리 속을 알 법도 한데, 냉장고까지 열어보고 잔소리하는 부모도 있다. 아직도 그걸 안 먹었냐, 남편 밥 굶기지 마라, 밖에서 먹는 밥은 살로 안 간다, 돈 버리고 몸 버리는 짓을 왜 하는지 모르겠다, 등등 백 번 해도 소용없는 말이다.

그러다 보면 말 안 듣는 며느리가 미워지고, 여기저기 흉을 보게 되고, 갈등이 커지게 된다.

지인에게 들은 이야기를 옮겨 보겠다. 맘대로 아들 집 드나든 시어머니 때문에 며느리가 현관문 비밀번호를 바꿨다는 이야기다. 그 말을 전해 들은 사람들 모두 시어머니 위치에 있었지만 하나같이 무식한 시어머니라고 비난했다.

내 주변은 온통 그런 시어머니들뿐인데 위와 같은 시어머니가 정말 있는 것인지 늘 의문을 가졌었다. 오직 설화만 같은 '기괴하고 이상한 시어머니' 이야기는 건너, 건너, 들었을 뿐 가까운 곳 사연이 아니었던 까닭이다. 그러나 세상은 다양한 사람이 있게 마련이다.

언젠가 TV 속 패널이 풀어낸 〈썰〉에서 설화 아닌 실화임을 알게 되었다. 다들 유명한 방송인들이라서 농담인지, 진담인지, 잠시 의심 끝에 알아낸 진실이었다. 아들 집 장만에 부모가 기여했으니 아들 집은 제집이라는 〈썰〉이었고, 제집 냉장고 여는 게 무슨 대수냐며 본인도 그렇게 한다는 것이었다. 두 명의 패널이 똑같이 말하는 것에 잘못 들은 게 아닌가 의심했을 정도였다. 그러나 그들은 돈이 힘이라는 듯 당당하고 호기롭게 또 다른 〈썰〉을 보태고 있었다.

## 집안일은 며느리와 먼저 상의하고 며느리를 잘 챙긴다

며느리를 가족의 일원으로 인정하고, 며느리 스스로 그 집안에 귀한 존재라는 것을 느낄 수 있게 하자는 말이다. 그렇게 하면 며느리는 자신을 존중해 준 것에 고마워하고 며느리로서 책임감도 절감할 것이다.

고부간 나이 차가 40년이나 되는 가정이 있다. 시어머니에게는 네 명의 딸이 있었지만 어린 며느리 의견을 가장 먼저 물었다. 며느리는 자신의 생각을 스스럼없이 전하고, 스스로 결정할 수 없는 것은 남편과 의논하여 시어머니께 알려드렸다. 시어머니는 선물을 할 때도 딸보다 두 며느리에게 큰 것을 주고, 함께 사는 큰며느리에게는 가장 크고 좋은 것을 줬다. 딸보다 며느리 비중이 크고, 동거하는 맏며느리 비중이 크다는 것을 보여주려는 것이었다. 딸들 앞에서도 딸은 예쁘기는 하지만 며느리가 더 소중하다고 말씀하셨다.

다른 한 가정은 며느리와 시어머니 나이 차가 스무 살에 불과했다. 시어머니는 가정사를 논할 때마다 며느리를 따돌렸다. 언제든 딸 내외와 의논하고 며느리가 눈에 띄면 하던 말도 중단했다. 가족들도 며느리와 함께하자는 말을 하지 않았다.

자식 집을 방문할 때도 차별은 여전했다. 큰 보따리는 딸 집에 풀고, 아들 집에는 손이 부끄러울 정도였다. 딸에게는 북어 열 마리, 아들에겐 두 마리, 그런 식이었다. 그러고도 사람들에겐 거짓말로 일관했다. 북어 두 마리는 스무 마리가 되고, 주지 않은 걸 줬다고 하는 것도 일상적이었다. 부풀리고 거짓말하는 것은 스스로 인색하다는 것을 알고 있다는 말이 된다. 그녀의 거짓말 연기는 때때로 너무 유치해서 이해관계가 없는 사람에겐 재미있게 보일 수도 있겠지만, 며느리 입장에선 동네방네 소문내고 싶을 만큼 섭섭했다. 며느리에게 전해 들은 수많은 연기 중에 코믹한 연기 한 토막을 그대로 실어 보겠다.

아들 내외가 해외에서 돌아와 본가에 갔을 때였다. 그녀는 세상에 둘도 없는 다감한 시어머니인 양 며느리에게 말했다.

"아야, 느그 줄라고 짐장 많이 해 났응께 갈 때 갖고 가그라잉."

며느리는 놀란 눈으로 시어머니를 쳐다봤다. 결혼한 지 14년 동안 주지 않고 줬단 말은 수없이 들어왔지만, 뭘 주겠단 말은 처음이었다. 며느리는 속으로 '살다 보니 주신다는 말씀도 들어 보네. 늙어 가면서 변하신 건가, 그동안 아들을 기리고 살아서 변하신 건가?' 그런 생각까지 했다. 마침 그 자리에는 시누이 내외도 함께 있었다. 그러나 시어머니 행동이 연기였다는 건 시누이가 떠난 뒤에 알았다. 오스카상 주인공인들 어찌 그녀의 연기를 따를쏜가! 이를테면 각본은 찌질하고 유치하되 연기력이 매우 우수했다는 말이다. 그 연기가 얼마나 뛰어났던지 며느리는 연기의 전모를 알지 못한 채 집에 돌아가던 날 낭랑하게 말했다.

"어머니, 김치 주세요."

순간 시어머니 얼굴이 험상궂게 변했다. 딸, 사위, 앞에서 겉치레 인사 한번 했을 뿐인데 피 같은 김치를 주라는 것에 짜증이 났던 것이다. 시어머니는 마지못해 냉장고에서 김치 통을 꺼내더니 작은 플라스틱 통을 들고 와 뚜껑을 열었다. 김치 통도 크지 않다고 여긴 며느리가 의아해하며 물었다.

"덜어 놓고 주시려구요?"

"아야, 우리 묵을 것도 없어야."

시어머니는 며느리 말이 떨어진 순간 톡 쏘아붙였다. 그러고는 김치 세 조각을 꺼내 작은 통에 담아서 며느리에게 내밀었다. 배추 3/4 포기에 불과한 것이었다. 딸은 이미 큰 통의 김치를 받아 간 뒤라서 며느리는 너무 어이가 없었다. 딸과는 일종의 거래인 것을 몰라서는 아니었다. 다만 수년 만에 만난 며느리라서 딸에게 준 만큼은 줄 것으로 믿었던 것이다. '아들 며느리가 한 게 얼만데 김치 한 통이 그렇게 아까워요? 이까짓 김치 한 통도 받을 자격이 없냐고요?' 시어머니 거짓은 늘 겪어온 일이었지만 김치 세 조각 앞에서 별의별 생각이 다 들었다. 성질대로 하자면 시어머니 앞에 김치 통을 던져 버리고 싶을 정도였다. 시어머니 정이라곤 받은 적이 없었으니, 붙어 있는 정도 없었지만, 없는 정까지 떨어지고, 죄 없는 김치까지 정나미가 떨어졌다. 집에 들고 가 먹자니 토할 것 같고, 버리자니 벌 받을 것 같아서, 친정에 도착할 때까지 고민을 거듭하다가 친정에 놓고 와 버렸다.

몇 달 뒤, 며느리는 친정 행사차 친정에 갔는데 시어머니가 그녀 친정에 다녀갔다는 소식을 전해 들었다. 시어머니가 친정에 다녀갔다는 것도 황당했지만 그녀가 친정엄마에게 한 거짓말은 더 황당하고 어이없었다. 며느리 김장해줬다고 생색을 내더라는 것이었다. 거짓말하는 꼴이 얼마나 우스웠던지 그 상황을 목격한 올케가 비실비실 웃으면서 말했다.

"형님네 시어머니는 너무 웃기더라. 김치 세 조각 준 거 우리가 아는데 김장해줬다고 허풍 떨어서 웃음 나와 혼났어요."

며느리는 열이 뻗친 걸 숨기지 않고 말했다.

"뭐 잘났다고 며느리 친정까지 와서 거짓말하셨데? 거짓말 잘하는 거 사돈한테까지 증명하러 오셨을까? 그런 시어머니는 조선 천지 하나밖에 없을 걸."

며느리는 그동안의 시어머니 행위가 떠올라 화를 참기 어려웠다. 며느리에게 김치 세 조각마저 아까워하면서, 아들 내외 곳간만 넘보는 시어머니를 이해할 수 없었다. 아들이 준 밑천으로 시작한 사업이 번창하여 아들보다 훨씬 많은 수입을 올리면서도 시어머니는 늘 그렇게 인색했다.

두 가정 중 어느 가정이 더 화목하겠는가!

가정이 화목하려면 무엇보다 며느리를 귀히 여기고, 딸이 암만 예뻐도 뭔가 줄 때는 딸보다 적지 않게 줘야 한다. 최소한 딸과 같은 양을 주거나, 조금은 많이 줘야 한다는 게 개인적인 생각이다.


## 2세에 대한 부담을 주지 않는다

기성세대에서는 제복 제가 타고 난다거나 인명재천(人命在天)이란 말을 많이 써왔다. 조금 억지 해석일 수 있겠으나 낳기만 하면 알아서 자란다는 말이다. 그래서인지 자식이 결혼하면 부모는 손주부터 기다린다. 결혼한 지 이태만 지나도 불안해하고, 인공적인 방법을 권하기도 하는데, 당사자가 느낄 중압감을 먼저 생각해 봐야 할 것이다.

나는 자식들에게 출산을 강요한 적이 없다. 아이를 낳고 기르는 것이 보람된 일이란 것을 몰라서는 아니었다. 어떤 것보다 큰 웃음을 준 주체가 아이들이었고, 어떤 것보다 큰 행복을 준 것도 아이들이었지만, 어차피 소신껏 살아갈 아이들에게 간섭하지 않겠다는 것이었다.

거기에는 내가 살아온 삶이 반영되었음을 부인하지 않겠다. 전업주부로 살아오면서 시부모에게 아들 재산이나 축내는 식충이 취급받았고, 남편과도 금전 문제로 부딪힌 일이 많았던 까닭이다. 게다가 이혼을 하면서 노후자금이 날아가는 사태까지 발생하게 되었다. 그런 삶을 살아온 여성이라면 딸에게 어떤 말을 해줄 수 있겠는가! 당연히 2세를 권하기보다 경력단절을 우려할 수밖에 없다. 나와 함께 사범대를 나와 가사에 전념한 친구들 반응도 다르지 않았다. 능력 있는 딸이 푸대접받으며 살아갈 이유가 없다는 것은 하나같이 쏟아낸 반응이었다.

달리 표현하자면 아이를 갖지 않는 것을 비난하기에는 사회적으로 문제가 많다는 말이다. 아이를 키우려면 엄청난 정성과 시간과 물질이 필요하고, 곳곳에 위험이 도사리고 있는데, 맞벌이를 꼭 해야 될 형편이면 갖고 싶어도 갖기가 어렵다. 수입은 적고, 국가 지원도 부족하고, 아이가 커 갈수록 소요 경비가 늘어날 것을 알고 있는 한, 쉽사리 아이 갖기가 어렵다는 것이다. 육아 휴직이 짧은 것도 문제다.

출산 기피 현상이 왜 높아지고 있는지 맞벌이 부부의 출산, 양육 과정을 통해 따져 보겠다.

　첫째 육아 휴직을 하거나 퇴직하면 가정 경제에 구멍이 뚫린다.

　둘째 가정 경제가 흔들리면 경제 책임자는 혼자 짐을 진 것에 불평을 쏟는다.

　셋째 육아를 맡은 부모도 불만이 축적되어 부부싸움이 잦아진다.

　넷째 위와 같은 일을 겪다 보면 출산, 경력단절을 후회하게 된다.

　경력단절까지 하면서 육아에 전념한 아내에게, 사정을 알 만한 남편이 경제적 압박을 가하면, 아내는 불평 듣고 사느니 경제활동 하는 게 낫다는 생각을 하게 되고, 후배들에게 출산을 만류하는 사태가 발생할 수밖에 없다.

　직장에 복귀하더라도 문제가 따른다. 아이가 고학년이 되기까지 부모 손길이 전적으로 필요한데, 그러지 못하면 불안감이 생성된다. 육아에 전념하자니 경제가 문제고, 경제활동 하자니 육아에 소홀해진다는 말이다. 어린이집에 온종일 맡길 시스템도 아니고 베이비시터를 고용하자니 형편이 따르지 않는다. 출산율이 바닥을 모른 채 추락하는 것은 그런 이유를 무시할 수 없다.

한국의 출산율이 어느 정도인지 들여다보기로 하자. 2018년 처음으로 평균 1명 이하로 떨어져 0.98명이 된 이래 2023년에 0.72명으로 추락했다는 통계였다. 그나마 1분기 0.82명에서 단계적으로 떨어져 4분기엔 0.65명으로 낮아졌다고 한다. 출산율이 단계적으로 떨어진 것은, 앞으로도 단계적 하향세를 보일 수 있다는 분석과 함께 올해 출산율이 0.68명 이하가 될 것이라는 전망까지 내놓았다.

최근 출산율이 낮아진 사유로는 3년간 코로나 여파로 혼인 건수가 준 데다 미혼 희망인구가 많아진 게 원인이라는 분석도 있었다. 코로나로 인한 출산율 저하는 일시적 현상일 수 있겠으나 미혼 희망인구가 많아지고 있는 것은 장기적인 출산율에 타격을 주지 않을까 염려스럽다. 17개 시, 도별 평균 출산율이 1명을 넘어선 곳이 없다는 것도 심각한 현상이다.

우리가 로망으로 여겨온 프랑스는 어떠한가! 그들은 자녀가 셋만 돼도 세금 혜택이 40퍼센트나 되고 육아 휴직도 매우 길다. 유급휴가만 6개월에 해당되고 일반 육아휴직도 3년이나 된다. 게다가 여러 형태의 수당까지 지급된다. 그런 가운데 2022년 출산율 1.8명으로 높아졌다가 최근에 다시 떨어졌다는 집계 결과가 나왔다. 그 원인으로는 그동안 출산에 기여했던 이민자들의 의식이 변화되어 다산을 하지 않는다는 해석도 있었다. 우리보다 혜택이 월등한 프랑스조차 요지경이니 사적이든 공적이든 육아 돌봄서비스 없이는 출산과 육아에 난항을 겪을 수밖에 없다. 프랑스를 훨씬 능가할 특단의 대책이 나오지 않으면 출산율을 높이는 데 한계가 있다는 것이다. 결론적으로 말해서 2세에 대한 간섭보다는 자녀 자신에게 맡기라는 말이다.

며느리가 임신하면 성별에 대한 말은 삼가야 한다. 딸이 살가워서 좋다거나, 아들이 든든해서 좋다거나, 그저 그런 말도 말아야 한다. 며느리 의지와 무관한 일로 압박감을 주기보다 아들이건 딸이건 다 귀하다는 생각, 핏줄은 무조건 소중하다는 격려만 해주면 된다.

나의 조부모님을 예로 들어 보겠다. 조부모님은 슬하에 아들 둘, 딸 하나를 두셨다. 그중 딸은 출가하여 함경도에 살다가 전쟁 중에 이별하고 아들 둘만 남게 되었다.

그런데 큰며느리인 친정엄마(1920년생)는 딸을 내리 넷이나 낳으셨다. 아들을 낳지 못하면 7대 죄악으로 단정하여 며느리 취급조차 안 하던 시절이었다. 사람들은 아버지에게 첩을 얻어서라도 대를 이으라고 종용했다니 엄마가 느끼셨을 고통은 말로 할 수 없었을 것이다. 피 같은 눈물을 뚝뚝 흘리셨다는 것은 엄마가 평생 해오신 말씀이었다. 수십 년 세월이 흐르고도, 그날을 회고하실 때마다 눈망울이 흐려지셨던 건 당시 심정이 처절했다는 것을 대변한 것이리라! 그러나 며느리에 대한 조부모님 사랑은 놀라웠다.

할아버지는 첩을 들이라는 사람들에게 호통치셨다.

"딸이면 다 딸인 줄 알아? 우리 손녀가 아들보다 못 한 게 뭐야? 딸도 우리한텐 귀하니까 몰상식한 말은 하지도 말아."

그러고는 며느리를 위로하셨다.

"아가, 걱정하지 마라. 딸도 잘 키우면 못 할 것 없는 세상에 죄송할 게 뭐냐. 우리는 딸도 귀하다. 어쩌든지 건강 잘 지키고 아기도 건강하게만 키워라."

아들 손주가 간절하셨음에도 서운한 말씀 한마디 없으셨다니 얼마나 지혜로운 처신인가!

그로부터 4년 뒤, 부모님 결혼하신 지 20년 만에 아들이 태어났다. 할아버지, 할머니는 세상을 다 얻은 듯 기뻐하시며, 매일 매일 그윽한 눈빛으로 손주를 바라보시고 덕담을 하셨다.

오지다, 사랑스럽다, 우리 집에 이렇게 좋은 일이 생겼구나, 네가 수고 많았다.

엄마는 시부모님 인품에 대해 두고두고 자랑하셨다. 구식 케케묵은 그 시절에 며느리 마음 다치지 않게 위로해 주시고 기다려 주신 시부모님이 너무 고마웠다는 말씀이었다.

아들 타령은 고부뿐 아니라 어디에서도 하지 말아야 한다. 상대방이 없는 것을 화두로 꺼내 그것의 필요성을 역설하는 것은 마음만 다치게 할 뿐이다.

어느 모임에서 자식들 이야기를 하는 중에 어떤 여자가 말했다.

"지금은 아들, 딸 구별할 필요 없는 것 같아요."

그때 한 여자가 반박했다.

"젊어서는 상관없지만 나이 들면 아들은 꼭 있어야 돼. 아빠도 대화상대가 있어야지. 딸이 암만 좋아도 아들을 대신할 수 있겠어? 딸이 생각하는 아빠와 아들이 생각하는 아빠는 달라. 좋은 때는 아들이 필요 없어 보이지만 장례식에도 아들 없는 집은 초라하더라."

아들의 필요성을 역설한 여자는 아들 둘에 딸 하나, 의사인 여자는 딸만 하나 있었다. 두 사람 모두 가족계획 시대를 거쳤고, 남아선호사상이 여전한 상황에서 여의사는 단산했었다. 그녀가 단산한 데는 속사정이 있을 법도 한데 장례식까지 들먹이며 아들의 필요성을 나열할 필요가 있을까, 싶었다. 더구나 출산이 불가능한 50대 여자에게 아들 타령은 기분만 상하게 할 뿐이었다.

그런데 위 딸만 낳은 여의사가 아들이 없어서 비극적 종말을 맞았다면 여자들은 분개할 것이다. 그녀의 남편은 그들 도시에 잘 알려진 의사였고, 그와 내연녀 사이에 아들이 하나 있었는데, 그 아이가 초등학교 5학년이 되어서야 여의사는 사실을 알게 되었다. 믿었던 남편에게 숨겨진 아들이 있었다는 건 너무 큰 배신이었고, 15년 동안 불륜 사실을 몰랐던 것도 자존심 상한 일이었다. 여의사는 남편에게 개망신시키겠다며 남편 앞에서 자살을 해버렸다. 세상 잣대로 보면 부러울 것 없는 의사 부부였지만 전근대적 사상이 빚어낸 불행한 일이었다. 아들이 무엇이기에 아내를 죽음으로까지 내몰며 씨앗을 보존하려 했던 것일까! 우리도 한때 모계 중심사회가 있었는데 아들이 있어야 된다는 사상이 왜 그렇게 강렬했을까! 내연녀의 아들은 저주가 쏟아지는 세상을 잘 견뎌낼 수 있을까!

위 의사 부부는 나와 같은 시대를 거쳐온 사람들이다. 자식이 셋만 돼도 야만인 소리 들었던 그 시절, 아들이 없으면 대를 잇기 위해 다산을 하고, 수태한 아이가 딸이면 유산하는 일도 많았다. 오죽하면 정부에서 산아제한까지 했겠는가!

지금은 그때 태어난 아이들이 30~40대가 되었고, 어느새 딸 선호사상이 더 강한 세상이 되었다. 무심한 아들보다 살가운 딸이 좋다는 것이다. 〈아들 둘보다 딸 둘이 좋다〉는 사람이 많아진 것도 흥미로운 일이다. 그 현상을 보면서 세상은 공평하지도 불공평하지도 않다는 생각이 들곤 한다.


## 딸에게 며느리 흉보지 말고, 딸이 며느리 흉보면 무조건 며느리를 감싼다


친정엄마의 며느리 사랑은 모범적이었다. 엄마에겐 딸이 넷이나 되었지만 여느 딸에게도 며느리를 흉보지 않으셨다. 누군가 제 며느리 흉을 보면 뒤돌아서서 그 시어머니 흉을 보셨다.

"메느리 숭본 씨엄씨들은 지혜 없는 것들이여. 메느리같이 귀한 것이 없등마 그렇게 미울 꺼나? 씨엄씨가 잘해야 메느리도 잘하제. 메느리한테 못 한 것들이 꼭 메느리 숭보더라. 시어머니 속에서 메느리 나온단다."

진심 어린 말씀이었다. 엄마에게 딸은 출가외인이었고, 며느리는 하늘에서 떨어진 보물 같은 것이었다. 아들 내외가 장기 출타를 하면 아들보다 며느리를 더 그리워하실 정도였다. 알 것도 같고 모를 것도 같은 그 말에 장난삼아 말했었다.

"며느리가 더 보고 싶다고라? 에이, 거짓말! 아들이 더 보고 싶음시러!"

"아녀! 아들도 보고 싶은 것은 맞는디 메느리가 훨씬 더 보고 싶더라. 아들은 아침에 나가믄 밤에 들온께 직장에 있는갑다 싶은디, 메느리는 항상 같이 있어논께 눈에 선~하니 보고 싶어야. 참말이여!"

엄마가 며느리를 그리셨던 건 단순히 같이 보낸 시간 때문은 아니었다. 처음 인연을 맺고부터 며느리를 각별하게 여기셨다. 올케는 결혼하고 8년간 교직에 있었는데 그때 일만으로도 엄마 마음은 이해가 되고도 남았다. 올케는 계속 시외 근무를 했기 때문에 매일 새벽길을 나서야 했는데, 엄마는 며느리보다 훨씬 일찍 일어나 도시락을 싸주시면서도, 새벽에 나가서 밤에 들어오는 며느리가 안쓰럽다고만 하셨다. 어느 때는 몸에 좋은 녹즙도 짜서 먹이시고, 며느리가 직장에서 돌아오면 언제나 따뜻하게 맞아 주셨다.

"아가, 얼마나 고생했냐. 어서 밥 묵어라."

시어머니 말씀에 며느리도 사랑스럽게 말했다.

"제가 뭘요. 어머님이 아기 보시느라 고생하셨지요."

그뿐 아니었다. 올케는 늘 엄마가 집안일을 해주시고 아이를 키워주셔서 본인이 일할 수 있었다며 시어머니 공을 치하하곤 했었다. 시어머니와 같이 벌었다는 것이었다. 가족들이 올케를 칭찬해줄 때도 올케는 늘 그렇게 말했기에, 그런 올케가 참 고마웠고, 올케의 좋은 심성을 알 수 있었다.

그러나 올케 인품이 아무리 훌륭했을지라도 시어머니 사랑이 없었다면 좋은 고부관계를 유지하기 어려웠을 것이다. 며느리가 보고 싶다며 눈물 흘리셨던 엄마를 보면서, 나도 최소한 엄마 정도의 시어머니가 되겠다고 다짐했었다.


좋은 시어머니가 되려면 며느리 흉보는 일은 절대 하지 않아야 한다. 내 속에서 나온 딸에게도 흉을 봐서는 안 된다. 딸에게 잘못 건넨 말 한마디가 불화를 일으킨 일이 한두 건일까! 시누이 하나에 이가 세 말이란 말이나, 시어머니 시집살이보다 시누이 시집살이가 맵다는 말도 그냥 나온 말은 아니다.

시누이 하나에 이가 세 말이란 말을 생각하며 올케에게 농담처럼 말한 적이 있다.

"올케는 시누이가 네 명이니까 이가 열두 말이네. 무슨 일이든 속 끓이지 말고 엄마든 언니들이든 흉볼 거 있으면 나한테 봐. 다 들어줄게."

"시집살이 시킨 사람 없잖아요."

올케의 말이었다. 큰언니가 생각 없이 툭툭 말을 뱉곤 하지만 성품을 알아서인지 마음에 새기지 않은 모양이었다. 분명한 것은 그런 언니를 포함해 네 자매 모두 올케를 아끼고 사랑한다는 것이다. 네 자매가 그럴 수 있었던 건 엄마와 올케 사이가 좋다 보니 올케에게 원성 살 일이 없었다는 것과 같다.

딸이 며느리 흉보면 어떻게 할까?

'그보다 얼마나 더 잘하겠니? 네 올케 같은 사람 못 봤다. 며느리는 시가 하기 나름이란다.'

시가 하기 나름이란 말이 이치에 맞지 않더라도 그렇게 하는 게 좋다.

그러나 며느리 옹호하는 시어머니는 많지 않다. 며느리가 가족이란 걸 알면서 가족 대우에 소홀하고, 자신이 귀히 여겨온 물건도 딸 주겠다는 사람이 더 많다. 그런 시어머니가 며느리를 곱게 볼 리 없고, 그런 엄마 밑에 자란 딸도 올케에게 잘할 리가 없다.

주변에도 그런 사람이 있다. 며느리 흉보기 좋아하고 딸이 올케 흉을 보면 신이 나서 맞장구쳤다. 며느리에게 딸 자랑을 일삼고, 며느리를 꾸짖을 때도 꼭 딸을 끌어들였다. ㅇㅇ는 오만 것을 다 잘하는데 너는 할 수 있는 게 뭐냐, 대학만 나오면 뭐해 살림을 잘해야지, 우리 ㅇㅇ는 대학 안 나왔어도 살림만 잘하더라, 그런 말을 일삼았다. 딸이 한 말을 이리저리 돌려 훈계하는 일도 많았다. 며느리는 시어머니 말에서 모녀가 무슨 흉을 봤는지 알 수 있었고, 그러다 보니 시어머니 때문에 시누이가 밉고, 시누이 때문에 시어머니가 미웠다. 시어머니 스스로 무덤을 판 격이었다.


이런저런 사례를 보고 들으면서 깨달은 것이 있다.

'시어머니가 며느리를 사랑하면 가정이 평온하고, 딸을 감싸고 돌면 시끄럽다.'

'시누이가 올케를 감싸면 시누이─올케 사이는 물론 시어머니─며느리 사이도 좋은 관계를 유지할 확률이 높지만, 시누이가 올케를 미워하면 불화가 생긴다.'

내게는 위와 같은 철칙이 있어서 올케들에게 좋은 시누이가 되려고 노력해 왔고, 덕분에 두 올케 모두에게 좋은 시누이로 인정받으며 살고 있다. 그런데 왜 세 명의 시누이에게는 좋은 올케 소리 한 번 듣지 못했을까! 생각해 보니 그들에게 나는 오빠를 빼앗아 간 여자, 오빠의 모든 것을 빼앗아간 올케일 뿐이었다.

시누이 역할의 중요성을 너무 잘 알고 있기에, 아들이 결혼하기 전부터 딸에게 좋은 시누이가 되라고 단속해 왔다. 올케에게 잘하라고, 떠나는 것은 순서가 없다지만 엄마가 세상을 뜨면 유일한 혈육은 오빠뿐이라고, 오빠가 사랑하는 사람에게 잘해야 되지 않겠냐고, 그 많은 사람 중에 내 집 식구 되는 게 얼마나 큰 인연이며 고마운 일이냐고. 올케에게 잘하라는 단속은 아들이 결혼한 뒤에도 여전하다.

## 며느리를 사랑으로 대한다

어느 어르신은 며느리 미워하면 늙어서 천대받는다며 어른이 본을 보여야 된다는 말씀을 자주 하셨다.

며느리가 첫애를 낳았을 땐 본인의 진주 목걸이를 풀어 반지와 귀걸이를 해주시는 걸로 며느리에 대한 애정을 표현하셨다. 굳이 목걸이를 푼 것은 주고 싶은 마음은 간절한데 여력이 되지 않아 아껴온 목걸이로 대신한 것이었다. 그리고 손주가 태어날 때마다 작게나마 손주 명의 교육보험을 들어주셨다. 며느리 실수에도 지혜롭게 대처하셨다. 며느리가 그릇을 깨트렸을 때도 민망해하는 며느리에게 너그럽게 말씀하셨다.

"아가! 다친 데 없냐? 내가 그 자리에 안 놨으면 그런 일 없었을 텐데 내가 잘못해서 그랬다. 많이 놀랐겠다."

그 시어머니는 세상을 떠나기 며칠 전에도 며느리 손을 잡고 말씀하셨다.

"너랑 나랑 속상한 일 없이 떠나게 되었구나. 해준 것도 없는 시부모 모시면서 고생 많았고, 그동안 고마웠다. 너도 벌써 며느리 얻었으니 혹시라도 며느리 흉보지 말고 잘해 줘라. 내 집 식구는 내가 감싸야 한단다."

며느리는 늘 시어머니가 지혜로운 분이라고 말해 왔는데, 시어머니와 이별하던 날 울먹이며 말했다.

"어머니! 부족한 며느리 감싸주시고 사랑해 주셔서 고마워요. 어머니가 곁에 계셔서 행복했어요. 어머니, 사랑해요. 편히 가세요."

누가 봐도 보기 좋은 이별이었다.


그와는 달리 자식을 편애한 대가로 말년을 어렵게 보낸 사람도 있다. 한 할머니는 큰며느리가 싫어서 객지 생활하는 미혼 막내아들과 함께 사셨다. 할머니의 작은 재산은 막내아들 주셨고 그가 결혼한 뒤에도 여전히 같이 사셨다. 그리고 막내며느리가 낳은 손주 셋을 키우는 데 기여를 많이 하셨다.

막내며느리는 시어머니를 달가워하지 않았다. 큰아들 두고 왜 막내가 모시냐는 것이었다. 막내며느리는 시어머니에게 툭툭거리고 눈을 흘겼지만 그나마 막내아들은 엄마를 불쌍히 여겼다. 그 애잔한 마음은 사업에 실패하면서 변했다. 엄마를 귀찮아하며 큰아들한테 가라고 화를 내기도 했다.

할머니는 야속한 마음을 달래며 큰아들네로 가보셨지만, 큰며느리는 그보다 더했다. 그녀가 시어머니를 미워하는 데는 이유가 있었다. 할머니가 막내아들에게 재산을 물려주실 즈음 그녀의 형편은 매우 어려웠다. 쌀값이 없어서 끼니를 거르기도 했다는 건 먼 친척을 통해 알려진 일이었다.

큰며느리는 잘살게 된 뒤에도 무조건 시어머니가 싫었다. 웃는 것도 싫고, 먹는 것도 싫고, 뒤통수까지 보기 싫었다. 남편이 눈앞에 없으면 시어머니 물건을 이리저리 던지기도 했다.

"그 귀한 막내아들 두고 왜 나한테 와? 잘난 아들이 평생 거둘 것처럼 하더니 왜 싫대? 큰며느리는 하늘이 내린다고 했는데 그렇게나 독하게 한 양반이 무슨 염치로 나한테 왔냐고? 재산은 막내아들 다 주고 송장은 나한테 치르라고? 흥! 내가 등신인 줄 알아? 큰며느리 박대하고 복 받은 사람 못 봤으니까 두고 봅시다."

큰며느리는 존댓말도 쓰지 않고 구박을 해댔다. 할머니는 발붙일 곳이 막연해졌다. 죽고 싶은 심정으로 두 아들 집을 들락거리며 마지못해 살고 계셨다. 한번은 동네 여자가 막내아들 집에 갔는데 큰아들 집에 가셨던 할머니가 돌아오셨다. 할머니를 본 막내며느리가 눈을 부릅뜨고 소리를 질렀다.

"누가 기다린다고 왔어? 참내! 누가 반겨준다고 왔을까?"

매몰찬 말에 지켜본 여자가 민망했다는 말을 전해 들었다. 반기지 않을 걸 알면서 막내아들네로 향할 수밖에 없었던 할머니, 막내아들 집이 가까워졌을 땐 며느리 얼굴을 떠올리며 얼마나 근심하셨을까! 현관문 앞에서 두근거리는 가슴을 끌어안고 몇 번이나 주저하다 문을 여셨을까! 막내며느리가 괴성을 지르며

구박할 땐 또 얼마나 가슴이 아리고 억장이 무너졌을까! 죽지 못
해 살아가는 신세가 얼마나 처량하고 서글프셨을까!

　어느 날 내 옆 벤치에서 할머니가 친구에게 푸념하고 계셨다.
한동안 큰며느리가 퍼부은 욕설을 인용하고 나서 말을 이었다.
　"여기를 가나 저기를 가나 구박해서 못 살겠어. 작은 방이라도
얻어서 나가야지. 내가 죽으면 방값은 빼서 노인정에 기부하라고
할 거야. 늙고 의지할 곳 없으니까 자식보다 친구가 낫더라고."
　친구가 안타깝다는 투로 말씀하셨다.
　"무슨 소리야. 잘나나 못나나 내 자식이 최고려니 하고 살아. 자
식 좋아서 산 사람 몇이나 되겠어? 다른 노인들도 다 똑같아. 자식
이 어디 부모 같겠냐고. 한 번 나가면 들어오기 힘드니까 꾹 참고
살아야 돼. 암만 나빠도 남보다는 낫지. 남은 좋을 때뿐이야."
　"몰라서 그렇지 아들이라고 다 아들이 아냐. 우리 아들이 그렇
게 변할 줄 몰랐어. 총각 때는 엄마 불쌍하다고 돈 벌어 호강시
켜 준다더니 여편네 잘못 만나서 남 되고 만 거야. 큰며느리가
구박하고 욕해도, 막내아들만 믿고 살았는데……."
　"돈이 얼마나 되는데?"
　"천만 원 넘어. 복덕방에 알아봤더니 방 한 칸은 얻을 수 있대."
　말을 마친 할머니가 나를 부르셨다.

"애기엄마! 이것 좀 봐줘."

통장에 새겨진 입금 숫자는 만 원, 2만 원, 이 사람 저 사람이 준 푼돈을 꼬박꼬박 모아오신 것 같았다.

시간이 많이 흘렀으니 작은 액수가 아니어서 내가 웃으면서 말했다.

"저보다 부자시네요."

할머니는 밝은 표정을 지어 보이시더니 이내 어두운 얼굴로 말씀하셨다.

"다 딸들이 준 거고 아들은 설날 몇 푼 준 게 다야. 결혼 전에는 벌어온 대로 내 손에 쥐여 줬는데 결혼하고 변했어."

만 원짜리 한 장이 할머니께 그렇게 큰돈이었던 것을! 푼돈이 생겨 은행으로 달려가실 때 할머니는 얼마나 행복하셨을까! 물정도 모르신 할머니가 20년간 죽도록 모으신 게 겨우 천만 원 남짓인 것에 마음이 애잔했다.

사람들은 알고 있었다. 할머니가 지혜로운 분은 아니었지만, 막내에게 얼마나 헌신하셨는지. 행여 아들이 어려워 보이면 작은 금전이나마 손수건에 둘둘 말아 아들 손에 놓아주셨다는 건 잘 알려진 일이었다. 전 재산을 막내아들 내주시고, 뼈가 닳도록 손주 셋을 키우셨는데, 구박하고 멸시하는 며느리를 아들에게 일러바칠 수도 없었을 것이다. 오직 속울음을 삼키며 친구에게 푸념하는 것으로 화를 풀며 살아오신 것 같아 뵐 때마다 안쓰러웠다.

그로부터 몇 년 뒤, 할머니는 세상을 떠나셨다. 할머니가 지켜온 예금은 장례를 치르고 남아서 두 아들이 나눠 가졌다는 소식도 들려왔다. 갖고 싶은 것, 먹고 싶은 것 뒤로 한 채, 침을 삼키며 모아오신 그 돈을 무슨 염치로 나눠 가졌는지, 낯뜨거운 소식이었다.

위에 언급한 첫 번째 사례는 시어머니와 며느리 둘 다 좋은 상관관계이며, 마지막 사례는 두 사람 다 나쁜 상관관계다. 위와 같은 사례를 두고 인간관계는 상대적이라고 말할 것이다.

그러나 원칙을 벗어난 일도 있게 마련이다. 내가 교직에 있을 때 지켜본 주인집 할머니와 며느리 관계가 그랬다. 할머니의 며느리 사랑은 감동을 넘어선 것이었지만 늘 일방적인 것에 불과했다. 허리가 90도로 굽은 할머니는 장사하는 며느리 대신 집안일을 전담하셨는데, 며느리를 호호 불며 아까워하셨다. 음식도 며느리 위주로 하셨고, 며느리가 아프기라도 하면 밤이건 낮이건 굽은 허리를 곧추세우며 먼 시골길을 걸어 약을 사 오시고, 기력이 떨어져 보이면 보약도 달여주셨다. 누군가 며느리 흉을 보면 손을 저어 해명하셨고, 외도 공방에 몰렸을 때도 며느리 방

어에 진땀을 빼셨다. 우리 며느리는 그럴 리가 없다며, 행여 아
들 귀에 들어가지 않도록 말조심하라고 거듭 당부하셨다.

2년 동안 할머니를 지켜봤지만 궂은 말 한 번 하지 않으셨다.
그저 몸을 살라 헌신만 하셨다. 명령 같은 며느리 말에도 조심스
레 대답하셨고, 멀리서 며느리가 보이면 웃음을 머금고 쳐다보
시곤 하셨다. 목소리까지 인자하신 할머니를 보면 천사 같다는
생각이 들 정도였다. 말끝마다 툭툭거리고 눈길 한 번 주지 않는
며느리가 그렇게도 사랑스럽게 보였을까! 안쓰럽기 짝이 없는
며느리 사랑이었다.

어찌 인생이 상대적이기만 하겠는가!


## 명절, 제사 부담을 주지 않는다

자식은 무엇과도 비교할 수 없는 사랑스러운 존재다. 가족이
한데 모여 깔깔거리고, 오순도순 담소하는 것보다 흐뭇한 정경이
또 있을까! 명절에 자식을 기다리는 것도 그런 이유일 것이다.

그러나 조금만 달리 생각해 보자. 차라리 혼잡한 명절을 피
해 미리 모이는 건 어떨까? 명절에 자식이 없으면 소외된 기분
이 든다고들 하는데 생각하기 나름이다. 미리 모이면 시간도 절

약되고 여러모로 좋다. 명절에 출가한 딸은 시가부터 가게 되고, 딸이 친정에 올 때쯤 아들은 처가에 갈 확률이 높은데, 미리 모이면 모두 함께할 수 있으니 좋지 않을까? 요즈음 세대는 한 번은 시가 먼저, 한 번은 처가 먼저, 더러는 각자 친정에 가기도 한다는데 여러 상황을 고려해 생각해 봤으면 한다. 주위 시선이 의식된다면 가족 전체가 합의하여 정했다면 될 일이다. 그렇게 하면 아들, 며느리를 배려하는 마음이 바이러스처럼 퍼져나갈 것이다.

지인 중 한 분은 명절이 돌아오면 며느리에게 전화로 당부하셨다. 당부는 손주가 태어나고부터 더 심해졌다.

"아가! 절대 내려오지 말아라. 명절에는 어른도 움직이기 힘든데 내 강아지 몸이라도 상하면 큰일 난다. 명절만 날이냐. 절대 오지 말고 정 오고 싶으면 명절 지나고 한가할 때 오너라."

얼마나 멋진 시어머니인가! 시어머니 배려 덕분인지 며느리는 친정엄마보다 시어머니를 더 좋아했다.

이처럼 사이좋은 고부가 있는가 하면 고부 관계는 평생 평행선이라는 사람도 많다. 시어머니 생각이 그렇다면 며느리에게도 그 기류가 전파되어 좋은 관계를 유지하기가 어렵다. 시가 방문 뒤 부부싸움이 잦고, 이혼율이 높은 것은 며느리 나름대로 어려움이 많다는 것을 의미할 것이다.

나 역시 결혼생활 동안 명절증후군에 시달렸는데 수십 년 세월이 흘러도 악몽으로 남아 있다.


결혼한 지 7개월째, 큰아이 출산 예정일이 두 달 남짓 남아 있었다. 남편은 군 복무 중이었고, 혼자 낯선 시댁에 내려가게 되었는데 안양에서 목포까지 환승 과정이 복잡하여 평일에도 여덟 시간, 명절에는 빨라야 열너댓 시간 걸리는 거리였다. 허리 디스크가 심한 상태에서 장시간 버스를 타는 건 상상을 초월한 고통이 따랐다.

새벽 다섯 시에 출발해 어렵사리 시가에 도착했지만, 시어머니는 만삭의 며느리는 안중에도 없었다. 바로 그날 백내장 수술을 하신 것이다. 다급한 질환도 아닌데 하필 명절에 수술하신 것은 며느리를 노골적으로 부려먹겠다는 심사였다. 예로부터 제사상은 같이 사는 며느리마저 한동안 유예기간을 거쳐 맡긴다는 것을 시어머니께서 모를 리 없었다. 상식을 벗어난 시어머니 처세가 황당하고 화가 났지만 내색하지 않고 저녁상을 차렸다.

다음 날도 낯설고 구차한 가건물 부엌에서 혼자 온종일 일을 했다. 엄동설한에 허리 디스크가 심한 만삭의 몸으로 앉았다 섰다를 반복하는 부엌일이 힘들기만 했을까! 특히 쪼그려 앉아서 일할 때는 죽고 싶은 심정이었다. 몰인정하고 몰상식한 인간이라는 욕이 곧 기어 나올 지경이었다. 무슨 원수를 졌길래 이렇게까지 모질게 부려먹을까 생각도 들었다.

설날도 마찬가지였다. 새벽에 일어나 밥 짓고, 국 끓이고, 차례까지 지내고 나니 몸이 쏟아질 것 같았다. 가까스로 설거지를 마친 뒤 '살았구나!' 하면서 방바닥에 앉았다. 그런데 숨 고를 틈도 없이 시어머니가 이부자리를 가리키며 말씀하셨다.

"이불 잔 올려라."

나는 '앉기 전에 말씀하실 일이지!' 생각하며 방바닥에 손을 짚고 일어나려 애를 썼다. 그러나 통증만 깊어질 뿐 움직여지지 않았다. 계속 몸을 틀어가며 안간힘을 쓰고 있는데 전날 밤에 도착한 시누이가 자리에서 일어났다.

그때 시어머니가 시누이 손을 끌어당기면서 내게 말씀하셨다.

"너 말고, 니가야!"

나는 멍하니 시어머니를 쳐다봤다. 만삭인 며느리는 남의 자식이니 죽든 말든 상관없고 딸만 아깝다는 것으로 보였다. 섭섭하고 야속하고, 하녀 취급당한 기분까지, 복잡한 감정에 뒤덮였다. 겨우 마흔여덟 살 시어머니가 마귀할멈처럼 끔찍해서 얼굴도 보기 싫고 목소리도 듣기 싫었다. 속으로는 인정머리 없는 시어머니라고 욕하면서 작은 방에 들어가 옷을 갈아입었다. 그러고는 친정에 가보겠다는 인사를 드리고 광주로 향했다. 길 나설 때마다 당연하게 하던 화장도 하지 않은 채였다. 화장하는 시간 마저 시가에 있고 싶지 않은 게 솔직한 심정이었다. 어렵사리 허리 통증을 견디며 친정에 도착하고는 자리에 눕고 말았다. 그 꼴을 보신 친정엄마는 깜짝 놀라 의사 왕진을 요청하시고, 격앙된 목소리로 말씀하셨다. 딸을 넷이나 시집 보냈지만 그렇게 몰인정한 사돈은 처음이라는 것이었다.

그로부터 일주일을 앓은 뒤 집에 돌아와 남편에게 자초지종을 털어놓았다. 그러나 위로해 줄 것으로 믿었던 남편이 미간을 좁히고 화부터 냈다. 평생 부모님 모시고 사는 사람도 있는데 2박 3일도 못 견디냐는 것이었다. 정나미 떨어지는 말이었다.

몇 개월 뒤에 돌아온 추석에는 태어난 지 5개월 된 아들이 장염에 걸려 남편만 본가에 내려가게 되었다. 전화로 안부를 전하자 시어머니는 며느리가 오지 않아 동네 부끄럽다며, 목포는 병원 없냐고 핀잔을 주셨다. 자가용이 있는 것도 아니었다. 네 번이나 환승이 필요한 데다, 길게는 20시간이 걸릴 수 있는 명절 버스에서, 젖먹이 환자와 버티라는 것은, 객사를 무릅쓰고 문안 드리라는 것밖에 되지 않았다. 당시 귀성 풍경이 얼마나 취약했는지 그 시대를 살아본 사람을 알 것이다. 기차역이건 버스 터미

널이건, 이리 밀리고 저리 밀리고, 인사 사고가 나기도 했었다. 인정 없는 시어머니 말씀에 화를 넘어 분노가 일었다.

둘째 아이 임신 7개월째 돌아온 추석에도 인간으로서 겪을 수 없는 일을 겪었다. 마침 자궁문이 열리고 하혈을 하는 등 유산 위기에 있었는데, 시가에서는 일부러 가지 않는 것처럼 말했다. 건강한 임산부도 임신 7, 8개월엔 멀리 떠나지 않는 게 상식이었고, 그 시기에 유산되면 산모의 생명까지 위험하다는 것은, 의학 상식이 웬만하면 알 수 있는 일이었다. 이후에도 이런저런 일을 겪게 되었고 돌이킬 수 없는 관계로 발전하게 되었다.

그때 굳게 다짐한 것이 있었다. 명절은 절대 쇠지 않을 것이며, 아들이 결혼하면 며느리에게 오라는 말도 하지 않을 것이고, 설거지마저 시키지 않을 거라고 굳게굳게 다짐했었다.

세월이 흘러 아들은 결혼했고, 추석이 다가오자 아들 내외에게 말했다.

"엄마는 명절 안 쇠니까 니들은 여행이나 가거라. 만나고 싶으면 금세 만나고, 먹고 싶은 거 암 때나 먹을 수 있는데, 무슨 명절이 필요해. 시간은 지나가면 그만이고 돈으로도 못 사는데, 여행도 건강할 때 해야지. 살림 못 한다고 욕할 사람 없으니까 먹는 거랑 여행하는 건 형편 되는 대로 다 하고 살아라. 니들 둘이 재밌게 살면 엄마는 그걸로 족해. 혹시라도 오지 말거라잉. 나도 우리 엄마 보러 갈랑께. 알았쟈?"

그렇게 말한 지 9년이 지났고, 43년 전부터 다짐해온 〈명절 헌장〉은 지금도 잘 지키고 있다. 아들 내외는 엄마의 배려에 감사하며, 그때그때 상황에 따라 자유롭게 명절을 보내고 있다. 아이들은 아이들대로 행복하고, 나는 나대로 좋은 엄마가 된 것 같아 기분이 좋다. 명절에 아이들과 보내는 것도 행복한 일이지만, 멀리서 날아온 사진 앞에 슬며시 비어나온 미소가 어떤 모양인지 아이들은 모를 것이다. 뿌듯하고 행복한 감정이 얼마나 녹아 있는지…….

제사가 그렇게 중요한 것일까?

'니 남편이 그냥 잘된 거 아니다. 내가 조상을 잘 섬긴 덕분이지. 조상을 잘 섬겨야 복 받는 거야.'

'그 나이에 그것도 못 하니? 한번 가르쳐 줬으면 알아야지. 친정에서 그렇게 배웠어? 복이 오다가도 도망가겠다.'

흔한 일은 아니지만 이렇게 말하는 시어머니가 있다. 시어머니는 생각 없이 뱉은 말이라도 며느리는 상처를 받게 된다. 그러다 보면 시가 기피증이 생기고 고부갈등으로 발전하게 되는 것이다.

내 5촌 조카 시어머니는 제사나 명절에 장보고, 상 차리고, 설거지까지, 모두 며느리에게 맡긴다. 환갑도 안 된 건강한 시어머니가 조상 얼굴도 모르는 30대 초반 며느리에게 제사를 몽땅 맡긴 게 타당한 일일까! 이야기를 들어보니 그 시어머니는 며느리 괴롭힐 방법만 연구하는 것 같았다. 제사를 조상 숭배의 중요한 의례로 생각한다면 시어머니가 솔선하여 지내는 게 옳은 일이다.

제사에 얽힌 다른 사례를 들어보겠다.

68세의 남자가 세상을 떠났다. 67세의 아내는 며느리를 따돌리고 아들, 딸, 사위에게 말했다. 며느리에게 제사를 물려준다는 것이었다. 그리고 삼우제 날 딸을 통해 제사 이야기를 꺼냈다. 20년 전에 분가한 며느리는 예기치 않은 명령이 당혹스러웠지만, 제사를 거부할 생각은 없었다. 다만 시간이 좀 필요하다고 여겨져 조심스럽게 말했다.

"우선은 어머님이 지내시고 몇 년 후에 제가 지낼게요."

"말도 아닌 소리 하고 있네."

여자 말이 끝나기 전에 손아래 시누이 남편이 큰 소리로 말했다. 곧 다른 식구들 성토가 이어졌다. 자식들은 부모라서 두둔할 수밖에 없었고, 사위는 장모의 이중성을 몰랐다. 딸이 뒷거래를 통해, 사위 대접에 소홀하지 않도록 정성을 다한 덕분이었다. 뒷

주머니 차고 호호거리는 장모의 의뭉스러운 속셈을 알 턱이 없었다. 아들 결혼식 때 들어온 축의금을 몽땅 아들 손에 쥐여줬다는 거짓말은 물론, 아들에게 고급 아파트까지 얻어줬다고 허풍을 떨었으니 그럴 만도 했다.

여자는 적군 기지에서 억울하게 당할 수밖에 없었다. 탄탄한 족벌 심판들에 의해 만장일치 판정패를 당한 것이었다. 무엇보다 야속했던 건 남편의 태도였다. 월세방에서 시작하여 20년이나 시가 뒷바라지한 아내는 무시하고 가족들과 한패가 되어 공격하는 것이었다. 여자는 그동안의 앙금을 줄줄이 뱉어냈다. 세상에 둘도 없는 시어머니였으니 시어머니 흉보기 대회였다면 대상은 떼어 놓은 당상이었다.

"당신 부모, 한 번이라도 부모 노릇 하신 거 있으면 말해 봐요. 나 위해서 아들 낳으신 것처럼 아들 낳아 줬다고 하시는데 동물은 새끼 못 낳아? 낳은 것 자랑하시기 전에 우리한테 어떻게 하셨는지 생각해 보시라 그래. 알 속에서 나온 아들이라도 그 정도는 아닐 거야. 내가 그 집 장손 며느리면 최소 권리는 주셔야 되는 거 아니에요? 뭐든 나 없는 데서 쑥덕거리다 나 들어가면 뚝 그치는 게 그 집 법도예요? 며느리 권리는 안 주시고 의무도 아닌 의무까지 다하라고? 우리 결혼할 때 들어온 150만 원 우리 주셨다는데 당신은 그 돈 어따 두고 월세 살았어요? 권리금 50만

원에 월 5만 원 월세 살았잖아요. 사위, 친척 앞에서 체면 세우시려고 그렇게 말씀하셨겠지만 아들 며느리 부끄러운 것도 모르실까? 이날까지 아들 등골만 빼먹은 양반이 무슨 염치로 그러시는데? 한 달에 30만 원(1990년대)으로 끝났어요? 말이 30만 원이지 명절이다 생일이다 이런저런 거 합하면 일 년에 6백만 원 넘었어요. 그런데도 아들, 며느리는 한 것 없고 딸들이 했다대. 아들은 생활비 다 대야 하는데 30만 원 하니까 적고, 딸은 안 해도 되는데 10만 원 하니까 많다는 건가? 동생들 결혼할 때는 또 얼마나 했어요? 부모, 동생들한테 쓴 돈 내가 썼으면 뒤집어쓰고도 남았어. 자식 도움으로 그 정도 살고 계시면 고마움은 아시고 열심히 사셔야죠. 그래도 못사는 거야 누가 뭐래. 그렇지만 당신 부모는 해도해도 너무 하셨어요. 당신 총각 때 번 돈 탈탈 털어다 드렸는데 처자식 딸린 자식한테 허구한날 돈타령하시는 게 말이 돼요? 당신은 돈 대는 게 효도인 줄 알았겠지만 당신이 부모님 망친 거예요. 당신 생일이 구정 바로 뒨데 구정 때 내려가면 선물 한 번쯤 하셨어야죠. 20년 동안 아들, 며느리한테 수건 한 장 주신 거 있어요? 그 양반들한테 아들이 있어, 손주가 있어? 그저 몸보신하고 여행 다니신 게 다였어요. 동물들도 제 새끼 먹일 건 물어 나르는데, 아들 좋아하는 음식 한 번 해주신 거 없고, 남편밖에 모른 양반이 그 좋은 남편 제사를 왜 나한테 지

내래? 제삿밥 생각하신 분이 나한테 그렇게 하셨대? 산 자식도 모른 양반이 남편 제사만 중요해?"

여자 말은 거짓도 없고 틀림도 없었다. 그런데도 남편은 고부 갈등을 핑계 삼아 외도를 일삼고, 가정은 파탄을 맞았다.

위 일이 가감 없는 실화라는 점에서 시사하는 바가 크다.

그렇다면 우리가 지향해야 할 시가는 어떤 모습이어야 할까?

며느리에게 시가는 어려운 곳이 아니라 웃고 까불고 놀 수 있는 곳이라야 한다. 눕고 싶을 때 눕고 남편과 애정표현도 할 수 있는 곳이라야 하고, 시어머니와 스스럼없이 대화하고 먹고 싶은 것도 부탁할 수 있는 곳이라야 한다. 며느리에게 음식을 해 주고 싶어도 못 할 때가 돌아올 것이니 건강이 허락할 때 정성껏 대접하고, 명절에도 즐겁게 머물 수 있도록 사랑으로 대해줬으면 한다.

그렇게 복을 짓고 또 지으면 훗날 며느리에게 덜 미안할 것이다. 시어머니 활동이 부자연스러워질 때, 며느리에게 좋아하는 음식 한 번쯤 부탁할 일이 왜 없겠는가! 며느리 스스로 할 수 없는 것이면 사서라도 시어머니 입에 넣어줄 일이 한두 번으로 끝나겠는가!

다행히도 제사에 대한 인식이 아주 많이 달라지고 있다. 명절에 아들 내외와 여행가는 부모도 있고, 음식 장만 대신 가족들과 맛집을 찾아가는 부모도 있다. 그리고 자식에게 제사를 물려주지 않겠다는 부모도 많이 늘고 있다.

## 며느리 생일을 잘 챙긴다

사랑이 담긴 선물도 좋고 생일상을 차려주는 것도 좋다. 나의 경우, 시골에 내려오기 전까지 정성껏 생일상을 차려주었다. 상을 차릴 때는 한 가지라도 특별한 요리를 하고, 작은 케이크나마 준비하여 테이블 세팅에도 정성을 다했다. 요리와 데코레이션은 스스로 좋아하는 것이기도 하지만 감동 있는 상을 차려주고 싶은 마음이었다. 며느리는 정성을 쏟은 만큼 좋아했고 아들도 덩달아 좋아했다.

지금은 멀리 떨어져 있어서 상은 차려주지 못하지만 좋은 레스토랑에서 식사 한 끼 할 만한 현금으로 대신한다. 그리고 사랑과 정성으로 축하의 말을 전한다.

며느리를 위한 이벤트를 계획할 때 부모 편의대로 통보하기보다 아이들 일정을 먼저 확인하는 센스가 필요하다. 가능한 한 생일을 피해 날짜를 잡는 게 좋을 것 같은데, 생일에 오직 둘만 오붓한 시간을 보내고 싶을 수 있다는 생각이 들어서다. 그리고 생일을 챙겨준 것에 사심이 있어서는 안 된다. 며느리가 더 좋은 것으로 보답하길 바라지 말고, 오직 사랑과 정성으로 축하해 줘야 한다.

## 간섭하거나 권세 부리지 않고, 실수를 하면 반드시 사과한다

권유와 간섭은 구별이 어렵다. 사람에 따라 판단이 다른 탓이다. 간섭인 것을 모르고 간섭하거나 권유로 여기고 뱉은 말이 간섭으로 들릴 수 있다. 그러므로 불필요한 오해를 피하려면 권유건 간섭이건 안 하는 게 좋다.

이 글을 쓰기 위해 몇몇 시어머니 위치에 있는 분들과 고부관계에 대해 대화한 적이 있다. 그들의 간섭은 과소비에 대한 것이 가장 많았다. 매일 택배가 쌓이고, 집안일에 게으르다는 말은 예외가 없었다. 쓸데없는 물건을 사들이고, 식사는 외식과 배달식으로 해결하는 것에 격분하여 아들 내외가 이혼하길 바라는 시어머니도 있었다. 이혼을 바라지만 아들 심사를 생각해 감정을 숨긴다는 부모도 있었고, 참다못해 잔소리했다는 이들도 있었다. 그들이 했다는 잔소리는 미움만 가중될 뿐 백 번 해도 필요 없는 것들이었다. 그럴 바엔 내버려 두는 게 낫다. 돈을 구워 먹든 삶아 먹든, 볶아 먹든 튀겨 먹든, 내버려 두는 게 서로에게 좋다. 못 하게 하면 안 하는 척 몰래 하게 되어 있는 걸 어쩌겠나! 나도 그랬고, 언니들도 그랬고, 친구들도 그랬고, 동네 여자들도 다 그랬다. 참견하면 할수록 며느리 거짓말만 늘게 되는 법이다.

어떤 거짓말을 하는지 예를 들어보겠다. 비싼 물건을 샀다고 가정해 보자. 며느리는 실전에 대비한 거짓말을 준비하여, 필요한 순간에 천연덕스럽게 연기를 하게 된다. 명품이 짝퉁으로, 백화점 물건이 인터넷 상품으로 둔갑하는 것이다.

나의 경우 그와 반대 수법을 썼다. 시장에서 옷을 사고 백화점에서 샀다는 거짓말이었다. 남은 금액은 남편 몰래 편히 쓰려는 수작이었다. 인사치레할 게 많은데 남편이 경제권을 쥐고 있어서 고심 끝에 짜낸 방법이었다. 남편에게 거짓말할 때마다 속으로 말했다. '바보야! 그런다고 못 해? 골키퍼 있어도 볼은 들어간다잖아. 어차피 쓸 건데 인심이나 잃지 말지. 왜 그렇게 인색할까! 쯧쯔!' 물론 내가 경제권을 맡기 전(1980년대) 일이다.

이랬건 저랬건 간섭한 사람만 바보 된다는 말이다. 사정이 그러하니 며느리 태도가 마음에 들지 않아도 넘어가 주고 아들 부부가 재미있게 사는 것으로 만족하는 게 최선이다.

간섭뿐일까! 스스로 권위를 지키겠다며 며느리를 닦달하고, 언행을 함부로 하는 시어머니가 있다. 그러나 권위와 권세는 엄격히 다르다. 누군가 사회적으로 기여하고 품위를 지켜서 인정받는 것은 권위고, 상대를 억압해 굴복시키는 것은 권세다. 권위는 자신이 지키는 것이되 타인이 인정해 줄 때 진가가 나타나며, 권세는 부리면 부릴수록 비난과 불평불만이 생성되어 권위에 손상을 입는다. 권세의 끝은 초라하고 비루하며 끝내는 처참한 모양으로 다가오게 되어 있다. 권세의 횡포에 숨죽이는 일은 있어도 언제든 폭발 가능성이 있는 것이다. 어느 재벌가 세 모녀 사건이 그렇다. 회사 직원들이 그들 만행을 세상에 고발하고, 사위가 딸을 고소하는 등 가족 전체가 폭행 스캔들에 휩싸인 사건이었다.

권위를 지키려면 언행에 신중하고 실수에 대해서는 진솔하게 사과해야 한다. 잘못에 대한 사과는 위아래가 없으며, 사과로 인해 권위가 손상되는 것이 아니라, 되레 권위를 지키는 방편이 된다. 그러나 사과보다 우선할 것은 실수하지 않도록 조심하는 것이다.

# 고부갈등 예방에
## 가장 중요한 역할을 해야 될 사람은?

요즘은 시어머니가 되레 눈치 보는 세상이라고 말한다. 며느리가 상전이라는 말도 귀 따갑게 들어온 말이다. 며느리가 어렵다는 시어머니도 많고, 며느리 방문이 부담스럽다는 시어머니도 많다. 그럼에도 불구하고 고부갈등은 여기저기서 끊임없이 일어나고 있다.

고부갈등 발화점을 들여다보면 아들에 대한 집착에서 비롯된 경우가 많다. 그런데도 구시대 남성들은 갈등의 원인에 비중을 두지 않았다. 가족의 불필요한 요구가 갈등의 도화선이 되어도 아내만 다그쳤다. 남편의 편파적 행위가 가족의 횡포를 부추긴다는 걸 몰라서는 아니었다. 잘잘못을 알면서도 방관했던 것은 부모에게 순종하고 양보하는 것이 자식의 도리라는 관습에 딱지가 앉은 탓이었다. 그런 행위가 부모를 존중하고 가족에 대한 예의를 지키는 것이며, 아내의 입을 막는 무기로 여겼을 뿐, 아내 가슴에 피멍이 든다는 걸 몰랐다. 가족 전체와 결혼한 듯한 혼란에 빠져 남편에 대한 의구심이 가중되고, 심지어 남편이란 존재를 거부할 수 있다는 것을 몰랐던 것이다.

자신의 어머니를 좋은 시어머니가 되게 하려면 남자는 어떻게 해야 되는지 구체적으로 살펴보겠다.

## 부모님과 형제자매에게 한 가정의 가장임을 명백히 밝힌다

부부는 배우자를 배려하는 마음이 우선되어야 한다. 특히 남편은 낯선 환경에 들어온 아내가 소외되지 않도록 보듬고, 불필요한 요구와 간섭을 차단할 줄 알아야 한다. 엄마의 아들, 남매들의 형과 동생과 오빠에 앞서, 한 여자의 남편이라는 것에 비중을 두고 부부 중심의 삶을 끌어가야 한다.

부부 중심의 삶을 잘 실천하는 가정을 소개하고 싶다. 한국과 미국을 오가며 생활하는 가정인데 한국엔 어머니가 계시고 미국엔 아이들이 있다. 그들 부부는 구정과 추석은 어머니가 계신 한국에서, 여름방학과 크리스마스는 아이들과 함께 미국에서 보낸다.

남자는 미국 생활을 하기 전에도 아내에 대한 배려가 남달랐다. 명절날 아침이면 아내와 아이들을 데리고 휴가를 떠났다. 수고한 아내에게 휴식을 주려는 것이었다. 그의 누이들이 친정에 도착할 즈음 그들 내외는 여행을 떠났다는 말이 된다. 자칫 무례하게 생각할 수 있겠으나 객관적으로 매우 현명한 처사다. 냉정히 생각해 보자. 누이들은 친정 살림에 익숙한 어머니의 딸들이며 그의 아내와는 나이 차도 적다. 자매들이 건강하다면 아내가 밥상을 차릴 이유가 없다. 어머니 입장에선 모처럼 친정에 온 딸에게 며느리가 상을 차려야 될 것으로 생각할 수 있겠지만, 상차리는 것을 며느리 의무로 여겨서는 안 된다는 것이다. 며느리도 친정에선 귀한 딸이란 것을 알아야 한다.


## 본가 식구들과 아내 사이에 마찰이 생기면 어떻게 할 것인가?

몇몇 젊은 남성에게 위 질문을 해봤다. 모른 척하거나 상황에 따라 옳은 편에 서겠다는 답이 많았다. 그러나 한 가정의 아들과 남매인 동시에, 한 여자의 남편이 되면, 객관적 판단과 중재가 어렵다. 그렇다면 분쟁이 일었을 때 어떤 방법으로 극복하는 게 좋을지 경험을 토대로 적어 보겠다.

어머니와 아내가 마찰을 겪고 있다면 우선 아내 체면을 세워 주기 바란다. 무조건 부모 편을 들면, 아내는 또 다른 상처를 받게 되고, 부부 사이에도 악영향을 끼치게 될 것이므로, 주저 없이 부모님께 진언하고, 뒤돌아서서 아내는 아내대로 위로해 줘야 한다.

'당신 마음고생 한 거 잘 알아요. 그렇지만 지금까지 그렇게 살아오신 분인데 금방 고치기는 어렵지 않겠소? 힘들겠지만 내가 노력할 테니 믿고 따라줘요.'

그렇게 격려하면 아내는 한결 너그러워질 것이다. 남편이 며느리 위치의 고충을 알아주는 것에 감사하며 양보할 가능성이 높다. 아내는 시가 식구 모두가 미워할지라도 남편이라는 지원군만 있으면 너끈히 이겨낼 힘을 갖게 되는 것이다.


나는 오래전부터 남동생과 아들에게 말해 왔다. 아내와 엄마 사이에 불협화음이 생기면 무조건 아내 편에 서라는 당부였다. 그게 가정을 살리는 길이란 것은 훗날 알게 될 거라는 말도 잊지 않았다. 아내 편을 들면 가족들은 잠시 섭섭하겠지만, 격한 싸움 끝에도 돌아서면 웃고 누그러지는 게 핏줄인 까닭이다. 그러나 작은 불씨 하나에도 갈라설 수 있는 게 부부다.

　그러므로 남자는 아내가 누굴 믿고 결혼했는지 냉철히 생각해야 한다. 효도가 중요한 만큼 수십 년 다른 환경에서 자란 아내를 이해하고 존중하는 것도 중요하다는 것이다. 아내가 결혼한 사람은 시가 식구가 아닌 남편이며, 아내가 믿고 사랑하며 소중히 여기는 사람도 남편임을 잊어서는 안 된다.

　단적으로 표현하면 시부모와 자신이 물에 빠졌을 때 자신을 먼저 구해줄 것으로 믿는 것이 바로 남편이다. 죽음 앞에서도 의지할 사람은 남편뿐인데 남편이 무조건 부모를 옹호하면 아내는 설 자리를 잃게 된다. 여자 마음이 그러하니 여편네 치마폭에 빠져 사족 못 쓴다는 오명을 덮어쓰더라도 아내를 잘 방어해 줘야 한다. 관심 없이 지나쳤을지 모르겠으나 주변에서 일어난 분쟁을 살펴보면 그 말이 진리임을 알게 될 것이다. 부모에게 무조건 순종하는 남자 가정보다 아내 손을 들어준 가정이 훨씬 탄탄하다는 것은 의심의 여지가 없다.

　특별한 경우가 없는 것은 아니다. 남편의 배려를 악용하여 시어머니를 몰아세운 여자도 있을 것이다. 그런 여자라면 헤어지는 것도 나쁘지 않다. 그러나 본성이 포악하지 않으면 시어머니 사랑에 감복하게 되어 있다. 동물이 사랑을 주는 대상에 꼬리 치며 반기는 것과 다르지 않다.

그렇다고 부모를 무시하거나 무관심해서는 안 된다. 약간의 시간을 갖고 반드시 마음을 풀어드려야 한다. 엄마, 소리만 들어도 감격하는 것이 엄마라는 사실을 기억하고, 다음과 같이 말하는 건 어떨까?

'엄마! 그때는 죄송했어요. 엄마가 싫어서 그런 건 아니었어. 엄마의 며느리는 나를 믿고 우리 식구 됐는데 나까지 미워하면 안 되잖아. 부족한 며느리지만 엄마가 세상을 오래 살았으니까 사랑으로 덮어주라. 두 사람이 불편하니까 아들이 힘들어 죽겠단 말이야. 엄마는 내가 불행하면 좋겠어? 아니지? 아들이 불행하길 바라는 엄마가 아니잖아. 엄마가 나를 얼마나 사랑하는지 모를 것 같아? 세상에서 나를 가장 사랑하는 우리 엄마잖아. 그렇지만 아들은 엄마도 사랑하고 엄마 며느리도 사랑한단 말이야. 엄마가 쬐끔만 양보해 주라, 응? 그럴 거지? 엄마~!'

존댓말이 아니라도 좋다. 끌어안고 다독이며 응석을 부리면 얼어붙은 응어리가 봄날 전설처럼 녹아내릴 것이다. 자식은 늘 어린 날의 귀여운 모습으로 남아 있길 바라는 게 엄마의 마음이니까. 서너 살 적 재롱둥이 아들을 생각하며 행복해서 눈물을 죽죽 흘릴지도 모른다. 며느리는 밉더라도 내 자식은 평온하길 바라는 게 엄마의 마음인즉, 고부갈등이 아들까지 다치게 한다는 걸 알게 되면, 서서히 마음을 내려놓게 될 것이다.

시어머니 속에서 며느리 나온다는 말을 분석해 보자. 며느리는 시어머니 보고 배운다는 말이다. 예외는 있게 마련이지만 며느리를 사랑으로 대하면 며느리가 사랑을 느끼게 되고 시어머니를 미워하지 않는다는 말과 같다.

시가 식구가 남편 처세에 따라 어떤 태도를 드러내는지 두 가정을 비교해 보겠다.

A라는 남자와 아내 사이에 딸만 셋 있었다. 현재 그들은 일흔이 넘었고, 남아선호사상이 팽배한 시대에 부모님과 함께 살았다. 그의 어머니는 몹시 괴팍했다. 하찮은 일로 며느리를 닦달하고 대를 이으라는 압박도 심했다. 그런 시부모 밑에서 여자가 잘 견뎌온 것은 남편의 대처가 큰 몫을 했다. 남자가 자상하거나 가정적인 것은 아니었다. 다만 아내에게 맏며느리 권위를 심어주겠다는 확고한 신념이 있었다.

남자는 아내가 아들에 대한 압박에서 벗어나도록 불임수술을 하고 여동생에게도 아내 위치를 잘 세워주었다. 고자질에 이골난 동생이 아내와 말다툼한 것을 보고 호통을 쳤다. 맏며느리는 하늘이 내린다고 하는데, 출가외인이 무슨 행패냐면서, 또다시 나불대면 주둥이를 찢어놓겠다고 엄포를 놓았다.

가족들은 여편네한테 환장한 놈이라며 욕하면서도 점점 그의 아내를 조심하게 되었고 가정은 화평해졌다. 남편의 현명한 처세가 가정불화를 막았다는 말이다.

B라는 남자는 중학교 때부터 부모 도움을 받지 못했다. 고등학교 때는 학비 전액을 면제받았으며, 매월 받은 장학금은 부모님께 드렸고, 대학생이 되어서도 부모님께 생활비를 보내 드렸다. 취업한 뒤에는 아버지 사업자금을 위해 큰 액수의 적금을 붓고, 분기마다 나오는 보너스는 동생들 학비에 썼다. 가족을 위해 수입의 90퍼센트를 썼던 것이다. 덕분에 아버지는 고수익을 올리게 되었지만 남자는 매월 본가에 돈을 보냈다.

남자는 빈손으로 결혼했고 월세방에서 신혼생활을 시작했다. 곧 아이가 생기게 되어 부모님께 드려온 생활비를 10퍼센트로 줄일 수밖에 없었다. 그런데도 생활은 어려웠다. 아내는 가끔 점심을 굶기도 했지만, 어머니는 결혼 전에 받은 것을 고마워하기보다 결혼 뒤에 줄어든 액수에 불만을 품었다. 며느리가 아들을 조정한다며 며느리를 미워하고 돈타령을 해댔다. 다섯 명의 동생도 그들 내외를 못마땅히 여겼다. 간간이 동생들 책값과 용돈을 보내줬지만 결혼하고 변했다는 말만 들어야 했다.

며느리는 시가가 좋을 턱이 없었다. 어쩌다 남편에게 하소연하면 남편은 언제나 화부터 냈다. 누워 있다가도 용수철처럼 일어나 베개를 던지고, 외도하는 것으로 화풀이를 했다. 그러면서도 당당했다. 외도의 원인을 아내에게 돌리고 이혼하자는 협박도 서슴지 않았다. 부모의 잘잘못을 몰라서는 아니었다. 부모에 대한 자격지심이 내면의 울분으로 자리하고 있었다. 희생을 몰라준 부모가 야속하여 비정상적 방법으로 응어리를 풀고 아내를 압박했던 것이다. 그런 남편을 이해하고 견뎌줄 아내가 몇 명이나 되겠는가! 끝내 그들 부부는 결별하고 말았다. 남편이 가족들 근성을 인정하고 아내를 위로해 줬다면 파탄까지는 맞지 않았을 일이었다.

남자에게 단순히 본처와의 갈등으로만 끝난 게 아니었다. 평생 함께할 것으로 믿었던 내연녀도, 이후에 만난 여자들도 오래가지 못했다. 남자의 삶은 곧 추락으로 이어졌다.

부모형제에게 무조건 헌신하는 것이 능사는 아니라는 말이다. 그런데 〈여자는 또 얻을 수 있지만 부모는 하나〉라며 부모만 두둔하는 사람이 있다. 만약 내 사위가 그렇게 말하면 망설이지 않고 이혼시킬 것이다. 아내의 귀중함을 모르고 인격까지 모독하는 사람은 함께 살 이유가 없다.

여자는 또 얻을 수 있다고 생각한 남자는 재혼해도 고부갈등에서 벗어나기 어렵다. 되레 본처와는 겪지 않을 일까지 덮칠 수가 있다. 아이들은 엄마를 미워한 할머니께 앙심을 품을 수 있고, 새엄마와도 관계가 좋지 않을 것이며, 부자 관계까지 위협할 게 빤하다. 그러므로 가장은 중심을 잘 잡아야 한다. 자신의 엄마가 귀중한 만큼 자식에게도 엄마가 귀중하다는 것을 깨닫고 아내 위치를 잘 지켜줘야 한다.

고부갈등에 대한 글의 일부를 블로그에 올린 적이 있다. 많은 사람이 읽고 상담을 해왔는데 독하고 못된 시어머니가 있는 것에 놀랐다. 일주일에 한 번 아들 내외 호출한 부모는 너무 많았고, 매일 음식을 장만해 문안할 것을 강요하는 부모도 있었고, 월급의 절반을 요구하는 부모도 있었다. 그중 하나를 올려 본다.

고부갈등에 대해 검색하다가 여기까지 오게 되었는데 큰 감동을 받았습니다. 저는 올해 서른네 살 된 주부입니다. 결혼한 지 1년 반이 지났으며 1년이 안 된 아기를 키우고 있습니다. 지금은 심각한 고부갈등으로 남편과 욕을 하고 몸싸움까지 할 정도여서 이혼을 생각하고 있습니다. 시가에서 외톨이가 되어 혼자 힘으로 갈등을 풀기가 너무 힘이 드네요.
　신혼 초에 매주 시가에 가고 전화를 드렸지만, 어머님은 목소리 잊어버리겠다며 화를 내셔서, 남편에게 하소연하면, 어머님을 달래드리지 않았다며, 오히려 화를 내고 폭력까지 쓰더라고요. 생신이나 어버이날은 당일에 가서 챙기고, 주말에 가족들과 또 가서 챙기고, 매주 가는 데도 구박을 하시니 어떻게 해야 될지 모르겠습니다.

언젠가는 어머님이 여행을 가서서 아버님 식사 챙겨드리러 갔는데 예정보다 일찍 돌아오셨더군요. 그러고는 저에게 매일 오는 것도 아닌데 빈손으로 왔다며 버릇없다고 화를 내시더라고요. 시가에 의무도 못 하는 며느리 필요 없다며 집에 발 들이지 말라 하시고, 아이도 당신이 키울 테니 이혼하라고 하십니다. 대략 이러하니 심적 고통은 말로 할 수 없습니다. 시간이 되신다면 조언 부탁드립니다.

이 정도가 되면 상담이 불가능하다. 그냥 하소연을 들어주고 마음이 아프겠다는 말밖에 할 수가 없어서 다음과 같이 말했다.

정말 드릴 말씀이 없네요. 한 가지 부탁드리고 싶습니다. 먼저 남편의 마음을 확인해 보시고, 오직 부모만 생각하면 ○○님도 아기와 본인만 생각하시기 바랍니다. 이혼하는 게 나을지 아닌지, 어떤 것이 조금이라도 자신에게 더 나을 것 같은지, 그것만 생각하세요.

물론 어떤 것이 최선인지 알 수 없어서 도움을 청한 사람에게 메아리 같은 말일 수도 있었다. 그러나 그 말 속에는 그런 남편과 시부모 밑에 사느니 이혼하는 게 낫다는 의미가 담겨 있었다. 여자도 그 의도를 알아차렸을 것이다.

젊은이들과 상담하면서 특이 사실을 발견하게 되었다. 독선적인 부모를 둔 아들은 아들 자신에게도 문제가 있더라는 것이다. 부모 말에 순종해야 신상에 좋다는 생각이 지배적이었고, 아내에게도 순종을 강요하는 마마보이가 많았다. 그중에는 부유한 부모를 둔 자식이 압도적이었고, 주로 부모 도움을 받고 살아왔거나 부모 재산에 흑심을 품은 자식 또한 많았다. 부모에게 밉보이면 다른 형제에게 재산이 돌아가거나 다른 곳에 써버리지 않을까, 하는 조바심으로 비위 맞추기에 급급하다는 것이다. 그런 남자와 사는 아내는 부모에게 굽신대는 남편 행위는 미워하면서도, 재산에 대한 욕심은 남편 못지않았다. 형제와 동서끼리도 암암리에 재산전쟁이 심했다. 서로 부모에게 잘 보이기 위한 작전에 몰두하고, 때때로 부모까지 끼어들어 누군가를 두둔하는 등, 가족 갈등이 여러 갈래 엉켜 있었다.

내 글에 대한 또 하나 놀라운 일도 있었다. 예상치 못한 몇몇 남성들 반응이었다. 아내에 대한 자신의 처세가 옳지 않았다며 잘 풀어나가겠다는 글을 남긴 젊은이들이 있었다. 한 사람 글을 인용해 보겠다.

오늘 아침에도 부부싸움을 했는데 이 글을 보니 제가 부족하여 생긴 갈등이라는 생각이 들었습니다. 어렵겠지만 잘 풀어보고 싶습니다. 자주 글 곱씹으며 노력하겠습니다.

부모의 간섭으로 부부갈등을 겪었고, 어쩌지 못해 부모 편을 들었지만, 가정을 지키려 고심하는 젊은이가 있다는 것에 큰 보람을 느꼈다.


## 집안의 모든 일은 아내와 상의하도록 가족에게 알린다

아내는 가족의 일원이며 〈나〉와 동등한 결정권자란 것을 가족이 인식하게 해야 한다. 결정권자를 무시하지 못한다는 건 고용주와 고용인 관계에서 터득했을 것이다.

부모님이 어떤 일에 해결책을 물으면 어떻게 할 것인가?

사소한 것에는 '집사람과 상의해 보세요.' 하고, 큰 것에는 부정적인 여운을 남기는 게 좋다. 특히 금전 문제는 반드시 아내를 통해야 한다. 아들이 드리는 것은 아들만 생색이 나지만 며느리가 드리면 두 사람이 드리는 효과를 보게 될 것이다. 어떤 경우에도 배우자 몰래 드리는 일은 삼가야 한다. 자식에게 의존하는 부모일수록 더 철저하게 지킬 것을 권한다. 몰래 드리면 며느리가 시가를 싫어한 것으로 단정하여 며느리를 미워할 수 있고, 아들에게 받는 게 더 편해져서 몰래 받으려는 습성이 커질 수 있으며, 자주 요구할 가능성도 있기 때문이다.

사안이 큰 것일수록 안 될 것 같은 여운을 남기는 게 좋다. 큰 액수의 금전을 요구했다고 가정해 보자. 아내 동의 없이 내놓는 일은 없어야 한다. 오해할 만한 애매한 답도 말아야 한다. '집사람하고 상의해 볼게요.' 그런 투의 말은 말라는 말이다. 상의해 본다는 말은 아들의 허락이 담긴 것으로 해석할 수 있는데, 며느리가 거부하면 며느리를 미워할 가능성이 있어서다.

즉답이 곤란하면 다음과 같이 말하는 게 좋다.

'저희는 전혀 여유가 없는데 어디서 융통이라도 할 수 있는지 집사람하고 의논해 볼게요.'

그렇게 말하면 가족들은 안 될 수도 있다고 생각할 것이다. 그때 며느리가 '짠!' 하고 내놓으면, 며느리가 해결사 같아서 고마운 마음을 갖게 된다.


본가에 매우 인색한 남자가 있다. 이빨도 안 들어가는 놈이라며 가족들이 욕을 할 때도 있었다. 그런 남편 덕에 아내는 시가 식구와 부딪힐 일이 없었다.

1990년대, 대부분 회갑 잔치를 치르던 시절이었다. 남자의 누이가 부모님 회갑 잔치를 준비하면서 아들인 그에게 다른 남매보다 큰 금액을 요구해 왔다. 이유는 남자가 다른 남매들보다 많이 배웠고 생활도 넉넉하다는 것이었다. 그런데 누나가 돈 말을 꺼내자 남자는 버럭 화를 냈다. 쓸데없는 짓이라며 십 원도 못 내겠다는 것이었다. 누나는 끝내 입을 다물고 말았다.

며칠 뒤 남자의 아내가 남매들과 같은 액수를 내놓았다. 시가 식구들은 '자네밖에 없네.' 하면서 여자를 치켜세웠다. 그 뒤 남자가 아내에게 했다는 말이 걸작이었다.

"돈 벌었네. 그걸로 당신 하고 싶은 거 해."

부모님 덕에 대학을 나왔고, 때마다 농산물까지 보내 주신 부모님께 할 도리는 아니었다. 누가 보더라도 배은망덕한 아들이었지만 그의 아내는 자랑스럽게 떠벌였다. 그런 여자가 얄미워서 속으로 욕했다.

'부모가 땅 판 돈으로 대학교육까지 시켰는데 아들이란 놈이 그러고 싶었니? 여편네도 똑같다. 반반하게 사는 동기간도 없다면서 독살스럽기는. 부모덕에 쌀 한 톨 안 사 먹는 것들이…….' 그런 생각이 들었다.

'다들 힘들게 사는데, 우리가 전담하면 어떨까요? 당신은 부모님 덕에 대학까지 나와 이 정도 살지만 누이들은 다르잖아요. 해마다 하는 행사도 아니고 10년에 한 번씩 해도 두세 번인데, 안

그래요? 그래봤자 한 달 월급밖에 더 돼요?'

여자가 그렇게 말했다면 가족 모두에게 얼마나 좋았을까! 그런데 분명한 사실은 본가에 희생적인 가정보다 아내 체면을 세워준 가정이 화목하다는 것이다. 그러므로 생색이 될 만한 건 아내를 통하고, 입장 곤란한 건 남편이 나서야 한다. 무리한 요구에 〈NO〉라고 말할 수 있어야 하고, 이유 없이 아내를 미워하면 브레이크 빈도를 높이는 게 좋다. 아들은 부모 편이 아닌 아내 편이며, 며느리 건드리면 아들이 싫어한다는 것을 보여줘야 한다. 정당한 사유 없이 며느리를 괴롭히면 손해라는 것을 보여주라는 것이다.

## 아내와 자식 장래를 먼저 생각한다

아들을 지나치게 의존하는 부모가 있다. 그 습성은 아들이 부모 요구를 잘 들어주는 데서 출발했을 가능성이 크다. 그러므로 부모가 금전을 요구할 때 도움을 줘야 할 상황인지 아닌지 잘 판단해야 한다. 위협을 느낄 만한 상황이 아니면 인사치레 정도만 하고, 도움이 필요한 상황이면 최저생계비 정도만 대는 게 좋다. 앞뒤 가리지 않고 주다 보면 가족 모두 수렁에 빠질 수 있으므로, 꾹 참고 비상금을 모았다가 위급한 상황이 닥쳤을 때 사용하는 게 최선책이 될 것이다.

부모 복이 인생의 반이라는 말의 의미를 생각해 보자. 말의 진위는 설명하지 않아도 알 것이다. 부모를 잘 만나면 공부도 편히할 수 있고, 출발이 수월하여 부유하게 살 확률도 높을 것이며, 자수성가 한 사람은 자리를 잡기까지 과정도 힘들뿐더러, 변변한 가족이 없다 보니 도움을 줘야 할 가족이 많아서 힘들다는 뜻이다.

위에 언급한 B라는 남자의 이야기를 연장해 보겠다. 자수성가한 그가 해외에서 석사 과정을 밟고 있을 때 동생이 편지를 보내왔다. 추석에 뵌 아버지 모습이 초라했다며 형이 원망스럽다는 내용이었다.

동생은 지방대학을 다니다가, 단지 서울이 좋다는 이유로 서울 소재 대학에 편입했는데, 뒷바라지해준 형이 해외연수를 떠나자, 그 몫이 아버지께로 돌아간 것에 대한 불만의 편지를 보낸 것이었다. 선으로 행한 일이 가족에게 습관이 되고 자칫 원망으로 돌아올 수 있다는 것을 보여준 사례다.

남자의 아내는 얼굴을 붉히며 투덜거렸다.

"부모 복 없는 놈은 형제 복도 없다더니 틀린 말 하나 없네. 아버님이 우리 땜에 초라하신가? 빈손으로 시작한 형이 그만큼 도

왔으면 본인이 알아서 살아야지, 부모한테까지 부모 노릇 한 형한테 뭘 더 바라? 우리가 잘살기나 해?"

아내의 말은 틀림이 없었다. 문제는 그런 가족을 둔 남자가 아내에게 너그러울 수 없다는 것이다. 아내를 위로하기는커녕 가족을 두둔하고 불화를 일으키는 일이 허다하다. 세상 이치가 그러하니 누구든 그와 같은 상황을 예방하려면 가족들 요구에 신중히 대처해야 한다.

대학진학을 앞둔 동생이 있는데 부모에게 여력이 없다고 가정해 보자. 본인이 부모 도움으로 학교에 다녔다면 품앗이 개념으로 동생에게 도움을 주는 것은 나쁘지 않다. 그러나 고학을 했다면 입학금과 두세 달 생활비 정도만 주고, 동생 스스로 학비를 해결하도록 해야 된다. 건강한 성인 동생에게 보호자가 될 필요는 없다는 말이다. 그러나 도움이 필요한 미성년자나 장애인 가족이 있다면 적극적으로 도와줄 것을 권한다. 자신의 노력으로 앞가림할 수 없는 가족은 형편 되는 대로 도와주는 게 좋다.

**동생이나 친척을 맡아달라고 하면 어떻게 할까?**

현재 90세 이상의 부모가 장남에게 건 기대는 지나쳤다. 오직 형, 오빠, 삼촌이라는 이유로 희생을 강요하는 일이 많았다.

내게도 그 일은 비켜 가지 않았다. 정확히 1982년 2월, 벨 소리에 나가 보니 시동생이 서 있었다. 시부모님이 타협도 없이 작은아들을 올려보낸 것이었다. 당시 남편 봉급은 20만 원밖에 되지 않았는데, 월세 5만 원짜리 단칸방에 살다가 남편의 군대 퇴직금 250만 원과 언니에게 50만 원을 빌려, 두 칸짜리 전세로 옮긴 지 세 달 만이었다. 큰아이를 낳은 지 9개월째, 허리 디스크를 비롯해 산후우울증과 신경 쇠약 등 갖가지 질병으로 체중이 9Kg이나 빠져 있었다. 그런 중에도 언니에게 빌린 돈을 갚게 되면 이율이 높은 재형저축을 할 수 있고, 몇 년 뒤에 작은 아파트나마 장만하겠다는 각오로, 기초식단마저 절제하며 억지로 억지로 살아가고 있었다.

　시가에서 쌀 한 톨 사 준 것도 아니었다. 한창때 나이의 시동생이 아기 간식까지 먹어치우는 것도 힘이 들었다. 천 원어치 귤을 사면 시동생에게 반을 주고, 내 입에 넣는 것도 절제하며 아이 간식으로 남겨 놓곤 했는데, 아침에 보면 바구니가 비어 있었다. 유일한 단백질 공급원인 계란도 예외는 아니었다. 생활이 어려우니 먹지 말라고 할 수도 없었다. 게다가 병치레에 시달리는 아이와 씨름하는 판국에, 방 청소도 하지 않는 시동생 뒤치다꺼리까지 하다 보니, 정신적으로 육체적으로 더 쇠약해졌다.

　그런 상황을 의식했던지 시동생은 집에 들어온 지 두 달 만에

학교에서 가까운 누나 집으로 들어갔다. 막상 시동생이 떠나가자 심란하기 짝이 없었다. 내막을 모른 시동생이 얼마나 섭섭했을까, 부모님은 또 얼마나 못된 며느리 취급하실까, 걱정되는 것이었다. 그런 가운데 시동생은 누나 집을 나와 자취를 하게 되었고 그 비용은 남편 몫으로 돌아왔다. 결혼 전 남편이 대준 사업자금으로 고액의 수입을 올리는 부모를 두고, 빚까지 얻어 전세 사는 아들이 건강한 동생의 치다꺼리하는 게 타당한 일인가? 그러나 그런 상황을 만든 것은 끊고 맺음이 취약한 남편 탓이었다. 남편 스스로 가정 경제와 아내 처지를 생각해 선을 그었어야 했다.

가장은 아내와 아이들이 우선이라는 것을 절대 잊어서는 안 된다. 칠십 평생 많은 일을 겪어온 경험자로서 하는 말이다. 위에 잠시 언급했지만, 부모를 일찍 여읜 고등학생 이하의 동생이나 조카 또는 장애가 있거나 불가피한 상황의 가족이 아니면 집안에 들이지 않기를 권한다. 청을 거절하기 어려워서, 원성 듣고 싶지 않아서, 또는 효도나 우애 명목으로 시작한 일이 고부갈등, 부부갈등, 형제갈등으로 발전하는 일이 많다는 것을 기억하기 바란다. 하늘이 무너져도 함께 살아야 할 이유가 있다면 아내가 납득할 때까지 대화를 통해 결정해야 한다.

## 아내에 대한 칭찬을 아끼지 말고
## 아내와 본가 식구 사이에 중재를 잘한다

우리나라 사람들은 칭찬에 인색하다. 신세대는 제법 하는 것 같은데 보편적으로 그렇다. 여자보다 남자가 더하고, 아내를 칭찬하는 것에는 더 심하고, 본가 식구들 앞에서는 특히 더 심하다. 칭찬은커녕 다정한 말 한마디마저 낯간지러워한다. 절대 그래서는 안 된다. 아낌없이 칭찬하고 보듬어 줘야 한다. 부모님께 선물할 때도 '나는 생각도 못 했는데 집사람이 준비했더라고요. 엄마 아들은 난데 집사람이 아들 같아요. 뭘 보면 엄마 얘기부터 하고.' 그렇게 말하는 건 어떨까? 살림을 잘하는 아내라면 '집사람이 얼마나 알뜰한지 몰라요. 하찮은 것 하나까지 귀히 여기고 버리는 게 없어요. 이 사람 만난 건 큰 행운인 것 같아요.' 이런 말도 해주는 게 좋다. 좋은 점을 다 끄집어내어 과장되게 칭찬해도 괜찮다. 가족에게 팔불출 소리를 듣는 남자가 멋진 남편이라는 것을 기억하자. '저 팔불출!' 하면서 웃을 수 있어야 좋은 남편이다.

그러나 대개의 남성은 팔불출 남편은커녕 본가 식구 앞에서만 유독 권위를 부린다. 손 하나 까딱 안 하면서 아내를 부리고, 중단이 어려운 일을 하고 있는데 뭔가 요구하는 일도 있다. 부모

형제 앞에서 아내를 경시하거나, 부리거나, 명령하는 행위는 절대 금물이다. 오히려 평소보다 더 살갑게 살펴주고 하찮은 말 하나까지 조심해야 한다. 여자에게 시가는 잘못도 없이 눈치를 보게 되고, 할 일이 없어도 앉아 있기 어려운 곳임을 기억하기 바란다.

## 아내와 남매(특히 여동생, 누나) 사이의 중재

예로부터 올케와 시누이는 껄끄러운 관계의 대명사였다. 고부 갈등 중심에 시누이가 끼어 있는 일이 많은 것도 숨길 수 없는 사실이다. 때리는 시어머니보다 말리는 시누이가 더 밉다는 말은 시누이의 이중성을 지적한 말로, 뒤에서 고자질하고 부추기면서 앞에서는 시치미뗀다는 말이다. 특히 손아래 시누이가 더 까다로운 편인데, 각자 사연이 다르겠지만 오빠에 대한 기대심리가 실망으로 작용한 까닭이다. 누나는 동생을 보살펴온 입장이어서 동생을 귀엽게 봐 주지만, 동생은 오빠의 보살핌을 받아왔기 때문에 조금만 소홀해도 실망하게 되는 것이다. 오빠가 결혼하면 가족의 축이 자연스럽게 이동된다는 것을 인지하지 못했거나 인정하지 않은 탓이다.

평온한 가정을 유지하려면 동생에게 안부를 자주 하고, 동생이 있어서 든든하다는 말도 해주기 바란다. 새 가정을 이루다 보니 예전처럼 못 해준 것에 미안함도 전하는 게 좋다. 가끔 차라도 한 잔 마시면서 대화를 하다 보면, 올케와 시누이도 좋은 관계를 유지하게 될 것이며, 고부 관계에도 좋은 영향을 줄 것으로 믿는다. 올케와 시누이는 나이 차가 적어서 공감대 형성에 용이한 조건을 갖고 있기 때문에, 시누이가 고부 사이에 가교 역할을 할 수 있는 것이다. 그러나 두 사람 중 누군가 인성에 문제가 있다면 해결책이 없다. 만약 시누이가 이유 없이 올케를 괴롭히면 오빠는 단호하게 대처해야 한다. 이미 가족으로부터 독립해 가정을 꾸린, 한 여자의 남편이란 것을 분명히 보여주라는 말이다.

# 4장

외도(外道)

결혼은 사랑을 전제로 한다. 어느 한쪽이 세상을 떠날 때까지 존중하며 해로하자는 약속이 바로 결혼이다. 그러나 시나브로 변하는 게 사람의 마음이다. 함께 살다 보면 어느 틈에 뉘가 나고 누군가를 동경하거나 사랑의 싹이 틀 수도 있다. 누군들 좋기만 해서 평생을 살겠는가! 매일 마시는 공기처럼 배우자 존재가 중요하다는 것을 매일매일 기억하는 사람은 한 명도 없을 것이다. 잡힌 물고기에게 먹이 주지 않는다는 말이나, 인연으로 만나 연민으로 산다는 말은 변질을 염두에 두고 한 말이다.

그렇더라도 자신과 똑같은 인격체로 배우자를 존중하고 신의를 지키지 않으면 안 된다. 결혼은 신의를 바탕으로 한 성(性)의 구속이 주어진 까닭이다. 그 구속을 어기고 정을 통하는 것을 간통이라고 말한다.

우리나라에서 간통죄 적용은 먼 역사가 아니었다. 그나마 62년간 유지해오다가 2015년 위헌 판정을 받았다. 간통죄 폐지는 많은 여성에게 허탈감을 안겨주었다. 외도를 규제할 제도적 장치가 사라졌다는 실망감이었다.

그러나 간통죄 폐지는 간통을 묵인한다는 것은 아니다. 형사상 법률 적용에 불과할 뿐 민사 책임은 벗어나기 어렵다. 선진국을 예로 들어보겠다. 그들은 간통 자체에 대한 배상법은 없지만, 재산형성 기여도에 따라 재산을 분배하고 정신적 피해보상도 매우 엄격하다. 피해 보상금이 상상을 초월하여 이혼 몇 번 하면 거지 된다는 말이 있을 정도다. 궁극적으로 말하면 정신적 피해보상금이 간통 배상금이나 다름없다는 말이 된다.

우리나라는 어떠한가? 부부가 함께 형성한 재산분배는 과히 나쁘지 않으나 귀책 사유에 대한 피해배상은 언급하기조차 부끄럽다. 현재까지 지급된 배상금이 5천만 원 이하인 것을 감안하면 우리 경제 수준에 크게 미치지 못한다. 배우자의 외도로 갈기갈기 찢어진 상처가 그 정도 배상으로 아물 수 있을지 생각해 볼 문제다. 그런데 며칠 전(2024년 5월 30일), 어느 재벌 부부의 2심 판결에서 매우 이례적인 위자료 지급 명령이 내려졌다. 유책배우자에게 20억 원의 위자료를 지급하라는 것이었다. 물론 상고심 결과까지 지켜봐야겠지만, 억울한 일을 당해온 많은 배우자에게 큰 희망을 줄 것으로 믿는다.

간통죄 폐지 여부를 떠나 간통이 중죄라는 것은 《성경》에 잘 드러나 있다. 몸 안에서 지은 죄는 용서할 수 없다고 했고, 그 율법을 어기면 돌로 쳐 죽이라고까지 했다. 소름 끼치게 무서운 율법이지만 지금도 그 계명을 지키는 나라가 있다. 부부간 신뢰가 매우 중대하고 간통이 심각한 범죄라는 것을 뜻한다. 그러나 동서고금을 막론하고 남녀가 있는 곳에 외도가 존재하며 엄격한 규제에도 사라지지 않는 것이 그것이다.

그렇게 중차대한 규율을 어기면서까지 존재하는 것이 외도인데 외도는 사랑이 아니라고 말하는 사람이 있다. 정말 그럴까? 외도가 잠깐 즐기다 말 오락 같은 것이라도, 딴살림 차렸다가 돌아온다 해도, 사랑이 아니라는 정의는 옳지 않다. 재미 차원이 아닌 죽음까지 불사한 외도도 얼마든지 있다. 즉 외도는 일종의 사랑이되 어긋난 사랑으로 정의할 수 있다.

외도는 유독 남성에게 너그러웠다. 오랫동안 남성의 상징처럼 여겼고 관습처럼 남아 있다. 남자의 자격인 양 능력인 양 인정해 온 것은 떠도는 말로 입증할 수 있다. '못한 놈이 병신이다.' '허리 밑에서 일어난 일은 언급하지 말라.' '남자는 씨를 뿌리고자 하는 속성이 있다.' 공공연하게 떠들어온 말이다. 그러나 그렇게 말하는 사람에게 부끄러움이나 죄의식은 보이지 않는다. 오히려 뻔뻔함과 당당함이 배어 있다. 내가 젊어서는 한가락 했지, 돈만 있으면 여자는 따라오게 되어 있어, 등등의 말로 외도가 벼슬인 양 까발리는 사람도 많다. 첩에 대한 부인의 투기를 칠거지악으로 여긴 시절이 멀지 않은 현실이었으니, 남자에게 외도는 법적 조치 외에 시빗거리가 아니었다. 다만 불륜으로 인한 가족의 상처와 후폭풍이 두려웠을 뿐이다.

법적 제동장치가 외도의 장애 요인이 된다는 것인데, 그 장치 때문에 더 큰 특권처럼 여기는 사람이 있는 것이다. 아무나 누릴 수 없는 특권을 쟁취했다는 기분 좋은 착각이다. 능력이 있으면 있는 대로, 없으면 없는 대로, 능력 있는 사람으로 보이고 싶은 심리가 작용한다는 말이다. 외도가 자신의 건재함을 과시하는 일종의 허영이란 것은 사회적 논란이 되고 있는 성범죄 사건으로 확인할 수 있다. 정치인, 경제인, 교육자, 수많은 유명인사가 연루된 것은 그런 풍토를 반영한 것이라 하겠다. 그렇게 많은 사람이 외도의 특권을 누려 왔기에 외도를 남성의 본능쯤으로 합리화할 수 있었던 것이다. 아직도 그러한 사상이 만연한 사회에서 간통죄가 폐지되었다는 것은 안타까운 일이 아닐 수 없다.

법이 어떻든, 세상의 평가가 어떻든, 외도를 가볍게 여겨서는 안 된다. 커피 한 잔 마시듯 재미 차원의 것이라도 배우자가 겪는 수치심은 말로 표현하기 어려운 탓이다. 특히 자녀들이 느끼는 수치심의 강도는 더 심각하다. 순수한 눈에 비친 세상은 작은 흠도 크게 보인 까닭이다. 특히 혼외자식이 노출되었을 때 충격은 더하고 세상이 퍼붓는 비난의 강도도 훨씬 크다. 그래서인지 외도에 대한 죄의식이 없는 사람도 아이는 갖지 않겠다는 의식이 또렷하다. 그렇다고 혼외자식의 유무에 따라 도덕성의 강약을 부여하는 것은 모순이다. 일부러 아이를 가진 경우가 아니면 운이 있고 없고의 차이일 뿐 도덕성에 강약을 부여할 계제는 아니다.

　어떤 이들은 말한다. 외도가 드러나면 무조건 발뺌하라고. 현장 습격을 당하더라도 부정하라고까지 말한다. 그리고 배우자에겐 모르는 게 약이라며 깊은 내막은 헤치지 말라고 말한다. 과연 그럴까? 아주 모르면 약이 될 수도 있다. 그러나 알고 있는 것을 속이면 진실마저 의심받는다. 그러므로 외도가 드러나면 배우자 분노가 사라질 때까지 진심으로 사죄하고 불륜을 청산해야 한다. 정리한 척하면서 몰래 만나는 일이 있어서는 절대 안 된다. 거짓된 행동은 신뢰에 더 큰 구멍을 내고 자존심에까지 상처를 키운다는 것을 잊어서는 안 된다.
　외도가 드러나면 가족에게 존경받을 생각은 꿈도 꾸지 말아야 한다. 때때로 부부애는 단단해질 수 있으나 애정과 존경은 전적으로 다르다는 것을 기억하기 바란다. 세상에서 존경받는 사람도 가족에겐 존경받기 어려운 세상에 불륜이 드러나면 사람 취급까지 어려울 수 있다. 세상 이치가 그러하니 이혼할 각오가 되어 있거나 종처럼 살 생각이 아니면 신의를 지키기 바란다. 가족을 부양하는 것만 가장의 도리가 아니라는 것도 명심해야 한다.

부부관계에 대해 엄격히 짚어보자. 부부 연을 맺고 살면서 궤도에 벗어난 행동을 하는 게 정당한 것인지. 설령 배우자에게 문제가 있더라도 부정행위에 정당성을 부여해서는 안 된다. 모든 부부가 좋기만 해서 결혼생활을 지속하는 건 아니라는 것이다. 상대가 없으면 못 살 것 같아서 부부 연을 맺어도 부부로 살다 보면 싫을 때가 있다. 역설적으로 표현하면 죽이고 싶도록 미울 때도 있다. 때로는 누군가가 미치도록 좋아서 소유욕이 생길 수도 있다. 그렇더라도 부부로서 신의를 지키는 것은 부부가 마땅히 갖춰야 할 본분이며 의무다. 외도를 합리화하거나 두둔하거나 정당화하는 것은 옳지 않다는 것이다.

간통이 헌법의 범주를 벗어났다지만 가정을 파괴하는 범죄임을 간과해서도 안 된다. 강산이 열두 번 변하고, 원숭이가 사람으로 환생하고, 절대다수가 간통에 연루되는 간통 공화국이 된다 해도, 간통이 범죄인 것은 영원불변의 법칙이다. 그러므로 누군가와 살고 싶어 죽을 지경이면 정당하게 배상하고 떠나는 게 옳다.

유명 일간지 논설에 어떤 재벌의 외도를 옹호한 글이 있었다. 그 일부를 옮겨 보겠다.

남녀관계는 옳고 그름보다 개인적 선택이라는 입장이다. 가정은 물론 소중하다. 그러나 자녀들이 다 자란 데다 부부간에 신뢰와 사랑이 없다면 지켜야 할 가정의 가치란 무엇인가? 아직 사회, 경제적으로 여성이 불리하기 때문에 일반적으로 여성을 보호해야겠지만 재벌가는 특별히 그럴 이유도 없어 보인다. 오히려 예전엔 비밀스레 이뤄지던 일부 재벌들의 내연관계나 혼외자식 문제를 털어놨다는 데서 C회장의 솔직함을 사주고 싶다.

윗글이 개인 SNS가 아닌 유명 일간지 논설이라는 것에 실망이 더했다. 논설위원이 주장한 '옳고 그름보다 개인적 선택의 문제'라는 말은 외도뿐 아니라, 도덕성이 부여된 어떤 것에도 적용해선 안 된다. '사회, 경제적으로 여성이 불리하기 때문에 여성을 보호해야겠지만 재벌가는 특별히 그럴 이유가 없어 보인다'는 말의 진의를 분석해 보자. 어떤 사유로 이혼하든 배상만 이뤄지면 문제 되지 않는다는 것으로 해석할 수 있다. 그러나 사회가 염려하는 것은 이혼을 하고 안 하고의 문제가 아니다. 마땅히 지켜야 할 신뢰가 무너져 가족이 상처 입고 사회가 퇴폐해지는 것에 대한 우려다. 부부의 사랑이 식었을 때, 경제적 배상만 이뤄지면, 이혼은 문제 되지 않는다는 개념으로 접근하면, 능력만 되면 외도와 이혼을 반복해도 된다는 말이 된다. 그렇다면 배우자는 빈약한 법안에만 존재할 뿐 필요에 따라 매도와 매수를 반복할 수 있는 매춘부 가치밖에 안 된다는 논리 또한 성립된다. 간통한 사람이 배우자에게 이혼을 강요한 것은 단순히 아내에 대한 배신이 아니라 가족 전체에 대한 배신이라는 것도 강조하고 싶다.

위 논설에 대한 독자들 반응은 맹렬했다. 백에 한두 명 제외한 모두가 반박하고 나섰다. 나 역시 기사를 쓴 여기자의 본심에 의구심이 일고 화가 났다. C회장과 특별한 친분이 있어서 옹호한 것인지, 여러모로 궁금하여 한몫 거들었다.


결혼은 신뢰를 전제한 약속으로 정의할 수 있습니다. 그런데 아내가 싫어지면 버려도 된다는 말인가요? 기자의 글은 자녀들이 성인이 되었으므로 아내에 대한 책임 소지가 없다는 것으로 해석되는데 그렇다면 헌법에 여러 번 결혼해도 된다는 명시가 있어야 되지 않을까요? 소위 논설위원이란 사람이 그 정도밖에 되지 않는다는 사실이 실망스럽고, 논리 같지 않은 논리로 가정파괴범을 두둔하는 것에 분노를 느낍니다.

나는 그 글을 끝으로 그 신문은 읽지 않게 되었다.

시골 생활을 시작한 지 6년이 되었다. 촌락의 특성이 그렇듯 내가 사는 지역도 혈연, 지연 관계가 깊은 곳이지만 불륜은 필연처럼 존재한다. 동생의 남편을 가로챈 여자도 있고, 친구 남편과 눈맞은 여자도 있고, 여러 유형의 불륜을 목격하게 된다. 그중에 어느 마을 이장의 내연녀를 보면 욕지기가 차오른다. 여자는 하는 일 없이 온천에서 시간을 때우는 게 유일한 일과인데, 매일 더운물 찬물 들락거리며 피부관리를 하고 남자의 혼을 빼는 것에 몰두한다는 건 이 동네 저 동네 소문난 사실이다.

그러나 조강지처는 몸을 사리지 않고 일만 한다. 첩의 몸에선 향내가 나고 조강지처 몸에선 땀 냄새가 날 것이다. 육신을 곧추세우며 몸이 닳도록 일만 하는 아내, 남자는 악취에 절은 아내에게 어떤 생각을 할까? '지저분한 여편네, 몸뚱어리 관리도 못해? 그래서 네가 싫어.' 그런 생각을 할 것이다. 자신이 땀 흘려 거둔 수확으로 첩을 먹여 살리는 남편에게 말 한마디 못 하는 여자의 삶, 남편이 조공 바치듯 첩에게 재산을 바칠 때마다 줄어든 곳간을 바라보며 한숨 쉬는 여자의 삶을 어떻게 말해야 할지 모르겠다. 왜 그렇게 사는 것이며 자식들은 왜 수수방관하는 것인지, 권리행사 따위는 꿈도 꾸지 못한 채 운명인 양 노예처럼 살아가는 여자의 삶이 안쓰럽고 화가 났다.

**외도하는 이들이 배우자가 아닌 이성에게 열광하는 이유는 무엇일까?**

부부 사이에서만 일어날 수 있는 마찰에서 자유롭기 때문이다. 금전, 부모, 자녀 문제 등 수시로 껄끄러운 일이 발생하는 부부 사이가 아니라서 편하게 느껴진다는 말이다. 그러나 영원한 것은 없다. 눈에 콩깍지가 씌면 겉에 드러난 것만 보이지만 혀에 살 같은 사람도 부부가 되면 달라질 수밖에 없다. 설령 부하처럼 공손하고 나긋나긋한 사람도 시간이 흐르면 변하고 지루해지는 것은 당연한 일이다. 자신이 변하지 않으면 아무것도 변하지 않는다는 것이다.

# 외도의 징후

외도를 하면 어딘가 표시가 난다. 감쪽같이 잘 넘기는 고수도 있겠지만 눈에 띄는 변화가 있다. 가장 큰 변화는 휴대폰 관리일 것이다. 휴대폰을 끼고 살며 메시지를 자주 확인한다는 건 외도를 지켜본 배우자는 알 것이다. 사람에 따라 어느 시간대에 전화하지 않기로 약속한 경우는 다를 것이므로 전남편을 예로 들어보겠다.

그는 운전할 때도 휴대폰에 신경을 곤두세웠다. 평소 컵 홀더에 놓던 휴대폰을 나로부터 멀다고 느껴지는 왼쪽 바지 주머니에 두고, 전화가 오면 왼손으로 받았다. 그러나 조절해둔 소리가 컸음인지 옆자리에서도 잘 들렸다. 그는 내연녀가 전화할 때 내가 옆에 있고 없고를 구별할 수 있도록 암호까지 정해주었다. 내가 곁에 있으면 '여보세요?' 했고, 곁에 없으면 '접니다' 했다. 여자는 '여보세요?' 소리가 들리면 전화 잘못 걸었다며 전화를 끊었다.

그는 툭하면 밖으로 나가고 마트에서 장을 보다가도 슬쩍 사라지곤 했다. 집이 넓은 것도 은밀한 행동을 하기에 편리했을 것이다. 네 개의 문을 통과한 곳에서 전화를 하면 감쪽같이 몰랐다. 잠자리에 들 때도 침실이 아닌 패밀리 룸에 휴대폰을 놓으면서 핑계를 댔다. 스팸 문자 벨 소리에 잠이 깨지 않도록 예방한다는 것이었다. 그러나 달라진 그의 태도에서 낌새를 알아차렸다.

'휴대폰 가진 지 몇십 년인데 이제 와서 거룩한 수면? 당신이 안전하다고 생각한 곳이 훔쳐보는 것도 안전한 거야.' 속으로 생각하며 종종 메시지를 훔쳐보았다.

그는 눈만 뜨면 휴대폰을 챙기고 내가 휴대폰 근처에 가는 것을 경계했다. 여자에게 문자가 오면 '또 대리운전이다.' 하면서 귀찮다는 표정으로 문자를 지우는 것도 새로운 증상이었다. 문자 지우는 걸 노동처럼 여기던 그가 즉시 반응을 보인 것은 스스로 증거를 제시한 격이었다. 귀가 전에 메시지 전체를 삭제한 것도 그랬다. 휴대폰이 은밀한 용도에 그만이지만, 때때로 중요한 단서가 된다는 걸 알았음인지, 증거인멸에 최선을 다한다는 게 되레 빌미가 되기도 했다. 최근 통화기록과 문자표시 기록을 지우지 못한 게 실수였다.

마냥 방치할 수 없어서 어느 날 점잖게 말했다.

"당신 얼굴에 연애한다고 씌어 있는 거 알아요? 운전하면서까지 메시지 지우는 이유가 뭐겠어? 좋게 말할 때 끝내셔!"

이혼까지는 생각하지 않았던 때라 이후에도 몇 차례 경고했지만 그는 귀담아듣지 않았다.

그는 전에 없이 옷에 신경 쓰고, 머리카락을 염색하고, 젊어 보이려 발악하는 모습이었다. 별것 아닌 것에 짜증내는 일도 많았다. 평소 우스갯소리를 하면 호탕하게 웃곤 해서 딸아이가 '엄마 아빠는 유치할 정도로 재미있게 사시는데 그게 보기 좋으니까 평생 그렇게 사세요' 했을 만큼 다감했던 그가 툭하면 쏘아붙이고 트집을 잡았다. 입을 맞추는 것도 싫어했다. 밤에 잠자리에 들 때나, 아침에 눈을 뜰 때나, 출퇴근할 때나, 입을 맞추고 살아온 세월이 27년이나 되었는데 입을 맞추려 들면 나이가 몇이냐며 핀잔을 주는 것이었다. 또 내가 뒤척거려서 숙면이 어렵다며 방을 따로 쓰자고도 했다. 밤이건 낮이건, 잠자리가 어떻든, 눕자마자 잠이 든 사람의 핑계로는 어설픈 것이었다. 잠자리에 누우면 5초 안에 잠든다는 것은 그와 한 번이라도 같은 방을 써본 사람은 다 알고 있는 일이었다. 한 번 예외가 있었다면 이직문제로 고민할 때였다. 그렇더라도 그가 뒤척인 시간은 10분이 채 되지 않았다. 생각이 많고 잠자리에 예민한 내겐 신기루 같은 일이라서 픽픽 웃으면서 농담을 했었다.

"당신에게 불면증을 적용하면 맥시멈 10분인 거 알아요? 아인

슈타인보다 더 초인적인 뭐가 있을 거야. 아메바 수면 세포 같은 거."

그 말에 그는 박장대소했었다. 수면습관이 인간의 한계를 벗어났다는 말까지 들어온 그가 잠을 못 잔다며 방을 따로 쓰자는 이유는 빤했다. 내연녀와 밤에까지 통화하려는 속셈이었다. 나중에 알고 보니 내연녀는 20년 전부터 남편과 각방을 쓰고 있었다.

나는 종종 그의 외도를 알고 있다는 암시를 보내고 직접적인 충고도 해봤지만 3년을 끌어오다 결별하게 되었다. 집이 둘이면 이성을 잃고, 여자가 둘이면 영혼을 잃는다는 말을 실감케 한 것이었다.

그러나 외도를 끝내기까지 어느 한쪽의 의지만으론 어려운 일이다. 상대의 끈질긴 집착이 이어지면 상황은 어려울 수밖에 없다.

# 외도는 내면(자신)의 문제다

외도가 드러나면 행위를 정당화하는 사유에 열을 올린다. 그
것은 배우자에게 책임을 돌리고 변명으로 일관하는 특성이 있
다. 아내와는 숨이 막혀서 마음을 털고 위로받을 사람이 필요했
다는 핑계다. 그러나 외도는 무엇으로도 정당화할 수 없는 내면
의 문제다. 마음을 주고받을 대상이 꼭 이성이어야 할 필요는 없
다는 것이다. 대상은 친구가 될 수도 있고, 친척이 될 수도 있고,
의사가 될 수도 있다. 외도는 배우자 잘못이 아니라 자신의 문
제, 살다 보니 싫증 나서 다른 상대를 갈망한다는 것밖에 되지
않는다. 사이가 좋지 않은 것이 이혼 사유는 될지언정 외도 사유
는 될 수 없다는 말이다.

아내 성격이 나빠서 이혼하고, 착하고 고분고분해서 잘사는
것이라면, 조선시대 첩 문화는 존재하지 않았을 것이다. 순종을
미덕으로 여겨온 그 시대에 그토록 많은 여성이 처절한 삶을 살
았던 것은 아내의 덕이 부족해서가 아니라 본인의 추악한 내면

과 대대로 내려온 악습의 결과였을 뿐이다.

외도가 외부 요인이 아니라는 것은 어느 호텔 직원의 충격적인 증언으로 증명해 보겠다. 누구라도 알 수 있는 대기업 총수는 적어도 일주일에 두세 번 직장 근처 호텔에서 외도를 즐긴다. 여자는 늘 바뀐다. 유부녀도 있고, 여직원도 있고, 연예인도 있고, 두세 명의 여자를 동시에 데려오는 일도 있다. 외도의 사유가 아내에게 있다면 그렇게까지 자주 여자를 바꿔야 하며, 같은 시각에 두세 명의 여자가 필요한 것일까? 그러니까 외도는 재미 차원일 수도 있고 자신이 특별한 사람인 양 위로하는 수단, 즉 자신의 존재감을 과시하는 욕망일 수도 있다.

외도가 외부 요인이 아니라는 것을 또 한 번 확인하기 위해 외도를 즐겨온 친척과 진지하게 대화한 적이 있다. 굳이 그분과 대화한 것은 그의 아내에게 외도의 책임을 돌릴 만한 문제가 보이지 않아서였다. 그의 아내는 매일 정성스럽게 한정식 밥상을 올리고, 하루도 빠짐없이 옷을 다리고, 운전기사가 전날 닦아둔 승용차를 아침에 마른걸레로 닦았으며, 출근길에도 꼭 밖에 나와 남편을 배웅했다. 우리 시대 유일한 여자로 통할 만큼 순종적인 아내였고, 남편을 불평한 적도 없었다. 자신이 벌지 않아도 더운 물 찬물 팡팡 쓰며 사는 게 행복하다는 아내였다. 남편도 그녀에게 순종적이고 모범적인 아내라며 칭찬을 아끼지 않을 정도였다.

그처럼 천사 같은 아내를 둔 남자가 외도를 즐긴 게 궁금하여 특별한 가정사가 있었던 거냐고 물어보았다. 남자는 강하게 부정했다.

"그건 절대 아냐. 몸에 해로운 거 알면서 담배 피우고 입에 당기는 음식 먹는 것처럼 그냥 재미지. 여자가 암만 예뻐도 같이 살 생각은 안 해 봤어. 백 여자를 거느려도 처자식 생각 안 하면 그게 인간이겠어? 조강지처 두고 딴살림 차린 놈은 그냥 미친놈이야 미친놈!"

그리고 덧붙였다. 조강지처가 있어서 몰래 하는 재미로 했을 뿐 조강지처 없으면 양귀비를 안은들 무슨 재미가 있겠냐는 것이었다. 그러나 재미로 시작한 외도가 파탄으로 치닫는 일은 너무나 많다. 불륜을 저지른 남자가 어떤 변명을 하고 가정에 어떤 불화가 생기는지 실화를 바탕으로 한 소설을 인용해 보겠다.

"당신이 우리 엄마한테 감정이 안 좋으니까 그런 거잖아."

형석은 고부간의 갈등을 핑계 삼아서라도 해영의 말을 막아야 할 만큼 비열해졌다. 그러나 강진댁의 요사스러움은 가족들도 잘 알고 있었다. 형석이 없는 곳에서 해영을 대하는 태도는 또 달랐다. 자기가 낳은 자식에게도 운용이 없으면 태도가 바뀌곤 해서 딸 영심은 그녀를 '그 여자'로 칭하며 욕했고 급기야 가출까지 했었다.

강진댁은 겉과 속이 너무 달랐다. 거짓말 잘하기는 늙은 호박에 줄 쳐놓고 수박이라 우기면서 엉덩이 밑에 호박씨 깔고 있는 격이었고, 삭신 우대기는 퇴물기생 늙은 낯바닥 다듬듯 했으며, 돈 사랑하기는 바람난 여편네 기둥서방 불알 만지듯 했다. 놀부보다 더 단단한 빗장으로 곳간을 채우고 형석의 곳간만 넘어다보는 이기적인 부모였다. 흥부네 박에서 금은보화 쏟아지듯 알토란같은 돈 벌어준 형석이 장가갈 때 심정은 돈 금고는 물론 돈 생산하는 씨불알까지 며느리에게 도둑맞은 기분이었다.

　해영이 첫애를 낳을 때도 당신 집에서 애 낳으면 손재가 들것 같았는지, 아기는 친정에서 낳는 거라며 세뇌해 놓고, 해영이 친정에 도착해 전화를 하자 입에 발동기를 달고 질펀한 공인심을 썼다.

　"아야, 우리 집에서 애기 나먼 내가 기저구랑 해줄 것인디 친정 어매가 이물 없냐?"

　그러고는 손주가 태어난 지 두 달이 되도록 내복 한 벌 사줄 줄 몰랐다. 그런 강진댁 처세가 민망했던 형석이 아기 옷이나 한 벌 사 주라고 했다가 본전도 못 찾았다. 강진댁은 정색을 하고 말했다.

　"아야, 백일 때 사야 느그가 이익이제. 지금 사먼 내가 이익이다."

　어차피 하나 사 주기는 하겠지만 백일 때라야 더 큰 걸 사 주지 않겠냐는 뜻이었다. 그런 강진댁이 백일에 사 온 건 4천 원(1981년) 정가가 붙은 내의 한 벌이었다. 그나마 시장 물건인 내의 가격이 3천 원 미만에 불과한데 정찰제인 양 거짓말하는 것도 가관이었다. 쌀 한 가마 값과 금 한 돈에 6만 원이었다.

형석이 해외연수를 떠날 때도 그녀의 돈사랑은 여전했다. 운용이 강진댁에게 낙지나 몇 마리 사서 아들 먹여 보내라고 당부했는데 시장에 다녀온 강진댁은 능란하게 연기를 해댔다.

"오메오메, 목포 시내에 낙지가 한 마리도 없어라우."

해영은 뒤에서 눈을 흘기고 있었지만 운용과 형석은 그 말을 철썩 믿었다. 평소에도 자식들이 사 가지 않으면 고깃국 한 번 끓여 준 적 없는 강진댁이 평소의 두 배나 비싼 낙지를 사 올 턱이 없었다. 돈이라면 고름도 살이 될 것으로 믿는 사람이었다. 손톱만큼도 시부모 정을 받아 본 적 없는 해영은 반공 웅변대회 실력으로 시어머니를 까발렸다.

해영의 말에 마땅한 말을 찾지 못한 형석은 코를 씩씩 불며 소리를 질렀다.

"아무리 나빠도 내 부모야. 자기 부모 싫다는데 좋아할 놈 어디 있어? 누가 나를 그렇게 만들었는데?"

해영을 제압하기 위한 억지소리였다. 그럴수록 해영은 더 화가 났다.

"그래요? 총각 때 여자관계 복잡했던 건 뭐고, 신혼 때 새벽마다 담 넘어 들어왔던 건 뭔데요? 당신 부(富)에 대한 복수로 여자 건드렸다고 하지 않았나요? 부에 대한 복수가 왜 있어야 돼요? 당신 부모 못 살게 누가 손발 묶어 뒀어요? 할아버지께서 물려주신 땅 다 없애고,

찌그러진 초가집에 사시면서 어머니는 춤추러 다니시고, 아버님은 간염인데도 매일 술타령만 하시잖아요. 그러고도 잘살기 바라요? 그래, 내가 당신 그렇게 만들었다면 내 입에서 그런 말 나오게 만든 건 누군데요? 동욱이 낳기 전까지 어머니 말 한 적 없어요. 그렇지만 손주한테도 도리를 안 하시잖아요. 명색이 첫 손주가 태어났는데 옷 한 벌 해주시는 게 아까워서 백일 때 사야 우리가 이익이라고 코 싹 문지르셨어요. 백일 때 금 갑옷을 해줄지언정 손주한테 내의 한 벌 못 해주셔요? 그 성격 정말 몰라요?"

시가에서 당한 억울함, 섭섭함, 형석에 대한 분노를 토해내는 해영의 모습은 마치 발악이었다. 형석이 주먹을 불끈 쥐고 손을 오르락내리락했지만, 해영의 성토는 녹음기를 틀어 놓은 듯 그칠 줄 몰랐다.

"아버님 개인차 사실 때 당신 얼마 드렸어요? 도곡동 13평 아파트가 80만 원일 때 50만 원 드렸어요. 아무리 결혼 전이라지만 내가 욕심이 있었다면 미리 집 사뒀다가 결혼하면 들어가 살자고 했을 거예요. 그렇지만 난 당신이 자식도리 잘하기를 바랐어요. 그것만 했어요? 당신 덕에 아버님은 우리 세 배 이상 버시는데 당신은 동생들 뒤치다꺼리하다가 빈손으로 결혼했잖아요. 그런데도 어머니는 결혼 부조금까지 사채놀이하시지 않았어요? 그러니 그 돈 안 뜯기고 배겨요? 아들은 월세 사는데 5백만 원이나 사채놀이한다면 사람들이 욕할 거 같으니까 맨션아파트 얻어줬다고 거짓말하셨겠지. 그런 말씀하실 때 아들, 며느리가 어떤 생각을 할지 짐작도 못 하셨나? 부모한테 손바닥 털고 월세 사는 자식에게 할 짓이냐고? '어떤 복 있는 처녀가 좋은 집에 시집와서 호강한다'고 소문났다면서요? 그 낯 뜨거운 말은 어머님이 직접 전해주셨어요."

섭섭하고 야속한 건 밤새 해도 부족할 판이었다. 시동생 명석을 올려보낼 때도 해영에게 타협 한마디 없었다. 옷은 형 것을 입으라는 것인지, 사 입히라는 속셈인지 영하 5~6를 넘나드는 계절에 남방 하나, 점퍼 하나, 바지 두 개뿐이었다. 팬티도 달랑 하나뿐이어서 수영복으로 대신하는 눈치였다.

그러나 강진댁은 등록금 두 배에 해당된 자개장을 사 놓고 호호거리고 있었으니 해영의 눈에는 부모로 보이지 않았다.

"자식 교육이 먼저지 자개장이 먼저예요? 당신 부모님은 자식한테도 아까워서 자취, 하숙, 못 시키는데 부모한테 손바닥 다 턴 당신이 왜 동생까지 맡아야 돼? 조선 천지 둘러봐도 그런 부모는 없을 거요. 계모, 계부도 그렇게 안 합디다."

해영의 말은 거짓도 없고 틀림도 없었다. 형석은 중추가 막히는 심정이었다. 그러나 해영이 부모 잘못을 지적하면 할수록 그의 얼굴은 일그러졌다. 부모에 대한 실망, 부끄러움, 원망을 폭발시키지 않으면 가슴이 터질 것 같았다. 형석은 옆에 있는 가방을 들어올려 해영의 머리를 마구 내리쳤다. 그의 얼굴은 이미 마수가 되어 있었다.

꿩이 위급할 때 머리만 처박듯 거짓말하고, 자신만 우대는 강진댁을 모르는 것은 아니었다. 그가 폭력을 휘두른 건 강진댁이 부모란 것을 거절하고 싶은 몸부림이었다. 해영은 방바닥에 쓰러져 있었지만, 그는 해영을 일으켜 앉히고 뺨을 내리쳤다. 순간 해영이 비명을 지르며 귀를 움켜쥐었다. 다시 뺨을 치려던 그가 겁에 질려 해영을 끌어안고 울면서 말했다.

"여보, 미안해, 내가 잘못했어. 우리 엄마가 사람 환장하게 만드는 성격인 거 다 알아. 돈에 환장한 것도 잘 알아. 워낙 찢어지게 가난한 생활을 해서 그런 거야. 존경할 수 없는 부모지만 부모를 버릴 순 없잖아. 돌아가신 뒤에 제사 잘 지내면 뭐해. 살아계실 때 잘해야지. 당신하고 같이 흉볼 수 없어서 그랬던 거야. 앞으로 내가 또 폭력을 쓰면 이 손을 잘라 버리겠어."

형석은 곧 통곡을 했다. 해영의 얼굴은 풍선처럼 부어오르고 고막이 터지는 사고를 입었다. 그러나 형석을 용서했었다.

위 소설이 주는 교훈은 〈고부갈등 예방에 가장 중요한 역할을 해야 할 사람은 누구일까?〉에 이미 언급되어 있다. 부모 형제에 대한 지나친 헌신과 두둔은 되레 나쁜 결과를 초래할 수 있으며, 외도의 사유를 배우자에게 돌리는 것은 온당치 않다는 것이다. 소설 속 주인공 변명처럼 외도의 사유가 아내에게 있다면 그의 아내도 외도할 만한 요소가 너무 많았다. 신혼 때부터 이어져 온 남편의 무질서한 행위와 시어머니로 인해 심신의 고통을 받아온 것이 그렇다는 것은 소설에 잘 드러나 있다.

SNS에서 남편의 외도로 헤어진 여자 글을 읽었다. 남편이 결혼 전부터 바람둥이였다는 것과 결혼생활 동안 외도가 잦아 이혼했다는 내용이었는데, 댓글이 눈길을 끌었다. 남편에 대한 사랑의 넓이와 깊이가 좁고 얕은 것은 아니었는지 반성해 보라는 것이었다. 결혼 전부터 습관적으로 외도를 했다는 것에 대한 반박으론 열악해 보였다. 설령 사랑의 깊이가 얕을지라도 외도의 원인을 아내에게 돌리는 것은 이유가 되지 않는다. 결혼이 신뢰를 전제로 한 약속인 만큼, 현란한 유혹에도 강건해야 되고, 최선을 다해 배우자를 사랑하며 가정을 지키는 것은 당연한 일이다. 그 의무를 망각하고 쾌락에 빠지면 불행의 싹이 자라 열매를 맺고 끝내는 거대한 폭발력으로 가정을 파괴하게 되는 것이다.

내게도 자식이 둘이나 되니 앞날은 장담 못 하겠다. 그러나 내 자식이 외도를 했다면 며느리건 사위건 그들 앞에 무릎을 꿇을 것이다. 자식의 어긋난 행동은 부실한 가정교육의 산물이라는 생각 때문이다. 설령 내 자신이 외도에 연루되어 지탄을 받더라도 외도의 원인을 합리화할 생각은 없다.

# 남자는 되고 여자는 안 된다?

우리나라에서 외도는 남자의 전유물처럼 여겨왔었다. 그 관습은 깊은 뿌리가 박혀 있어서 건강한 남자라면 있을 수 있는 일, 남자의 구실쯤으로 여기는 사람이 아직도 많다. 그 사상은 노년층이 도드라지고 일반적인 대화에서도 잘 드러난다. 나이 지긋한 여자에게 남편이 외도한 적 있냐고 물으면 '바람 안 핀 남자가 어딨어?' '그 사람도 남잔데 바람 안 피웠겠어?' '열 여자 싫다는 남자 없다잖아.' 그런 말들을 한다. 그 정도는 점잖은 편이다. '못한 놈이 병신이지.' '그거 달린 놈은 다 똑같아.' '밖에 나가면 내 남편 아니라잖아.' 그런 말도 너무 자연스럽다. 외도를 남자의 상징으로 여겨왔다는 것이다. 이번 총선에서 문제가 된 난교 예찬론도 마찬가지다. 남자는 다소 난잡한 행위를 하더라도 일만 잘하면 된다고 생각한 남자가 한두 명 아니라는 것이다. 다만 사회 이목이 두려워 드러내지 않을 뿐이다.

그런데 남자의 외도 대상이 문제다. 여자 없는 외도는 없다는 것이다. 당연한 논리지만 대부분 독신 여성이었던 외도 대상이 유부녀까지 확산되었다는 게 더 큰 문제가 되고 있다. 가정이 있건 없건 남자는 되고 여자는 안 된다는 개념이 사라진 것이다. 남자들 사이에 유부녀와의 외도는 뒤탈 없다는 말이 있고, 가정주부 탈선이 이슈가 되는 것은 가정 가진 남녀 외도가 빈번하다는 것을 뜻한다.

그런데 우리 사회는 남자의 외도엔 면역이 잘되어 있지만 여자에겐 그렇지 못하다. 아내 외도가 드러나면 남편이 더 조롱당하고 집안 단속 못 한 병신쯤으로 비하하는 실정이니 말이다. 그런 사회적 시선 때문에 아내의 외도가 드러나면 남편은 남몰래 가슴앓이하고 폭력으로 분풀이하는 일이 많다.

두 명의 유부녀와 동시에 놀아난 남자가 있었다. 그러나 상간녀 남편들은 아내의 외도에 둔감했다. 다만 자신이 유부녀와 외도한 경험으로 볼 때 아내도 외도에 노출될 가능성은 있다고 여겼다. 그들은 수시로 아내 일과를 확인하고 단속해 왔지만, 아내의 욕구는 남편 감시를 비웃듯 칼을 꽂았다. 하려는 놈은 못 해본다는 말을 대변하듯 그들이 골프 관광, 기생관광에 빠져 있을 때 신바람 나게 안타를 날린 것이다. 분노의 칼을 갈아온 여자들에겐 통쾌한 복수임에 틀림 없는 일이다. 그러나 그 보복성 외도가 다른 가정을 파괴할 수 있다는 게 사회적 문제가 되는 것이다.

한 가지 웃을 수 없는 것은 위 두 여자의 남편들 태도다. 그들은 아내의 불륜을 알아내고도 이혼은 하지 못했다. 아내의 불륜이 세상에 드러나 조롱받는 게 두려웠던 것이다. 대신 아내에게 폭력을 휘두르는 것으로 지금까지 화풀이하고 있다. 한 여자는 한 달 넘게 입원 치료를 받았을 만큼 폭행을 당했고, 쇼윈도 부부로 살고 있다. 이렇듯 배우자 외도로 한이 맺히면 평생을 털어도 떨어지지 않는 분노의 끈적거림이 남게 된다.

# 여자의 외도는 왜 무서울까?

여자가 바람나면 자식도 안 보인다는 말이 있다. 치맛자락 붙잡은 아이를 떼어내려고, 치맛자락을 싹둑 자르고 도망간다는 말도 있다. 한낱 지어낸 말 같지만 무시할 수 없는 논리다. 여자의 외도는 재미 차원이 아닌, 사랑의 갈급함이 빚어낸 것인 만큼, 천륜까지도 버릴 용기가 발동하는 것이다. 세상은 여자에게 손가락질하고 헛물켜는 짓으로 비하할지언정 본인은 진정한 사랑으로 믿고 있는 까닭이다. 사랑 없는 남편과 사느니 자식을 버리고라도 사랑을 택한다는 어마어마한 망상이다.

그러나 사랑을 택한다는 것에 함정이 있다. 여자에겐 사랑이되 다수의 남자에겐 오락 이상의 어떤 것도 아니다. 설령 오락이 아니었다 해도, 외도가 드러나면 상간녀를 몰아세우고, 빠져나갈 구멍을 찾는 게 가정 있는 남자의 보편적 본능이다. 가끔 유명인사 외도에서 보아왔듯이 조강지처만큼은 버리지 않겠다는 고마운 의리를 가진 남자가 얼마나 많은지 모른다. 여자에게 쵯

값을 돌리고라도 가정을 지키는 남자라야 남자다운 남자로 여기는 세상이니 어쩌겠는가! 현실이 그렇다면 내연녀는 사랑도 잃고 가정까지 잃는 일이 많다. 그러나 여자가 사랑에 빠지면 상대를 철썩같이 믿는 순전함이 있다. 남자의 본성을 확인하기까지 내 남자는 다르다는 착각을 버리지 못한다는 것이다.

외도가 결혼으로 이어지는 일이 없는 것은 아니다. 그러나 그 관계가 지속되기는 어렵다. '자식까지 버린 여자가 누군 못 버려!' 그런 불신 속에서 서로 감시하다 이혼하는 일이 다반사다. 간혹 깨가 쏟아지게 잘사는 경우가 있긴 하다. 유명한 화가 부부가 그랬고, 유명 소설가 부부가 그랬다.

그뿐 아니다. 모 그룹 총수는 젊은 여자와의 사이에서 낳은 아이를 보호하겠다며 이혼소송을 하고 있다. 내연녀가 낳은 딸에게 아빠 의무를 제대로 하겠다는 것이다. 그 사건을 보면서 왠지 남자보다 상간녀가 더 미웠다. 자식이라는 끈으로 가정 가진 남자 목을 맨 여자의 뚝심을 어떻게 봐야 할지 모르겠다.

외도는 하되 가정은 지킨다는 말을 들어봤을 것이다. 그러나 그것은 착각이다. 가정이 유지될 수 있었던 건 배우자의 핏방울 짠 인내였을 뿐 자신의 의지가 아니었다. 그런 인내도 반복되는 배반과 치욕을 견디기엔 한계가 있다.

그런 사실을 아는지 모르는지 흔히들 말한다. 남자에겐 회귀본능이 있다고, 그러므로 참고 기다리라고. 아내를 배반한 남자가, 상간녀에 뉘가 나서 돌아오면, 꼬리 치며 반기라는 것 같아서, 그 말을 들을 때마다 화가 난다. 아내라는 존재가 버리고 싶을 때 버리고 언제든 남편이 돌아오면 받아주라는 것인가! 남편이 연어처럼 돌아온다 해도 아내에겐 단단히 축을 쌓아 막을 권리가 있는 것이다. 세상이 변했다는 말이다.

## 여자들도 다 애인 있다?

남자가 외도를 하는 건 상대 여자가 있기 때문이라고 말한다. 맞는 말이다. 그러나 외도하는 남녀 숫자가 비례한다는 논리는 맞지 않다.

내가 남편의 외도로 별거하고 있을 때 남편 친구들이 위로해 왔다. 그들에게도 애인이 있었고, 상대 여자는 유부녀였다며, 남자는 외도를 해도 가정까지 버릴 생각은 안 한다는 것이었다. 용서하라는 말이었다. 그리고 여자들도 다 애인이 있지만 숨기기 때문에 드러나지 않을 뿐이라고 말했다. 그들 말에 거품 물 여자들 많을 것이다. 애인 있는 여자가 없는 것은 아니다. 레스토랑

경영하는 친구 말에 의하면 드라마 같은 일이 너무 많다고 했다. 점심때 한 여자와 여보, 당신, 하면서 식사하고 저녁에 가족들과 오는 남자가 있다는 말에는 할 말을 잃었다.

그렇다고 많은 여자가 외도할 것으로 믿는 것은 오산이다. 외도에 대한 로망은 있을지언정 실행하는 여자는 극히 드물다. 습관적으로 외도하는 여자가 일부 있을 뿐이다. 외도 또한 도박 같아서 상대와 이별하면 또 다른 남자를 찾는 특성이 있다.


몇 년 전, 미술 전시회에서 재미있는 여자를 만났다. 화가의 친구인 여자가 남편을 소개하면서 스스럼없이 말했다.

"세 번째 남편이에요."

그러고는 내가 이혼한 이유를 알고 있다며 진지하게 말했다.

"남편이 외도했다면서요? 아휴, 억울해서 어떻게 살아요. 선생님도 남자를 만나세요. 좋은 남자 많아요."

여자의 말은 나와 같은 이유로 이혼하고, 재혼한 것처럼 들렸다. 나는 동병상련의 마음으로 물었다.

"전남편도 외도하셨나 보죠?"

"아뇨, 내가 바람피웠어요."

조금의 뜸도 들이지 않고 여자가 말했다. 그 모습이 얼마나 당당했던지 귀엽다는 생각이 들 정도였다. 여자는 또 유부녀 친구를 가리키며 말했다.

"쟤한테 남자 하나 소개받으세요. 쟨 표시도 안 나게 연애를
잘해요."

그녀의 말은 마치 다른 행성의 일 같았다. 그렇다고 내 자신이
순수하다는 것은 아니다. 나도 남자를 가슴에 품어본 적은 있었
다. 아주 오래전, 남편의 두 번째 외도가 드러났을 때였다. 몸이
뜯겨 나간 듯 괴로워서 스스로 자존감을 뜯으며 더 깊은 상처를
내고 있던 참이었다. 부도덕한 남편과 살지 않겠다며 바득바득
이를 갈았다. 남편은 캐나다 근무를 자청하여 내가 좋아하는 호
숫가에 집을 짓고 가족에게 최선을 다하고 있었지만, 나는 그에
게서 벗어날 궁리만 하고 있었다.

그때 생각나는 사람이 있었다. 몇 년 전 TV에서 보게 된, 결혼
전 직장동료였다. 이미 교수로 전직한 그가 독신이기를 바라며
그의 전화번호를 알아내 전화를 했다. 20여 년 만에 걸려온 옛
동료 전화에 그도 깜짝 반가워했다. 그에게서 금방 이메일이 날
아왔다. 반갑다는 인사말과 함께 예전의 일들을 추억하는 글이
매우 문학적이었다. 나를 이성으로 느낀 듯한 표현은 어디에도
없었지만 좋은 감정으로 접근한 탓인지 그가 그렇게 좋을 수가
없었다. 무엇보다 그의 문학적인 글에 취해 가슴이 휘청거렸다.

어느 날 남편과 싸움을 하면서 기어이 속내를 드러냈다.

"나도 사랑하는 사람이 있어. 내 눈에도 좋은 남자 좋아 보이고 멋진 남자 멋져 보여!"

남편의 낯빛이 순식간에 변하고 눈동자가 멈췄다. 오직 자신만 사랑할 것으로 믿어온 아내 말이라는 것을 믿을 수 없다는 표정이었다. 나는 거기에 대고 또 한 번 포를 쏘아 올렸다.

"난 당신처럼 비겁한 변명 안 해. 당신은 여자 혼자 좋아한 것처럼 말했지? 난 당신처럼 비겁한 변명 안 한다고. 그 사람이 나 좋아한 게 아니고 내가 그 사람 좋아해. 할 수만 있다면 지금이라도 달려가고 싶어."

남편과는 이혼 합의각서를 쓴 뒤였지만 만약에라도 있을 수 있는 남편의 보복에서 그를 보호하겠다는 생각으로 그렇게 말했다.

이후에도 그와 메일을 몇 번 주고받았는데 그가 수십 년 전 일을 잘 기억하고 있는 것에 놀랐다. 좋아한다거나 사랑한다거나 그런 말은 어디에도 없었지만 그가 그냥 좋기만 했다. 그렇게 한 달을 보낸 뒤 동료가 아닌 이성으로 좋아한 게 부끄러워서 연락을 끊었다.

외도를 꿈꾸는 자들이여!

외도를 오락쯤으로 여기는 자들이여!

그대가 외도에 빠져 있을 때 배우자도 외도를 갈망할 수 있다는 것을 알아 두시라! 남편(아내)이 빠져나간 빈자리를 바라보며 쓰리고 시린 가슴을 다독여줄 대상에 목말라하는 것을 어찌 죄악이라 할 수 있으랴!《성경》은 음란한 마음마저 죄악으로 간주한다지만, 남편(아내)에게 배신당한 상황에서 마음까지 순결한 여자(남자)가 몇 명이나 되겠는가! 세상의 절반이 남자(여자)인 만큼 여자(남자)도 마음만 먹으면 외도할 수 있고, 누군가에겐 매력적인 여자(남자)가 될 수 있다는 것도 기억하기 바란다.

맞바람에 대한 나의 견해는 지나치게 진취적이고 속물근성이 있다. 배우자의 외도를 겪은 여자나 남자가 독신 남성이나 여성과 사랑에 빠지면 욕하지 않는 게 내 소신이다. 맞아 죽을지언정 그 용기에 박수치며 격려할 아량도 갖고 있다. 남편의 두 번째, 세 번째 외도가 드러나 배반감에 떨고 있을 때 마음에 맞는 독신 남자가 있었다면 나 역시 그랬을 테니 말이다.

남편의 외도로 싸움이 벌어졌을 때 나는 치를 떨며 남편에게 대들었었다.

"당신 하는 짓 나는 못 할 줄 알아? 세상에 절반이 남자란 거 알 거 아냐? 나도 당신 한 대로 갚아줄 거야. 기어이 복수하고 말 테니까 두고 봐."

솔직한 심정이 그랬다. 보란 듯이 남편보다 나은 남자를 만나 복수하고 싶었다. 그러나 하지 않은 것은 마음을 다잡을 만큼 정숙해서가 아니라 기회를 잡지 못했을 뿐이었다. 단언컨대 상간녀 남편이 마음에 들었다면 세상이 뒤집힐 만한 반전이 있었을지도 모른다. 상간녀 남편과 외도하는 것으로 남편과 상간녀에게 통쾌한 복수를 했을 것이다. 온 세상 사람이 손가락질할지라도 당시에는 그럴 만한 용기가 충분하고도 남았다. 배우자 외도앞에 이처럼 분노의 칼을 간 사람이 한두 명일까? 외도를 하는데 특별한 비법이 있는 양 자만하는 자들에게 말하고 싶다. 들키고 싶어서 들킨 사람 없다는 것이다.

덧붙여 말하자면 황혼기에 외도는 특별히 조심할 것을 권한다. 그 이유는 뒤에 다룰 〈황혼이혼〉에서 구체적으로 언급할 것이다. 죽음보다 못한 일이 기다릴 수도 있다는 것을…….

# 자신의 외도가 드러났다면?

외도가 드러났을 때 거짓말하는 것은 속성일 것이다. 그러나 그것은 바른 태도가 아니다. 나의 경우 알고 있는 사실을 숨기려 들면 외도 자체보다 그게 더 화가 났다. 바보 취급당한 것 같아서 화가 나고 반성하지 않은 것에 화가 났다. 내가 바보 아니란 것을 보여주기 위해서라도 불륜 행각을 낱낱이 파헤치고 싶었다. 나만의 생각이 아닌, 배우자 외도를 목격한 대부분의 사람들 반응도 다르지 않다. 그러므로 외도가 드러나면 진솔하게 사과하고 청산할 것을 권한다. 그러나 어리석게도 청산한 척하면서 몰래 만나는 일이 너무 많다. 행위에 대한 죄의식이 없고, 들키지 않으면 된다는 생각이 지배한 탓이다. 외도가 중독성 강한 습관이라는 것을 대변한 것이기도 하다. 〈한 번도 안 한 놈은 있어도 한 번만 한 놈은 없다〉는 말도 같은 맥락이다.

제발 남은 정이나마 유지하려면 진심으로 용서 빌고 정리하기 바란다. 한 번 갈라서면 돌이킬 수 없는 게 부부란 것을 기억하기 바란다. 헤어지면 남보다 못 하다는 말도 있지 않던가! 남보다 못한 정도가 아니라 원수보다 못 하다는 것을 기억하기 바란다.

언젠가 내 소설을 읽은 독자가 보내온 독후감에 큰 위로를 받았다. 그녀가 보내온 메일에서 남편의 외도를 자주 겪었다는 것을 알게 되었는데 잘 극복한 덕분인지 글에 흥겨움이 배어 있었다. 《변화에 능숙한 삶》을 읽는 독자 중에 그런 아픔을 경험했거나 지금 아픔을 겪고 있다면 훗날 그분처럼 웃으면서 고백하길 바라며 독후감을 인용해 본다.

TV 패널 사이에 조크 형태의 말들이 핑퐁처럼 오갔다. 그중 누군가 일부일처제는 가혹하다는 말에 한 여자가 맞장구쳤다.
"맞다. 20년마다, 아니 20년도 길고 10년마다 자동 이혼하도록 제도적 장치가 있어야 한다. 그래야 불륜이 사라지고 쿨한 사회가 될 것이다."
그 말에 공감하며 웃었는데 훗날 그녀가 이혼했다는 말을 듣고 생각했다.
'언중유골이라더니 그녀도 속깨나 썩었었구나!'
소설을 읽으면서 그 모든 것들이 내 이야기란 것을 알았다.
'어! 이건 내 사건인데, 이건 내가 한 욕인데, 이것은 둘째 아이 가졌

을 때, 저것은 서른이 고개를 꺾을 때.'

또 7년 전 남편의 외도를 알게 되어 죽음을 불사하고 싸웠을 때 일이었다. 소설 속 표현이 리얼하다는 말로는 부족하다. 주인공의 독설은 나의 독설이었고 분노로 얼룩진 포효는 내가 나뒹구는 비명이었다. 감정이 오뉴월 죽 끓듯 하다는 표현이 어찌 전부이겠는가? 그때 나는 고립되었으며 세상은 암흑천지였고 끝도 없는 추락만 존재할 뿐이었다.

책을 보고 있노라니 묵은 감정이 새록새록 돋아났다. 피를 토하고도 남을 분노, 살인마저 불사할 것 같은 배신감, 너무 작아져 정체성마저 희미해진 자존심, 그것들이 희망의 싹을 틔워 견고해지기까지 얼마나 많은 시간이 필요했던가!

이제는 고통이라는 끈으로 봉합된 내 삶의 편린들! 그것들이 활자가 되어 책 속에서 뛰어다니는 게 얼마나 후련한 카타르시스였는지 모른다. 마치 두꺼운 구름이 한순간에 걷히고 태양광선이 꽉 찬 것처럼 눈이 부셨다. 그리고 너그러움이 찾아들었다.

불현듯 붉은 물이 들어 사랑에 빠졌었거나, 사랑에 빠진 남성이 있다면, 남편을 빼앗겼다는 절망으로 울부짖는 아내에게 통렬히 반박해 주길 바라는 마음 간절했다. 불륜은 그게 아니라고, 부인 아닌 다른 여자를 사랑한 것이 아내의 생각처럼 생명을 던지며 가족을 희생시키고 과거를 송두리째 부정하는 행위가 아니라고! 동기란 거 없이 그저 아랫도리가 불쑥불쑥 솟구치는 본능일 뿐이라고. 마음속에는 아내에 대한 미안함과 죄책감이 크게 자리하고 있으며, 자칫 가정이 와해될 수 있다는 염려까지 도사리고 있다고. 그럼에도 정력이 넘쳐 흘러 주워 담지 못할 뿐이라고.

이 땅의 남편들이여!

부인 아닌 다른 여인의 치맛자락이 눈에 밟힌 자들이여!

그대의 로맨스에 그대가 의도적으로 고려하지 않았던 아내의 울분이 피를 토한다는 것을 기억하시라! 구겨진 자존심과 잃어버린 사랑의 남루함, 그리고 설움이 낭자해 있다는 것을! 그 비릿한 냄새가 궁금하지 않는가? 그리고 그대를 바라보는 그 눈이 부당하다고 생각되지 않는가? 그렇다면 누군가를 사랑한 것이 전혀 악의적이지 않았다는 것을 이해시키라. 아내가 죽이고 싶도록 미워서도 아니었고, 물리적으로 학대할 생각도 없었으며, 단지 감정 제어기능이 원활하지 않아 파생된 궁여지책이었다고 말하라.

그리고 또 한 번 아내에게 말하라. 생명과도 바꿀 듯한 전투태세로 덤비는 걸 참아달라고, 잘난 남편 덕에 가끔 앓는 감기 같은 것으로 생각해 주라고. 감기는 극약처방 없이도 시간이 지나면 스스로 항체를 만들어 내지 않던가! 제발 제 페이스를 잃지 말고 평상심만 갖고 있으면 되는 거라고 말하지 않으려가! 그렇다면 이 땅에서 불륜이라는 말을 몰아내고 단지 사랑만이 있거나 부적절한 관계 아니면 불편한 관계만 있게 될 것이다. 그것은 개선만 하면 그만이니까.

늘 로맨스를 꿈꾸는 용기 있는 그대여!

남편의 불륜 앞에 증오의 살점을 안으로 삼키는 아내, 온몸의 피가 거꾸로 솟구친 아내를 생각해 보시라! 그리고 반박하라! 아니면 변명하라! 그도 저도 아니면 그대가 무시한 아내를 향해 남자답게 용기를 주어라. 자반고등어처럼 절은 가슴에 활활 분노를 태우는 아내, 그대라는 나무의 삭정이로 전락하여 절망을 키우는 아내에게 이때야말로 남자다움이 필요하다.

- 로즈마리


《변화에 능숙한 삶》을 읽는 독자에게 당부하고 싶다. 분노는 담아두지 말고 무조건 토해내라는 것이다. 글이든, 그림이든, 다른 어떤 것이든. 그마저 할 수 없으면 혼잣말이라도 하면서 토해낼 것을 권한다.

내가 남편과 헤어진 뒤, 죽음 같은 고비를 넘고 버텨온 것은 〈부모다운 부모〉가 되겠다는 강력한 소망 덕분이었다. 작은 소망이나마 이루기 위해 글을 쓰며 내성을 길러온 게 아홉 권의 책을 서술하게 되었고, 이제는 글쓰기가 행복한 일과가 되었다. 용암처럼 들끓는 분노와 덕지덕지 들러붙은 증오를 글로 토해내며 가슴 속 응어리를 풀어낸 것이었다.

그런 내가 장하다며 격려해 주는 사람들에게 늘 사족을 단다.

장한 일은 한 거 없지만 죽지 않고 살아온 건 장한 것 같다고. 그렇다. 지금 살아 있는 자체가 장하게 느껴질 만큼 고통을 견뎌온 과정이 버겁고 힘이 들었다. 몇 번이고 죽음을 생각했을 만큼 힘든 과정에서 소설을 집필하며, 한 명의 남성이라도 가정으로 돌아오길 바랐고, 남편의 외도로 고통받는 여성이 위로받길 빌었다. 그 바람은 헛되지 않았다. 아픔을 경험한 독자들이 소설 속 주인공이 되어 흥분하고 분노하며 치유를 얻었다는 소식을 전해왔다. 형식도 갖추지 못한 소설을 읽고 왜 많은 사람이 감동했을까? 달필은 애초에 아니었으니 오직 있는 그대로의 진솔함이 공감을 줬을 것이다. '작가도 나와 같은 일을 겪었구나! 나 혼자만 그런 일을 당한 게 아니었구나! 작가도 나처럼 교양 없는 말로 싸움질을 했구나!' 그렇게 스스로 위로했을 것이다.

남편의 외도를 알게 되면 지식과 교양을 갖춘 여자라도 특별히 다르지 않다는 것은 독자를 만나면서 알게 되었다. 꽁꽁 묶어둔 사연을 풀어놓으며 울분을 토하는 독자가 생각보다 많은 것에 놀라기도 했다. 배반으로 생성된 반응의 본능은 추악하고 포악한 형태로 다가오게 마련이라서, 겉으로는 별일 없는 것처럼 행동할지라도 속마음은 어쩔 수 없는 것이다. 쏟아지는 막말, 극단적인 행동! 몸부림치는 처절함! 경험만이 알 수 있는 오묘한 감정이다.

5장

이혼

# 이혼은 먼 이야기인가?

    내가 성장기를 보낸 1960년대에는 외도가 이슈화되는 일이 없었다. 간통법이 제정된(1953년) 지 얼마 안 된 시기라서 외도에 대한 죄의식이 없었고 집안에 첩을 들이는 것도 흔한 일이었다. 남편이 회심을 띠고 첩의 방을 들락거릴 때 홀로 밤을 새우며 분노를 삼켜야 했던 여인들! 바늘로 살을 찌르며 분을 삼킬 때마다 전신을 휘감는 한(恨)이 생성되었을 것이다. 더러는 그 한을 며느리에게 풀었다니, 시어머니와 며느리 가슴에 켜켜이 얽힌 원한은 오직 여자라서 감당해야 했던 비극이었다. 더 큰 비극은 여자 스스로 그 비극을 종결할 수 없었다는 것이다. 믿든 곱든 참고 견디며 남편이 돌아오면 곱게 받아주는 것을 미덕으로 여겼다. 그 관습은 산업화 시대에도 한동안 유지되었고 남편의 귀책 사유가 이혼으로 이어지는 일은 거의 없었다.

    그러나 새로운 밀레니엄과 함께 이혼율이 파죽지세로 높아졌다. 2022년 통계에 따르면 결혼 191,690건, 이혼 93,232건으로 한 해 결혼율 대비 48.6퍼센트를 넘어섰다. 죽음이 아니면 부부 사이를 가를 수 없다는 개념이 무너진 것이다.

이혼 사유는 서류상 〈성격 차이〉가 1위로 나타나지만 실상은 다르다고 한다. 전문 변호사 말에 의하면 젊은 층은 경제 문제와 외도 순이고, 황혼이혼은 외도와 경제 순이라는 것이었다. 젊은 층이 외도에 너그러워서는 아니다. 불편한 경제 문제로 순위가 밀렸을 뿐, 〈외도-가정 파탄〉이라는 공식은 오히려 그들에게 더 확연하다. 외도에 대한 충격 흡수가 기성세대보다 낮다는 말이다. 이유는 성장 과정에서 형성된 면역력 결핍일 수도 있겠고, 부모가 적극적으로 개입한 결과일 수도 있겠고, 혼자 살 수 있는 여건이 충족되었거나, 귀책 사유에 대한 심판이 엄격해진 것일 수도 있다. 확인된 사실은 아니고 주변에서 보고 들은 것을 스스로 분석해 볼 때 그렇다.

여성의 사회진출이 본격화되면서 이혼율이 높아진 것도 주목할 일이다. 능력 있는 여성일수록 부당한 결혼생활을 거부한다는 것으로 배우자의 부당성에 대항할 무기가 경제력이라는 말과 같다. 여성의 사회진출이 적은 시절에 배운 여자 팔자 세다는 말이 많았던 것도 같은 맥락이다. 혹자는 여성의 입지가 높아진 것에 여자들 세상이 되었다고 불평하지만, 그동안 불리했던 관습을 시정해 가는 과정, 즉 심판의 잣대가 성(性)을 떠나 공정성을 찾아가는 과정으로 보는 게 타당하다.


   이혼이 흔한 세상에 살다 보니 돌싱(돌아온 싱글)이라는 신조어까지 생겨났다. '돌아왔어요.' '돌싱이에요.' 웃으면서 자신을 소개하는 것도 자연스럽고 듣기에도 낯설지 않다. 총각과 이혼녀가 사랑하고 결혼하는 것도 흠 되는 세상이 아니다.

   그만큼 이혼율이 높다는 것이고, 가정마다 이혼한 사람이 있게 마련이다. 자식이든 이모든 삼촌이든. 세상은 그렇게 변했지만 나이 든 사람들은 이혼녀를 비난하고 비하하는 일이 아직도 많다. '이혼한 여자? 그 여자 이혼했잖아!' '이혼한 주제에.' '문제가 있으니까 이혼했겠지.' 내게 직접 한 말은 아니라도 그런 말이 들리면 불편하고 화가 끓는다. 잘잘못을 따지기 전에 이혼한 사실만으로 누군가를 비난하는 것은 옳지 않다는 것이다.


   언젠가 공지영 작가를 신랄하게 비판한 글을 읽었다. 고장난 휴대폰 바꾸듯 남편을 바꾼다는 글이었다. 당시 나는 공지영 작가를 잘 몰랐다. 유명한 작가라는 것과, 그녀의 소설을 많이 읽었고, 매스컴에서 그녀를 몇 번 접했으며, 이혼 사유를 대략 알고 있는 정도였다. 그녀가 인내심이 부족해 이혼한 것인지 아닌지 몰랐다는 말이다. 물론 지금도 모른다. 다만 남편의 폭행이 있었다는 것으로 보아 재미 차원에서 이혼과 재혼을 반복하지 않았다는 것은 분명해 보였다.

그 사실을 모르지 않았을 남자가 예민한 반응을 보인 것은 빤한 것이었다. 그 연령대 남성들이 그랬듯 취미로 여겨온 외도가 비난받는 것에 여과 없이 불만을 뱉어냈던 것이다. 나는 천박하기 짝이 없는 그의 글에 모독을 느끼고 주저 없이 반박을 가했다.

'당신 가족은 이혼이라는 과제 앞에 자자손손 자유로울 수 있다고 생각하십니까? 자식이 남편의 외도나 폭력에 시달린다면 무조건 견디라고 강요할 것인지요? 남편을 잘못 만나면 열두 번 이혼할 수도 있습니다. 결혼을 몇 번 했건 여자에게 귀책 사유가 없다면 비난할 이유가 없다는 것입니다. 이유 없이 이혼한 여자를 비난한 것은 스스로 문제가 있다는 게 아닐까요?'

남자가 답변을 보내왔다. 이혼을 꼬집은 게 아니라 남편의 실명을 드러낸 처세가 어긋났다는 것이었다. 납득할 수 없는 말이었다. 실명을 언급하든 말든 공지영 작가를 아는 사람은 남편을 알 것이고, 모르는 사람은 내가 그 남편을 모르듯 천만 번 말해도 모를 수밖에 없다. 저마다 사정과 형편이 다를 터, 섣부르게 평가하고 비난하는 것은 위험하다는 말이다. 가는 길이 어긋났거나 도중에 길을 잃으면 속히 돌아서서 길을 찾는 게 당연하지 않겠는가!

냉정히 생각해 보자. 비난을 감수하고 권리를 지켜온 여성이 없었다면 지금 여성들이 누리는 권리를 보장받게 되었을지. 남편이 외도해도 감내해야 되고, 억울하게 내침 당해도 참아야 되고, 폭력까지도 감수하며 살고 있을 것이다. 그러므로 정당한 사유로 이혼한 여성이 있다면 불리한 여건에 맞서 권리를 찾아 준 용기에 오히려 감사해야 한다. 사랑하는 내 딸이 여자다운 여자로 살아갈 수 있도록 힘겹게 길을 터준 그들에게 오히려 경의를 표하는 게 옳다.

특별히 당부하고 싶은 말이 있다. 남편을 사랑하고 존중하되 외도, 폭력, 도박은 단번에 끝내라는 냉정한 조언이다. 그 세 가지는 심각한 중병일진대 혹시 의처증에 폭력까지 일삼는다면 돌아볼 이유가 없다.

그러나 지속적인 가정폭력에도 숙명처럼 살아가는 이들이 있다. 내막을 들여다보면 보복에 대한 불안감, 부족한 경제력, 아이에게 나쁜 영향을 줄 수 있다는 염려가 크게 자리하고 있다.

그와 같은 문제로 20년간 죽음을 무릅쓰고 견뎌온 여자가 있다. 그러나 아들이 성인이 되고부터 더 큰 딜레마에 빠졌다. 아들이 신체적으로 우월해지자 아빠에게 무력행사를 하는 것이었다. 어릴 때는 힘이 없어서 참았지만 더는 참지 않겠다며 폭력을 쓰는 것에 살인 사건이 날 것 같은 공포에 떨어야 했다. 여자는 남편의 폭력을 뒤로 한 채 아들을 끌어안고 씨름하기를 반복하다 끝내는 이혼하게 되었다. 그러나 아들에게 나타난 후유증은 거기서 끝나지 않았다. 애인에게도 폭력을 쓰고 공황장애를 비롯한 정신질환까지 얻게 되었다. 이렇듯 폭력은 또 다른 폭력을 낳고 가족과 사회를 위협하는 무서운 무기가 된다.

폭력이 주는 비극은 어느 나라든 예외가 없다. 실화를 바탕으로 한 영화 〈The Burning Bad〉는 가정폭력의 극단적인 결말을 보여준 것이었다. 파티에서 만난 남녀가 사랑을 확인하고 결혼까지 하게 되는데 남편은 사사건건 트집을 잡고 폭력을 휘둘렀다. 여자가 얼마 동안 시달렸는지 정확한 파악은 어려웠으나 둘 사이에 태어난 아이로 볼 때 10년쯤은 결혼생활을 했을 것으로 추측되었다. 여자는 남편의 학대를 견디다 못해 남편이 자고 있는 침대에 휘발유를 끼얹고 불을 질렀다. 불에 타고 있는 집을 빠져나와 아이를 업고 걸어가는 여자의 멍한 얼굴에 눈물이 흘러내리고, 등에 업힌 아이는 불길이 치솟는 집을 뒤돌아보며 안절부절못하는 모습이 그려졌다.
남자의 부모는 여자를 상대로 소송을 벌였고 여자는 배심원 전원 무죄판결을 받았다. 여자의 행위는 살인행위에 해당된 것이었지만 정당방위로 인정한 것은 남편이 살아 있는 한 여자가 죽을 수도 있다는 판단이었을 것이다. 심한 가정폭력은 살인에 준한다는 것을 반영한 것으로 볼 수 있다.

# 이혼 당사자와 주변 사람이 취할 태도

## 가정파탄을 일으킨 당사자는 부모 자격 운운하지 말라

잦은 외도로 이혼한 남자가 있다. 이혼하기 전 딸은 서른 살 가까운 나이였는데, 가장 중요한 시기에 떠날 수 있냐며 아빠를 붙잡았다. 결혼식 날 아빠 손 잡고 입장하겠다는 의지였다. 아빠의 반응은 뜻밖이었다. 자유롭게 제2의 인생을 살겠다며 딸을 뿌리치고 미국으로 건너갔다. 그는 곧 여자와 살림을 차리고 한국까지 데려와 자랑을 해댔다. 학력 좋고 집안 좋고 똑똑한 여자라는 것이었다.

그러고는 아내에게 이혼을 종용했다. 딸이 출가할 때까지 보류하기로 한 약속을 파기하자는 것이었다.

또 그의 숨겨진 빚이 드러나 부부 공동명의 아파트가 압류당했음에도 대출 이자마저 분담하지 않았다. 다급해진 아내가 도움을 청하자 그는 버럭 소리를 질렀다.

"나도 빚 속에서 사는 놈이야."

마치 아내가 진 빚을 대신 갚아주라 해서 화난 것처럼 들렸다.

30년 동안 전업주부로 살아온 아내는 막막했다. 그러나 살아야겠다는 일념으로 평생 처음 네트워크 사업에 뛰어들었다.

딸도 혼신을 다해 직장을 잡았지만 수입은 알바 수준에 불과했다. 그나마 절반을 엄마 손에 놓다 보니 친구들과 차 한잔 마실 여유도 없었다. 느닷없이 가장이 되어버린 딸의 심신이 온전할 리 없었다. 우울증이 깊어져 만신창이가 되었지만 치료받을 비용도 없었다. 컴컴한 옷장 안에 들어가 소리 죽여 우는 게 다였다. 그런데도 아빠는 안부조차 없었다. 딸의 아빠에 대한 분노는 켜켜이 쌓여갔다.

얼마 후, 딸은 대기업에 이직하게 되었고 치유를 얻어갈 즈음 사랑하는 남자가 생겼다. 그리고 결혼 날짜를 잡았다. 아빠가 떠난 지 3년 만이었다. 엄마가 딸에게 아빠를 초청할 것인지 물었다. 딸은 자격 없는 아빠라고 잘라 말했다.

몇몇 사람들은 입방아를 찧었다. 가르치고 길러준 아빠에게 불효라는 것이었다. 어처구니없는 말이었다. 결혼식만은 함께하자던 딸, 그 딸의 청을 뿌리친 건 아빠였었다. 아빠 스스로 천륜을 저버린 그 사건이 수십 년 지난 것도 아니었다. 겨우 3년 전, 갈기갈기 찢기고 얼룩진 상처가 금세 봉합될 수는 없는 일이다. 눈

앞에 생생한 비루하고 비열한 사건, 아빠에게 천륜을 거부당한 그 사건을 그리도 쉽게 잊을 수 있겠는가! 비난에 앞서 기억해야 할 것이 있다. 자식 스스로의 의지로 세상에 태어나지 않았다는 것을 기억해야 한다. 가르치고 길러준 것만으로 부모 도리가 끝나지 않는다는 것이다. 부모는 생명이 붙어 있는 한 자식에게 정신적 지주가 되어주고, 세상을 떠난 뒤에도 자식 가슴에 정신적 지주로 남아 있어야 부모인 것이다. 제2의 인생 운운하며 가정을 버린 채 여자를 택하고, 그 행위에 사과조차 없는 아빠를 옹호하고 딸을 비난하는 것은 잔인한 일이 아닐 수 없다. 경제적 고통과 배반의 늪에서 처절하게 살아온 딸을 비난하기보다, 딸이 느꼈을 참담한 심정을 먼저 헤아릴 수 있어야 한다.

누군가는 버림받은 해외입양아도 부모를 찾는다고 말했지만, 그것과는 상황이 다르다. 자식 앞날을 위해 친권을 포기한 것과는 전혀 다른 일이다. 쾌락으로 부모 됨을 포기한 아빠를 거부했다는 것으로 패륜아 오명을 씌우는 것은 옳지 않다는 말이다.


## 이혼할 때 귀책 사유가 있는 사람은 다 주고 떠나라!

이혼 절차를 밟게 되면 적대 관계로 변하는 부부가 많다. 상상을 벗어난 일들이 비일비재한데 특히 재산 싸움은 치열하고 치졸하다. 재산에 눈이 멀어 증거조작도 하고, 가족의 경제적 위협에 아랑곳없이 재산을 빼돌리기도 하고, 소설에나 있을 법한 일들이 흔히 벌어진다. 이해할 수 없는 것은 사이가 좋았던 부부도 별반 다르지 않다는 것이다.

실제 사례를 옮겨 보겠다.

남자는 자상하고 가정적이었다. 헌신적인 아내와 사이도 좋았고 주변의 자자한 칭송도 받았었다. 그런데도 남자는 외도를 즐겼다. 가정을 버릴 생각은 없었고, 마약처럼 즐기는 습관에 불과했지만 아내는 반복된 외도에 한계를 느꼈다. 아내가 이혼을 요구하자 남자는 돌변했다. 외도 사유를 아내에게 돌리고 재산을 빼앗는 데 혈안이 되었다. 그는 평소 귀책 배우자가 재산 챙긴 걸 맹렬히 비난했고, 자신이 그런 일로 이혼하면 빈손으로 나갈 거라 했었다.

그렇게 말한 그도 적나라한 민낯을 드러냈다. 아들의 아파트 매도금을 빼앗고 아내 몰래 거액을 대출한 아파트만 남긴 채 해외로 도피했다. 아파트 보유세가 해마다 천만 원 넘고 대출이자도 4백만 원 넘었다. 그러나 시기적으로 대형 아파트를 기피하는 추세라서 팔리지도 않고 전세도 나가지 않았다.

여자는 닥치는 대로 일을 했지만 대출이자도 감당하기 어려웠다. 수많은 생각 끝에 담보인정비율이 높은 사업자 대출로 바꿔 이자 감당에 힘을 쏟아도 피를 말리는 날들이 지속되었다. 평소 그녀를 아껴온 지인들이 무이자로 큰 액수를 빌려주기도 했지만, 사업대출로 늘어난 이자와 아파트 관리비까지 매달 6백만 원이 필요했으니 여자의 생활은 처참했다. 남편에 대한 원한도 나날이 높아졌다.

그런데도 남자는 아내를 외면한 채 여자와 살림을 차리고 건재를 과시했다. 부끄러움이나 죄책감도 없었다. 전 재산을 아내 줬다는 거짓말을 하면서 인심을 얻으려는 허세까지 부렸다.

여자는 그의 이중성에 치를 떨었다. 세상이 다 그럴지라도 남편만은 다를 것으로 믿었기에 배반의 골이 너무 깊었다. 헤어지고 싶지 않아서 가슴 할퀴며 버텨온 시간이 아까웠다.

외도로 인한 배반감에 경제적 위협까지 받으면 어떤 결과를 낳을까? 미움과 원성이 배가 되어 용서하기 어렵다. 그러므로 원한 사지 않으려면 재산에 연연하지 말고 떠날 것을 권한다. 재산이 많건 적건 배상하는 마음으로 다 주고 떠나라! 설령 노숙자가 되어 거리를 떠돌게 되더라도 용서받을 구실만은 남기라는 말이다.

# 이혼을 염두에 두고 있거나
## 이혼한 가족(주변 사람)에게 취할 태도

이혼을 할까, 말까 망설인다면 시간을 갖고 신중하게 대처할 것을 권한다. 경위가 어떻든 당사자의 아픔을 가볍게 여겨서는 안 된다. 성인군자 같은 충고도 말아야 한다. 문제의 무게는 사람마다 다르므로 '네게 문제가 있는지 생각해 보라.' '모든 문제는 자기 안에 있다.' 그런 말은 삼가야 한다. 자기 안에 문제가 있건 없건 사건의 본질을 떠나 조심스럽게 접근하라는 것이다. 상처를 받으면 작은 충격에도 아픔이 가중되어 사태를 악화시킬 수 있기 때문이다. 심지어 용서하라는 말도 말아야 한다. 대가를 받고 상담하는 정신과 의사도 섣불리 충고하지 않는다는 것을 염두에 두기 바란다. 단 외도, 폭력, 도박 같은 사유에는 긴말이 필요 없다. 그 세 가지는 난치병이거나 불치병일 가능성이 높은 탓이다.

### 배우자 귀책 사유로 이혼한 사람에게 용기를 북돋워 준다

이별은 어떤 모양이든 상처를 동반한다. 상대에게 미련이 있건 없건 가족의 자리가 빈 것만도 상처가 된다. 그러므로 상대의 잘못으로 이혼한 사람은 무조건 사랑으로 다독여줘야 한다.

'이미 헤어졌으니까 보란 듯이 살아야지. 혼자 끙끙대지 말고 도움 필요할 때 언제든 얘기해. 힘닿는 데까지 도와줄게.'

진심을 담아 그렇게 위로해 주면 더할 나위 없다.

'남편을 좀 이해해 주지 그랬니? 남자들이 얼마나 힘든 세상이니. 너무 힘든 데 네가 몰라주니까 외로웠을 거야. 너한테 문제가 있을 수 있으니까 너를 한 번 돌아봐.'

이런 말을 들으면 머리카락이라도 뜯고 싶은 심정이 될 것이다. 제발 그와 비슷한 말까지도 하지 않길 바란다. 무심코 뱉은 한마디가 심사를 건드릴 수 있으므로 충고보다는 진정성 있게 들어주고 위로만 해주는 게 좋다.

무엇보다 음식을 먹을 수 있도록 도와주는 게 좋다. 영혼에 상처를 입으면 육신이 늘어지고 입맛도 없고 주방에 들어설 의욕까지 잃게 되는데, 정성이 담긴 음식은 큰 에너지가 될 것이다. 그러다 보면 말을 토하고 감정의 굴곡을 거치면서 치유될 것으로 믿는다. 전문가의 도움을 받을 수 있도록 도와주는 것도 중요한 일이다.


**부부갈등을 겪고 있는 사람에게 배우자나 자신 또는 가정사 자랑을 하지 않는다**


부부갈등이 심화되면 위로마저 싫을 때가 있다. 그런 사람 앞에서 남편 자랑하면 어떨까?

"우리 남편은 속이라곤 썩인 적 없어. 업고 다녀야 돼."

내가 별거에 들어갔을 때 그렇게 말하는 여자가 있었다. 듣고 있는 심정이 어떨지 몰라서 그랬을 것이다.

더한 여자도 있었다.

"우리 남편은 죽어도 바람은 안 피워. 여자가 나밖에 없는 줄 안다니까. 난 남편이 바람나면 그냥 보내 줄 거야. 쿨하게 보내 주지 뭐하러 싸워. 자존심 상하게."

한마디로 염장 지르는 말이었다. 친구도 아닌 생전 처음 본 여자의 말이 기가 막혀 입이 열리지 않았다. 지인을 따라온 그 여자가 심한 의부증환자란 것은 나중에 알았다.


자신의 지혜로 가정이 잘 유지되고 있는 양 말하는 것도 삼가야 한다. 듣는 사람에겐 듣는 사람 자신에게 문제 있다는 것으로 들리고, 화를 돋울 수 있기 때문이다.

'그래 너 잘났다. 너만 못해서 이런 일 당한 줄 아니? 네 남편은 오직 너뿐인 것 같지? 눈에 안 보이면 너만 사랑한 줄 알겠지만 니 머리가 나빠서 모르고 넘어갔거나, 남편 머리가 좋아서 들키지 않았거나, 둘 중 하나겠지. 별 볼 일 없는 게 잘난 척은……'

말로 뱉지 않더라도 그런 생각을 하게 되고 여과 없이 감정을 드러낼 수도 있다. 상황 판단 잘못으로 무안 당하지 않으려면 조심스럽게 접근해야 한다.

## 헤어진 배우자 소식을 묻지 않는다

인사 차원에서 건넨 한마디가 감정을 건드릴 때가 있다. 잠시 잊고 있었고 한시바삐 잊고 싶은데 이것저것 물어오면 악몽이 떠올라 예민해지고 자칫 폭발할 가능성도 있다.

'난 아는 거 없으니까 그 사람한테 직접 물어 봐.'

실제로 그렇게 쏘아붙인 사람을 본 적이 있다. 감정 제어기능에 손상을 입은 탓이다. 쏘아붙인 여자 말에 동석한 사람들은 놀란 눈으로 서로를 쳐다봤다. 말은 하지 않았지만 '무슨 여자가 저래?' 하는 눈빛이었다. 나 역시 당시에는 그녀를 이해하지 못했는데 남편과 갈등을 겪으면서 심정을 알게 되었다. 잠도 못 자고 먹지도 못하고 끙끙 앓다가, 잠시 잊고 있는데 남편 소식을 물으면 화가 끓었다. 분노를 누르며 대답하면서도 언짢은 마음이 실려 나왔다. 자칫 분노가 폭발할 것 같아서 어렵사리 입을 열었다.

"미안하지만 그 사람 말은 말아줘. 잠시 잊었었는데 그 말 들으니까 너무 힘들다."

그 말을 한 뒤에도 남편 소식을 묻는 것은 여전했다. 가장 궁금해한 것은 상간녀와 살고 있는지 여부였다. 알지도 못하고 알고 싶지도 않은 것을 묻는 것에 괴롭고 화가 났다. 점점 그런 질문을 한 사람이 싫어지고 전화 받는 것도 꺼려졌다.

## 아픔을 당한 사람의 하소연을 진정성 있게 들어준다

때때로 속마음을 털어놓고 싶을 때가 있다. 토해내지 않으면 미칠 것 같을 때 들어줄 사람이 필요하다. 지루하고 짜증난 말이라도 싫은 기색 없이 들어줄 사람, 내 작은 희생이 생명을 구할 수 있다는 마음으로 들어줄 사람이라야 한다. 들어준 것보다 좋은 약이 없고, 세월보다 더 좋은 약은 없는 법이다. 토해낸 아픔에 진심으로 공감하며 들어주다 보면 차츰 평정을 찾게 될 것이다.

내게도 그런 경험이 있다. 교제 6년, 결혼생활 29년, 35년을 함께한 남편과 헤어지고 나니 허탈하기 짝이 없었다. 발이 허공에 떠 있는지 땅에 닿아 있는지, 물로 들어갈지 불로 뛰어들지, 안정이 되지 않았다. 배반감도 견디기 어려운데 빚은 어떻게 갚을 것이며 생활비는 어떻게 감당할 것인지 압박감이 몰려와 영육이 피폐해졌다. 순간적으로 얼이 빠지고 격노하는 등 감정 억제가 어려웠다. 심리치료가 필요했지만 그럴 여유도 없었다. 죽음이 아니면 해결책이 없을 것 같았다.

그때 한 친구가 다가왔다. 오랜 친구는 아니었지만 남편 문제로 이혼한 공통점이 있었다. 친구는 곤한 잠에 빠져 있다가도 흔연스럽게 전화를 받았고, 일찍 일어날수록 좋다며 깨워줘서 고맙다고까지 했다. 같은 말을 반복해도 싫은 기색 없이 들어주고 진지하게 위로해 주었다. 자야 할 시간에 탄식을 들어주는 건 고문 같은 일이었을 것이다. 듣기 좋은 꽃 노래도 한두 번이라는데 반복된 혐오의 말이 짜증스럽기만 했을까! 지금 생각해 보면 미안하고 염치없는 일이었지만 그렇게 하소연하고 위로받으면서 조금씩 치유를 얻게 되었다. 만약 친구가 그 상황을 외면했다면 지금의 나는 존재하지 않았을지도 모른다. 그런 빚을 졌기에 나와 같은 일을 당한 사람을 만나면 스스로 다가가 마음을 열어 준다.

"하소연이라도 해야 살 것 같을 때 언제든 얘기해. 욕하고 싶으면 욕하고 울고 싶으면 울어. 다른 건 몰라도 하소연은 얼마든 들어줄게. 자다가도 일어나 분을 삭일 때가 있잖아. 오밤중에도 괜찮으니까 어려워 말고 전화해, 알았지? 혹시 전화가 안 돼도 오해는 말고. 못 받을 상황이 있을 수 있겠지만 일부러 안 받는 일은 없을 테니까. 어쨌건 힘들어도 식사는 잘해야 돼."

여기서 주의할 점이 있다. 무엇이든 먼저 알려고 하지 말아야 한다. 스스로 입을 열 때 장단을 맞추고 위로만 해주는 게 좋다.

# 늘어나는 황혼이혼

　황혼이혼은 가사노동이 조명되면서 파생상품처럼 터져 나온 것으로 그 폭풍은 당분간 유지될 것으로 보인다.

　2008년 여름, 민심을 외면한 판결이 있었다. 70세 김모 씨가 77세 남편 조모 씨를 상대한 이혼 및 재산분할 청구 소송 건이었다. 남편 조 씨는 결혼생활 50년 동안 아내에게 사사건건 시비하고 심한 욕설과 폭행을 일삼았다. 식도를 던져 팔에 상처를 입힌 일이 있었고, 치아를 2개나 부러뜨린 일도 있었다. 경제권은 애초에 주지 않았고, 소송을 벌이기 몇 년 전부터 쌀값을 제외한 기본 생활비도 주지 않았다. 아내 김모 씨는 견디다 못해 가출을 하고 이혼소송을 벌였다.

　위 소송에 대한 판결은 아래와 같다.

생활비를 부족하게 지급하거나 이를 직접 관리하면서 원고에게 경제적 재량을 인정하지 아니한 피고에게 잘못이 없다 할 수 없으나 근본적이고 주된 책임은 불화를 슬기롭게 수습하지 못하고 가출이라는 극단적 방법을 선택한 원고에게 있다. 가정폭력과 경제권 박탈로 인해 김모 씨가 가출한 것은 '유책배우자'라 칭하며 이혼 청구를 할 수 없다. – 한국 여성의 전화

주요 신문과 지상파 뉴스에 일제히 보도된 사건이었다. 그런데 판사 입에서 나왔다는 한마디가 시중에 회자했었다. '지금까지 살았으니 참고 살라.'는 내용이었다. 나 역시 그때 신문, 방송을 통해 보고 들은 기사라서 자료를 찾아보았다. 당시 황혼이혼에 대한 우리 의식이 어떠했는지 여기에 인용하고 싶어서였다. 그러나 확인이 어려웠다. 다만 판결문을 반박한 〈한국 여성의 전화〉 관계자 글에 그 문장이 있었는데, 판결문을 인용한 것인지 여성의 전화 관계자 글인지 구별하기 어려운 서식이었다.

어쨌건 50년간 폭행을 견뎌온 여성에게 이혼 청구를 기각한 것은 큰 잘못이라고 생각한다. 남편의 폭행과 억압을 근본적 책임에 두지 않고, 폭력을 피해서 가출한 것을 문제 삼은 것은 본말이 전도되었다는 것이다.

지금까지 살았으니 참고 살라는 판사 말이 사실이라면 그 또한

비난받아 마땅하다. 노후의 삶이 길든 짧든 순간순간 존중되어야 할 인생인데 누구라도 경시할 권리가 없다는 말이다. 혹시 그 판사를 만나게 되면 늙은 여자의 삶은 삶도 아니냐고 묻고 싶다.

또 하나 실망스러운 것은 판결문 문장과 문법이다. 문장 구성이 조잡하기 짝이 없고 두 번째 문장은 비문이기까지 하다. 그런 작문 실력으로 어떻게 고시를 통과해 판사가 되었는지 지금도 의심스럽다. 설령 서기장이 쓴 글이라도 그렇다. 문장 하나하나 검토하여 정확히 전달하는 것은 판사가 갖춰야 할 의무가 아닐까! 굳이 판결문 문장까지 지적한 것은 야만적인 판결에 대한 불만임을 밝힌다. 그의 판결 마인드나 작문 실력이나 똑같다는 말이다.

그 사건으로부터 5년이 지난 2013년, 전남편과 이혼을 앞두고 가정법원 대기실에 들어선 나는 조금 놀랐다. 노년층이 의외로 많은 것에 놀랐고, 노년층 남자들이 여자보다 어두운 것에 놀랐다. 세 명의 노년층 남자가 하나같이 풀이 죽어 보였는데 한 쌍의 노부부가 특히 인상에 남았다.

70세 훌쩍 넘어 보이는 허술한 차림의 여자가 자리에 앉자 뒤따라온 남자가 옆에 앉았다. 여자는 꼴도 보기 싫다며 저리 좀 가라고 소리를 질렀다. 여자가 재차 소리를 질러도 남자는 꿈쩍

하지 않았다. 여자가 인상을 쓰면서 남자 옆구리를 쳐 보이고 자리를 옮겨갔다. 남자는 비굴한 표정으로 여자를 쳐다보더니 어슬렁거리며 걸어가 또 그녀 옆에 앉았다. 어떤 사유로 그들 부부가 황혼이혼 문턱에 와 있는지 알 수는 없었으나 왠지 남자에게 귀책 사유가 있어 보였다. 오랫동안 여자 위에 군림했을 법한 그를 보며 속으로 말했다. '그러게 좀 잘해 주시지. 외양간 고쳐봤자 들어올 소도 없겠구만……'

황혼이혼은 1980년대 일본에서 급격한 상승세를 보이며 사회문제로 부상했었다. 떼로 몰려다니며 기생관광을 즐기던, 문란한 성문화가 극에 달한 시점이었다. 여자들은 수모를 견디며 차곡차곡 앙심을 쌓아뒀다가 남편 퇴직에 맞춰 이혼을 요구했다. 배신의 대가를 톡톡히 치르겠다는 야심찬 보복이었다.

그 현상은 경제성장과 더불어 우리나라로 훌쩍 건너왔다. 그리고 매년 놀라운 추세로 증가하고 있다. 쉽게 지나갈 바람으로 보이지 않는 것은 단순히 일본을 따른 유행이 아니라 남성들의 젊은 날 행태가 당시 일본을 닮았다는 것이다. 젊은 날 어떻게 살아왔으며 세상은 어떻게 변했는지 생각해 보기로 하자. 술집을 얼마나 많이 들락거렸고, 국내외 매춘이 얼마나 성행했으며, 성매매 단속법이 제정된 이유는 또 무엇인지. 당시 30~50대 남성이 지금 60~80대가 되었다는 것을 감안하면 현시점에서 황혼이혼이 성행한 이유를 짐작할 것이다.

황혼이혼이 심각한 수준에 임했다는 것은 통계가 대변한다. 2018년 전체 이혼율 대비 33.4 퍼센트, 2019년 34.7 퍼센트, 2020년 37.2 퍼센트로 올라섰고, 2021년에는 38.7 퍼센트까지 증가했다. 이 통계는 통계청 자료를 확인한 것으로 1990년에 비해 17배 늘었다는 것은 매우 놀라운 일이다.

황혼이혼 비율이 매년 큰 격차를 보인 것은 평균수명 연장과도 관련이 있다고 한다. 하나는 노령인구 증가로 그 연령대 이혼율이 높을 수밖에 없는 수학적 분석이며, 다른 하나는 살아갈 날이 많은데 굳이 불행한 삶을 연장하지 않겠다는 의식의 반란이다. 그중에는 출가한 딸이 강권하여 이혼하는 일도 있다고 한다. 자식이 독립하여 부모 의무를 덜었고, 함께 이룬 재산도 배분할 수 있으며, 위자료까지 받는 세상에 억울하게 살지 말라는 것이다. 엄마의 불행한 삶을 목격한 자식으로서 남은 삶만은 방관하지 않겠다는 효심 아닌 효심이다. 개중에는 생활비까지 대주겠다며 이혼을 권하는 일도 있다고 한다.

사회보장제도(기초생활수급자 연금, 노령연금, 노인 일자리 등)가 좋아진 것도 황혼이혼에 힘을 실었을 것이다. 남편과 헤어져도 어렵게나마 기초생활이 가능하다는 자신감이다. 어떻든 황혼이혼이 매년 증가세를 보이고 사회문제로 부상되는 것은 주목해야 할 과제다.

황혼이혼 당사자 시각은 남녀 각각 다르다. 여성 측은 자신이 기여한 만큼 재산을 챙겼을 뿐이라는 주장이고, 남성 측은 수입이 끊기자 아내가 변심했다고 주장한다. 약아빠진 아내가 평생 남편을 이용하고 쓸모가 없어지자 버렸다는 말이다. 전투 같은 직업전선에서 죽도록 헌신해 모은 재산을 평생 놀고먹은 아내가 빼앗아갔다는 생각을 한다는 것이다.

그러나 황혼이혼 내막을 들여다보면 남편의 귀책 사유로 빚어진 보복이혼이 많다. 남편의 갑질행각(외도, 폭음, 폭력 등)을 참고 견디다, 최대한 몫을 챙길 수 있을 때 이혼한다는 것이다. 굳이 통계를 분석하지 않아도 주변 사례를 통해 알 수 있다.

세상은 그렇게 변화되고 있는데 낌새를 모른 남편이 갑질행각을 한다면 아내는 얼마나 가소로운 눈빛으로 남편을 바라보겠는가! 황혼기 남성들은 광분할 일이지만 지금 현실에서 일어나고 있는 웃지 못할 사건이다.

그러나 최근 들어 황혼이혼 패턴에 변화가 일고 있다는 소식이다. 얼마 전까지 여성 측 이혼 요구가 압도적으로 많았던 것에 비해 남성 측 요구가 꾸준히 늘고 있다는 것이다. 이혼을 요구하는 남성 중에, 어느 정도 생활력 있는 남성이 많다는 것으로 보아, 식문화의 변화도 조금은 영향을 줬을 것으로 보인다. 레토르트식품과 밀 키트(meal kit, 소비자가 쉽게 요리할 수 있도록, 요리에 알맞게 손질된 식재료와 배합된 양념 따위를 모아 놓은 세트)식품이 쏟아지면서 남성들이 어렵게 여겼던 식사 해결에 자신감이 생겼을 것이라는 개인적 소견이다.

황혼이혼은 당분간 높아질 것으로 전망되는데 귀책 사유에 대한 배상이 부족하다는 인식도 한몫할 것으로 보인다. 시간이 흐르면서 배상금도 높아질 것인즉 '그 나이에 어딜 가?' 하는 전근대적 생각은 먹히지 않을 거라는 말이다. 그러나 젊은 세대의 황혼기 이혼 패턴은 지금과는 다를 것으로 예상된다. 현재 젊은이들 생활 태도가 상당 부분 가족 중심으로 이뤄지고 있는 것으로 볼 때 지금과 같은 보복이혼은 많지 않을 것이라는 개인적 전망이다.

황혼이혼을 한 사람으로서 한마디 하고 싶다. 지금처럼 여성 활동이 활발한 시대에 남편 외도를 알았다면 나 또한 신혼이혼을 했을지 모른다. 결혼 다음 해 남편 외도를 목격하고도 견뎌온 것은 어린애가 있는 상황에서 그 시대의 열악한 생활전선에 뛰어들 용기가 없어서였다. 그러나 그때 이혼하지 않은 게 나와 아이들에게 나쁜 영향을 미쳤다고는 생각하지 않는다. 남편의 첫 번째 외도는 두 달 만에 정리되었고, 20년 동안 가정에 매우 충실했으며 아이들도 구김 없이 잘 자란 덕분이다. 이후 반복된 외도로 황혼이혼을 하게 되었지만 내 처지에선 황혼이혼이 훨씬 나았다고 생각한다.

황혼이혼이 모든 사람에게 낫다는 것은 아니다. 부부 사이 불화가 가족에게 영향을 미친다면 결혼생활을 지속할 이유가 없다. 이혼을 생각한다면 사정과 형편을 잘 가늠하라는 말이다.

**6**장
용서와 화해

용서는 피해자 자신을 너그럽게 한다. 그러나 용서를 하기까지 이성과 감성이 수없이 충돌한다. 이성이 용서를 수용하려 해도 감성이 끼어들어 방해하는 일이 많다. 그 제어기능은 상처의 골이 깊을수록 강력하다. 그러므로 섣불리 용서하라는 말은 삼가야 한다. 마음대로 감정을 다스릴 수 있다면 누군들 속을 끓이겠는가! 특히 분노에 싸여 있을 때 용서하라는 말은 독이 될 수 있다. 타인에게 하찮아 보이는 것도 본인에겐 크게 작용할 수 있는 것이다.

용서의 그릇은 사람에 따라 다르고 시간의 흐름에 따라 다르다. 아픔을 포용하는 그릇이 크면 용서의 그릇도 크고, 작으면 용서의 그릇도 작을 것이며, 같은 사람이라도 사정에 따라 다르고, 시간에 따라 변한다. 어느 정도 상처가 치유되어야 용서할 틈이 생기게 되는 것이다.

아들 결혼을 앞두고 헤어진 남편을 초대할 것인지 아들에게 물었다. 가족에게 치명타를 안긴 아빠지만, 아빠 자리는 지켜주자는 말에 아들이 토를 달았다. 아들은 '죄'의 편이 아닌 엄마 편이라고, 아들은 곧 엄마 마음속에 있는 거라고, 그러므로 엄마가 용서하지 않으면 용서할 수 없다는 것이었다. 아들 말끝에 다시 입을 열었다.

"용서하고 안 하고는 네 몫이니까 너와 아빠 관계만 생각해."

전남편이 좋은 아빠였다는 건 누구보다 아들이 잘 알았다. 그는 아이들이 던진 농담에서도 진실을 찾으려 노력했던 다감한 아빠였었다. 좋은 아빠가 되기 위해 아이들과 여행을 하고, 운동도 하고, 눈사람도 만들고, 연도 날리며 소통의 끝을 놓지 않으려 노력했었다. 크고 넓은 세상을 보라며 유학을 보낸 뒤 몰아닥친 금융 한파 속에서도 묵묵히 견뎌낸 아빠였었다. 아이들 기죽이지 않으려 무던히 노력했던, 원하는 것은 다 해줘야 된다고 믿었던 아빠였었다. 어려운 성장 과정에서 생성된 〈무조건적인 부모 철학〉이 사랑을 표현하는 방정식이 되어 있었다. 그의 교육관이 옳다는 것은 아니다. 되레 그런 태도가 충돌을 일으킬 때도 있었다. 아이가 원하는 것이라도 꼭 필요한 것인지 고심하자는 내 소견과 상반된 탓이었다. 극한상황에 대비할 힘을 길러야 된다는 게 내 방식이라면, 상대적 빈곤을 느끼지 않게 해야 된다는 게 그의 철학이었다.

그는 어떤 상황에서도 아이들 입장을 먼저 생각했다. 아이들이 잘못을 해도 상처 주지 않고 조근조근 타일렀다. 용돈도 아이들이 요구한 것보다 조금은 더 줬고, 아들이 경제활동 할 때도 술자리에 가는 것을 알게 되면, 아주 가끔 용돈을 쥐여주며 속 버리지 않게 안주 잘 챙겨 먹으라고 당부했을 정도였다. 그러고는 흐뭇한 표정으로 아들 뒷모습을 바라보곤 했었다.

그가 몸을 던져 아들을 사랑한 만큼 아들에게 그는 우상 같은 존재였었다. 그가 외교관으로 일할 때 아들은 외교관이 되겠다는 꿈을 꾸었고, 대기업 임원으로 일할 땐 아들도 경영인이 되고 싶어 했었다. 아들 친구들도 세상에 둘도 없는 아빠라며 부러워했었다.

그는 딸에게도 한결같았다. 쇼핑도 함께했고 도시락 가방에 편지까지 넣어주곤 했었다. 가족끼리 길을 나설 때 딸은 엄마 아닌 아빠 손을 잡았고 아빠 차를 발견하면 쏜살같이 달려와 아빠를 불렀다. 등굣길도 아빠 시간에 맞춰 나섰고 주차장에서 입을 맞추고 서로의 길을 가곤 했었다. 대학생이 되고부터 '아빠, 매그주(맥주) 한잔!' 하면, 폭소를 터트리며 하이파이브를 하고, 신바람 나게 호프집을 찾아가, 썰렁한 농담을 주고받던 보기 좋은 부녀지간이었다.

그렇게 좋은 가장이었지만 나쁜 일로 헤어지자 아이들이 그를 용서하는 것도 싫을 것 같았다. 내가 그를 미워한 만큼 아이들도 미워하기를 바랐었다.

그러나 시간은 어떤 영약보다 효험이 있었다. 아들 결혼식을 앞두고 심경이 바뀐 것이다. 딸아이 결혼식 때는 상상도 못 한 일이었다. 그때는 아빠 초대하고 싶으면 하라고 말로만 했을 뿐 속마음은 달랐다. 딸이 그를 초대하면 내가 결혼식에 가지 않을 생각이었다. 해서는 안 될 독설까지 속으로 퍼부었었다.

'비겁한 놈! 아직도 목숨을 부지할 만큼 죄가 가벼운 거니? 내가 빚 속에서 허우적거릴 때, 여자 치마폭에 빠져 희희덕거렸지? 쉽게 죽을 자격도 없는 놈!'

이보다 독살스러운 말이 또 있을까! 35년을 함께한 사람인데도 원한에 사무쳐 사지를 떨었다. 그런데 헤어지고 5년의 세월이 흐르면서 아이들과 연을 지켜주자는 너그러움이 찾아들었다.

'어떻게 살든 알 바 아니고, 내 귀한 새끼들 짐만 되지 말아라. 새끼들 고생시키면 가만두지 않을 거야.'

오직 그뿐이었다. 가끔 미움이 엄습했지만, 낯선 타인처럼 감정이 없었다. 그때 그 자리에 그 사람이 있었다는 것, 비록 외도는 했지만 사는 동안 극진히 사랑했다는 것, 아이들에게 헌신적이고 다정한 아빠였다는 것으로 기억되고 있었다. 원수처럼 헤어진 전남편인데도 시간이 흘러 그렇게 변하는데 피붙이는 무슨 말이 필요하겠는가! 더러 원한을 간직한 채 세상을 떠나기도 하지만 별일 없었던 듯 용서하고 화해할 수 있는 건 피붙이만 가질 수 있는 *끈끈함*, 천륜의 정인 것이다. 흐를 수밖에 없는 피의 법칙을 믿고 몇 개월 뒤 다시 아들에게 말했다.

"아빠 초대해야 될 것 같아. 철천지원수 같은 아빠도 죽을병이 들거나 죽게 되면 후회하더라. 돌이킬 수 없을 때 후회하면 무슨 소용 있겠니. 훗날 네가 후회하고 아파하면 엄마가 더 아플 거 아니니. 아빠 초대하잔 건 너만 위해서가 아니야. 엄마도 편하고 싶어서 그런 거니까 엄마 말 들어. 너를 그렇게 많이 사랑했는데 5년 동안 얼굴도 못 본 심정이 오죽하겠니. 엄마한텐 너희들이 있어서 힘이 됐지만 아빠는 얼마나 처절했겠어. 넌 핏줄이니까 엄마하고 다르잖아."

아들 얼굴이 환해지고 목소리도 밝아졌다.

"왜 초대하고 싶지 않겠어요. 엄마 불편하실까 봐 그랬던 거예요."

"부딪히고 싶진 않지만 네 결혼식이야. 내 마음 불편한 거 조금 참으면 평생 내 자식 마음이 편할 텐데 그 정도 못 하겠어? 아빠가 아무리 큰 죄를 지어도 아빠가 불행하면 자식을 욕하더라. 사람들은 키우고 가르친 것만 생각해. 잘못은 아빠가 하고 내 새끼가 욕먹는 건 말이 안 되잖아."

"고마워요. 엄마께는 나쁜 남편이었지만 내게는 좋은 아빠였으니까 용서를 하고 안 하고를 떠나 소통은 하고 싶어요."

자의든 타의든 아들이 아빠를 받아들이는 데 5년이 걸렸다. 이렇듯 죽이고 싶도록 미운 짓을 해도 언젠가 용서할 수 있는 게 천륜이다. 피는 물보다 진하다(Blood is thicker than water!)는 말이 서구권에도 존재하는 건, 피붙이에겐 표현하기 어려운 뭔가가 있다는 걸 의미할 것이다.

용서는 때를 놓치기 전에라야 효력이 있다. 그러나 적절한 때를 알지 못해 후회가 발생하는 것이다. 자칫 내 아이들에게도 그런 일이 닥칠 뻔했었다. 아들이 아빠를 받아들인 지 4년 만에 아빠가 세상을 떠난 것이다. 만약 아들이 아빠를 용서하지 않고 결혼식에 초대하지 않았다면 아들의 마음은 어떤 형태로 남아 있을까! 지금 아들은 아빠와 화해한 것을 다행으로 생각할 것이며, 행여 남았음 직한 서운함도 그의 죽음을 끝으로 순전히 녹아내렸을 것이다.

그러나 피붙이가 아닌 나는 아직도 용서되지 않는다. 밉기도 하고 원망스러울 때도 있다. 대부분 잊고 살다가도 때때로 감정이 복받치는 건 어쩔 수가 없다.

생각해 보니, 조금은 빨리, 지금의 분량만큼은 용서할 기회가 있기는 했었다. 그가 사망하기 2년 전, 미국에서 그를 만난 적이 있었다. 딸아이와 여행 중에 피하지 못해 만났던 것인데, 초췌한 그가 시간을 부탁했을 때, 눈을 부라리며 욕설을 퍼부었었다. 그가 조용히 반성하고 살았더라면 그렇게까지는 하지 않았을 일이었다. 그러나 그가 집을 떠나 한 일이라곤 몇몇 여자와 살림을 차리고, 강탈하다시피 챙긴 돈은 여자에게 빼앗기고, 술로 세월을 낚은 게 다였다. 그걸 알고 있는 한 조금도 너그러울 수가 없었다. 억울하고 분해서 바늘구멍만큼도 용서할 틈이 없었다.

이후 그는 카톡으로 그의 심경을 전해왔었다. 그동안 처절하게 외로웠다고, 아내인 나는 너무 좋은 사람인데 자신이 잘못했다고. 그렇게 용서를 빌어도 대꾸조차 하지 않았었다.

사망 두 달 전, 암 투병 중이라는 소식에도 마땅히 받아야 할 죗값이라는 생각뿐 조금의 동정마저 일지 않았다. 독하고 못된 여자라는 비난이 쏟아질지라도 진심이 그랬다.

그러나 말기 암환자로 투병하는 동안 그의 마음이 어땠을지 짐작은 할 수 있었다. 스스로 죗값이라는 생각을 했을 것이며, 가족의 형편을 외면하고 재산을 강탈한 것에 후회도 했을 것이다. 아내를 빚더미에 올리고 한국을 떠나갔으니 용서받을 자격마저 박탈한 현실이 서글프고 처량해 가슴 찢기는 통증도 느꼈을 것이다. 그의 마음을 너무 잘 알 것 같아서 속으로 말했다.

'천 원짜리 한 장도 제 몸엔 못 쓰고 벌벌 떤 사람이 여자한테 다 뺏기고 얼마나 복장 터졌을까! 암 안 걸리면 비정상이지.'

그가 가족에게 얼마나 큰 희생을 했는지 알면서도 그가 지은 패악이 강렬하여 죽음 앞에 선 그의 소식에도 용서가 되지 않았다. 감성이 용서의 영역을 크게 지배하여 이성이 끼어들 수가 없었다. 다만 아이들에게 기둥 같은 존재로 살아남길 바라며 메시지를 보냈다.

'아직 당신을 용서하지 않았으니까 용서할 때까지 살아야 돼요.'

이미 남남으로 돌아선, 타인일 뿐이었지만 아이들 아빠이기에 한 번 만나볼 생각은 했었다. 떠나기 전에 용서한다는 말만은 해주고 싶었다. 용서할 마음이 있어서는 아니었다. 그의 가슴 속에 가족으로 남아 있을 나와, 그가 진심으로 사랑한 아이들에 대한 짐을 내려주고 싶었다. 그러나 만나지 못했다. 그가 아이들에게까지 소식을 끊어 버린 것이었다. 그리움에 몸부림쳤을 자식인데도 초라하고 비참한 모습은 보이고 싶지 않았을 것이다.


그의 유골은 그가 떠난 지 두 달 만에 딸 품에 안겨 한국으로 돌아왔다. 그때 나는 지리산에 집 지을 준비를 하고 있었는데, 유골은 딸네 집 장식장 안에 안치되어 있었다. 장식장은 오래전 미국에서 돌아왔을 때 친정엄마가 사 주신 것으로 그와 함께 고른 것이었다. 딸아이가 비시시 웃으면서 말했다.

"장식장 안에 모셨어요. 사고 치지 말라고."

사망 소식을 듣던 날 방바닥에 거꾸러져 통곡하던 딸이 그런 농담을 하는 것에 마음이 놓였다.

"무섭지 않았어?"

"아니, 우리 아빠잖아요."

미국에선 호텔 방에 유골을 두고 매일 만져보기까지 했다는 것에 '천륜이 저런 것이구나!' 생각했다. 딸이 유골을 건네주며 말했다.

"지민아, 우린 들어가자. 할머니, 할아버지 데이트하시게."

순간 수많은 회한이 몰려와 울컥해졌다. 천년만년 살 것처럼 요란스럽게 떠난 사람이 겨우 유골로 돌아왔다는 것에 화도 나고, 지나온 삶에 대한 억울함까지 오만 감정이 온몸을 동여맸다.

나는 유골을 받아 안고 감정을 추스르며 말했다.

"바보야! 왜 그렇게 살았어? 평생 남자라곤 당신 하나 보고 살았는데 그러고 싶었니? 다른 여자 암만 좋아도 좋을 때뿐인 거 몰랐지? 무슨 부귀영화라도 누릴 것처럼 호기롭게 떠나더니 이 꼴로 돌아온 거야? 등신같이 용서도 못 받고 떠날 때 얼마나 처절했을까! 그런데 죽어도 꼭 그렇게 죽어야 했어? 왜 그렇게 독한 짓을 하고 떠났냐고? 자식 가슴에 한을 남기고 그렇게 떠나

야만 했냐고? 기독교에서 자살은 지옥이라고 했는데 그래도 너무 아파서 떠났으니까 떠날 때 하나님을 믿고 있었다면 혹시라도 천국에 갔을지 모르겠다. 만약 천국에 가 있으면 우리 애들 건강하게 잘살 수 있도록 기도해줘.

그리고 미국에서 만났을 때 욕했던 거 미안해. 그렇게 빨리 떠날 줄 몰랐어. 그런데도 용서는 안 되네. 용서하려고 노력은 할게. 혹시 천국에서 만나게 되면 그때는 웃을 수 있겠지? 천국은 미움도 원망도 없다니까 말이야. 유골 속에 영혼이 있는 건 아니지만 당신인 양 이야기할 수 있어서 좋다. 그래도 사랑한단 말은 못 하겠어. 당신이 다 알 것 같아서 말이 안 나와. 참, 지리산에 곧 집 지을 건데 앞에 큰 호수가 있고 산에 둘러싸인 아름다운 곳이야. 다음 달에 공사 시작하면 늦어도 여름엔 입주할 거야. 예쁜 집에서 당신 보란 듯이 잘살고 싶었는데 복수할 사람이 없어져 허망하네. 어쨌건 골치 아픈 집 팔려서 당신 빚도 다 갚았으니까 더는 미안해하지 마. 나, 강한 여자잖아. 눈밭에 떨쳐나도 살아날 여자라고 다들 그랬잖아. 그러니까 내 걱정 말고 힘들었던 거 다 내려놓고 편히 가! 잘 가 제발!"

혼자 말을 하고 나니 마음이 조금 편안해졌다. 꽁꽁 묶여 있던 미움도 어느 정도 너그러워진 느낌이었다. 온전한 용서는 아니었지만 용서의 문턱까지 다다른 것에 감사했다.

# 7장
# 재혼

SNS에 올린 〈고부갈등〉을 보고 상담을 요청한 여성이 있었다. 아들에게 집착하는 시어머니와 엄마에게 맹종하는 남편이 싫다며 이혼을 생각 중이라고 했다. 내용을 요약하면 다음과 같다.

사별한 지 3년 된 60세 시어머니는 몸은 건강한데 늘 외로움을 호소한다. 열 자식보다 남편 하나가 낫다는 말을 입에 붙이고 산다. 며느리에게 집안일을 강요하고 일주일에 서너 번 아들을 호출한다. 사사건건 자식 일에 간섭하고 재산도 부모 잘 모시는 자식 주겠다며 경쟁을 부추기고 유세를 부린다.

부모의 지나친 기대와 간섭이 자식 삶을 와해할 수 있으며, 황혼에도 동고동락할 대상이 필요하다는 것으로 볼 수 있다.

그러나 우리 사회는 노년층 재혼에 매우 보수적이다. 특히 여성이 여성에게 더 부정적이다. 남자에겐 재혼을 권하고 여자에겐 '그 나이에 무슨 재혼이냐'며 말리는 것도 아이러니다. 그들이 재혼을 말리는 데는 나름의 이유가 있을 것이다. 남성우월주의 시대를 살아온 자신들의 결혼생활 평가 보고서가 아닐까! 그들의 결혼생활은 불평등, 불합리, 불이익 등 온통 불(不)자로 점철된 것이었기에 혼자 사는 게 낫다는 생각이 지배했을 것으로 추측된다.

그들 생각이 어떻든 자신의 인생은 스스로 설계할 수 있어야 한다. 인생이 60년이나 70년이라면 재혼은 필요하지 않겠으나 지금은 100세 시대가 아니던가! 젊은이들은 경제력이 있고, 활동영역과 놀이 문화가 다양한 데다, 언제든 함께할 독신 친구가 있지만, 노년층은 여의치 못하다는 것이다.

독신생활에서 필연처럼 다가올 수 있는 외로움을 예방하기 위해서는 재혼이 필요할 수 있다는 말이다. 부모 한탄을 살갑게 들어줄 자식도 없으려니와 그들도 각자 삶이 있으니 마음을 나눌 동반자가 있다면 행운이 아닐까, 생각된다.

그 행운을 잡기가 어찌 쉬운 일이랴! 재혼을 하려면 이런저런 제약과 부담이 따른다는 것인데, 그 제약은 여자보다 남자에게 더 많다. 가정을 건사해야 된다는 경제적 부담감이 그중 하나다. 그 말의 진위는 시중에 떠도는 우스갯소리로 비교해 보겠다. 재혼을 원하는 이유로 '남자는 해준 밥 먹고 싶어서, 여자는 여행하고 싶어서.'라는 말이 있다. 액면 그대로 풀이하면 남자는 해준 밥만 먹고 살아서 혼자 살기 어렵다는 말이고, 여자는 혼자서도 별 어려움은 없지만 조금 여유를 부리고 싶다는 뜻이 담겨 있다. 여자들이 연금생활자를 선호하는 것도 경제적으로 안정된 삶을 살고 싶은 욕망일 것이다.

재혼은 사회활동을 하면서 자연스레 이뤄지면 더할 나위 없겠지만 여성의 사회진출이 어려웠던 시대를 살아온 노년층은 기회가 많지 않다. 결국 소개팅으로 이뤄질 확률이 높은데 재혼을 계획하는 사람에게 몇 가지 조언하고 싶다.

# 결혼정보회사를 맹신하지 않는다

　결혼정보회사는 신뢰를 내세운다. 고객들도 그걸 믿고 가입을 할 것이다. 나 또한 검증된 사람만 소개할 것으로 믿고 신뢰도가 높다는 정보회사를 찾았다. 그러나 기대는 금방 무너졌다.

　결혼정보회사에서 확인했다는 상대 정보는 신원, 국내 학벌, 재산 정도였고 해외 학위나 그 외 경력은 당사자 말에 의존해 알려줄 뿐이었다. 그들이 말한 재산 액수도 사실과 달랐다. 순재산이 아닌 부채까지 포함해 거부나 되는 것처럼 말하는 것이었다. 다른 결혼정보회사의 사정은 모르겠으나 내가 가입한 결혼정보회사가 그랬다.

　또 상대의 사진 한 장 보여주지 않았다. 원하는 사람 수에 해당된 금액을 치르고 서로 만나 파악해 보라는 식이었다. 주선하는 대로 만나다 보면 보유금액이 금방 바닥난다는 말이 된다.

　매니저가 상대 얼굴도 모른 채 소개한 일도 많았다. 회원 가입 시 회사 관계자와 면담하고, 그때 작성한 서류만 보고 알선하다 보니 매니저가 바뀌면 그런 현상이 일어났다. 그들의 행태가 미심쩍어 보여서 고객을 만나보고 알선할 것을 권했지만 시간이 없다는 변명뿐이었다. 액수에 해당된 만큼만 주선하면 된다는 것으로 보였다.

예상을 벗어난 캐릭터를 소개한 일도 빈번했다. 나는 지적이고 감성적인 사람을 부탁했는데 기대를 벗어난 사람이 많았다. 내 연령대 여자들이 재력 좋은 남자를 선호한다는 게 그들이 둘러 댄 핑계였다. 원하는 사람이 재력까지 좋으면 금상첨화겠지만, 재산보다 지적 품위를 우선한다는 말에는 겨우 한 번 만나고 평가하는 건 위험하다는 대꾸가 돌아왔다. 그러나 초면에 인성 파악까지는 어렵더라도 대화의 소통 여부는 알 수 있는 것이었다.

상대편 신분을 모르고 나온 사람도 많았다. 심지어 나는 이혼 했는데 사별한 것으로 알고 온 사람이 거의 다였다. 사별한 사람 선호도가 높다는 것을 이용한 정보회사 술수였다. 그러고는 시 치미뗐다. 고객이 매니저 말을 잘못 알아들었다는 것이었다. 그 말이 진지해 보여서 처음엔 그럴 수 있으려니 했는데, 그들의 술 수란 것은 사람들을 만나면서 알게 되었다.

재혼대상 아닌 연애대상을 소개한 일도 수차례 있었다. 그에 대한 변명도 궁색했다. 서로 느낌이 좋으면 결혼할 마음이 생긴 다는 것이었다.

그뿐 아니었다. 나는 20명 정도의 선을 볼 금액을 치렀는데 열 명도 만나지 못한 상태에서 1년간 소식이 끊겼다. 마땅한 상대가 없나 보다, 생각하며 기다리고 있었더니 자동 탈퇴 통보가 날아왔다. 만료 기간 2년이 지났다는 것이었다. 나는 부당함을 호소하며 사기죄로 고소하겠다고 항의했다. 고객들이 불이익을 당하고도, 말로만 으름장 놓고 마니까 겁 없이 농락한 것 같은데, 법대로 하자며 목소리를 높였다. 매니저는 위협을 느꼈던지 곧 사과했지만 장난은 여전했다.

상대의 불리한 부분을 숨기거나 두루뭉술 넘어가는 것도 다반사였다. 한쪽 학벌이 떨어지면 재산을 부각시키고, 재산이 없으면 학벌을 부각시키는 식이었다.

자녀 정보를 주지 않을 때도 있었다. 아이가 둘인 남자에게 대학생 아들이 있다기에, 두세 살 어린 동생이 있을 것으로 추측하고 나갔다가, 열 살 딸이 있다는 말에 기함을 하고 말았다.

시간이 흐를수록 결혼정보회사가 숫자 때우기에 급급하다는 것을 알게 되었고, 재혼에 대한 흥미도 사라져 버렸다. 그들 행태에 회의를 느끼고 탈퇴한 사람은 나뿐만이 아니었다.

# 선볼 때 명심해야 할 일

## 성급하게 이혼 사유를 묻지 않는다

선을 보면서 대화에 서툰 사람이 많다는 것을 알았다. 지위고 하를 떠나 상대편 심정을 고려하지 않은 질문이 많았다.

처음 선을 본 사람은 현직 교수였다. 경영 서적도 몇 권 썼고 큰 상까지 받은 저명 학자였는데 정치, 경제, 남북관계까지는 말이 잘 통했다. 그러나 이야기가 재혼에 맞춰지자 왜 이혼했냐는 질문부터 했다. 달갑지 않은 질문이었지만 성실히 답변했다.

다음 질문도 수준 이하의 것이었다.

"재혼을 하는 데는 두 가지 유형이 있다고 들었어요. 호강하기 위해서, 또는 외로워서. 여사님은 어느 쪽이세요?"

어떤 때 재혼 필요성을 느끼냐고 물었으면 좋았을 텐데, 두 가지 사유로 정의한 질문이 거북스러웠다. 그가 특별히 재력이 있는 것도 아니어서 조금 엄숙하게 말했다.

"호강을 염두에 뒀다면 이 자리에 나오지 않았을 거예요. 힘든 일이 많아서 외로움은 느낄 틈이 없었지만 언젠가는 자유롭지 못할 것 같아서 더 늙기 전에 짝을 찾고 싶었어요. 전남편하고 사는 동안 행복한 날이 많았기 때문에 좋은 사람 만나면 그때처럼 재미있게 살 수 있을 것 같아서요."

남자의 질문을 듣는 순간 '재혼 상대 아님' 판정을 내렸다. 더 이해할 수 없는 것은 사별한 지 7년이 지나도록 세탁기 사용법도 모른다는 것이었다. 부엌일은 딸아이가, 세탁은 아들이 한다는 말을 듣고 그에게는 아내보다 가사도우미가 필요하다는 생각이 들었다.


두 번째 남자는 유명 신문사 기자 출신이었다. 검색해 보니 그의 경력과 미국 특파원 시절 기사가 있었고, 사별한 아내 부고에 아이들 이름과 직업이 나와 있었다. 남자는 신문방송학과를 가게 된 배경부터 아내와 사별하기까지 자서전처럼 늘어놓고 나서 말했다.

"내 얘기는 했으니까 여사님께서 얘기하시지요."

생뚱맞은 말이었지만 점잖게 대답했다.

"어디서부터 말씀드려야 할지 모르겠네요. 뭐든 여쭤보시면 대답해 드릴게요. 취재 많이 하셨으니까 취재하시듯……."

마음속으로 OUT.

남자는 허허롭게 웃고는 물었다.

"학벌하고 나이밖에 모르는데 이혼은 왜 하셨어요?"

역시 피하고 싶은 말이었다. 한동안 이어진 질문도 고루하기 짝이 없었다. 필요한 말만 할 수는 없다손 치더라도, 공동 화제가 될 만한 이야기를 하다 보면 자연스레 대화가 이뤄질 텐데, 굳이 상처를 건드릴 필요가 있을까 싶었다.

## 성적 수치심을 일으킬 언행을 자제한다

선을 본 스무 명 중 두 번 만난 사람은 두 명뿐이었다. 흡족해서 만난 게 아니라 냉정하게 털지 말라는 지인들 충고에 호응한 것이었다. 어떤 교수와 몇 번 문자를 주고받은 뒤 사찰 음식 대접하겠다는 그를 따라 야외로 나갔다. 가는 도중 모텔이 보이자 그가 말했다.

"전에는 마음은 간절해도 말을 못 했지만, 지금은 할 수 있게 되었는데, 나온 김에 궁합이나 한번 맞춰 보는 건 어때요?"

위 내용은 조사 하나 거르지 않고 그대로 옮긴 것이다. 지성의 상징으로 믿어온 교수 의식이 그 정도인 것에 실망스러웠고, 비천한 어휘도 불쾌하기 짝이 없었다. 거리낌 없는 말 속에서 그는 이미 그런 경험을 한 것으로 보였고 결혼정보회사가 매춘 알선회사처럼 여겨졌다. 결혼정보회사 의도가 어떻든 고객에 따라 그런 방향으로 흘러갈 가능성이 있다는 것이다. 재혼 의향이 있든 없든 합의하에 이뤄진 관계보다 합법적인 매춘은 없을 테니 말이다. 2012년 기준, 가입비로 환산하여 소개팅 한 번에 40만 원 정도였는데, 성매매가 금지된 사회에서 합의하에 관계를 갖고, 헤어지는 것은 시빗거리가 아니라는 것이다. 나는 따귀라도 올리고 싶은 충동을 누르며 물었다.

"궁합 안 맞으면 어쩔 건데요?"

남자는 당황하여 말을 더듬었고, 나는 헤어질 때까지 입을 다물었다. 건전할 것으로 믿었던 중매 전선에 함정이 있다는 것을 알고 허탈해졌다.


## 물욕 많은 사람은 피한다


여유로운 삶을 추구하는 것은 인간의 본능일 것이다. 그에 필요한 가장 큰 요소가 금전이란 것도 의심할 여지가 없다. 그러나 물질에 얽매인 삶은 자신도 행복하지 못하고 타인에게도 피해를 준다.

서울 근교에 개인병원을 소유한 의사와 선을 봤었다. 남자는 인사가 끝나자마자 돈 얘기부터 꺼냈다.

"재혼이 참 어려워요. 애들이 부모 재산을 쟤네 것인 줄 알아요."

'첫마디부터 돈이야?' 하면서도 그의 말을 액면 그대로 받아들였다. 단순히 아이들이 재산을 탐하는 것으로 여기고 점잖게 말했다.

"사회에 환원하는 건 어때요?"

남자는 눈을 홉뜨고 반문했다.

"환원이요? 지금도 세금을 40퍼센트나 내는데 환원이요?"

"어차피 자식에게 주실 거면 미리 1/N로 나누는 것도 좋겠네요."

남자는 거두절미하고 본심을 드러냈다.

"1/N도 생각하지 않아야 결혼을 생각해 본다는 거죠. 내가 벌써 환갑인데, 벌 수 있는 날은 적고 쓸 일만 남았잖아요. 부동산 빼고 20억(2013년 현재)은 있어야 안정되게 살지 않겠어요?"

제법 많은 사람과 선을 봤지만 돈 말을 꺼낸 사람은 처음이었고, 그렇게까지 노골적으로 돈 얘기를 할 사람은 앞으로도 없을 것 같았다. 그의 말을 단적으로 표현하면 이런 것이었다.

'내 등골 빼먹을 생각 말고 충분히 들고 와서 내 밥도 해주고 집안일도 해줘. 이래 봬도 난 대한민국 최고의 엘리트 의사잖아!

우리 세대엔 더더욱.'

그의 말이 주제넘어 보여서 속으로 욕했다.

'1/N도 생각하지 않아야 결혼을 생각해? 퇴물기생 같은 게 어디서 의사 면허증 갖고 장사를 해. 너 같은 게 욕심나서 돈 보따리 상납할 것 같아? 그 나이에 이 정도면 초혼 때는 얼마나 유세떨었을까! 콩 심은 데 콩 나온다더니 아비가 그 모양이니 새끼들도 아비 돈에 눈독 들이지. 돈방석에 앉혀줘도 너 같은 속물은 싫다. 꼴같잖은 네 돈 잘 구워 드시고 혼자 천년만년 사셔라.'


## 자식에게 휘둘리는 사람을 피한다

일흔 살 된 한 남자는 혼자 사는 게 외롭다고 했다. 그러나 자식들 반대로 재혼을 못 한다며 한숨 쉬었다. 그의 말에 사심 없이 대꾸했다.

"길게는 30년을 살 수도 있는데, 지금도 외로우신 분이 창창한 세월을 어떻게 살아가시려구요? 재혼할 마음이 없으시다면 모를까 자식 때문에 인생을 포기하는 건 말이 안 되잖아요. 요즘은 혼자 사는 데 어려움 없다고 말하지만, 젊은이들이나 그렇지 그 연세에는 아닌 것 같아요. 주변 사람들도 그렇고 선을 본 분들도 그러시던데요. 제가 선생님이라면 자식들 호통쳤을 텐데 너무 여리게 대처하셨네요. 자식 도움으로 살고 계신 것도 아니고, 선생님이 가르치셨고, 집까지 사 주셨다면서 왜 자식 눈치를 보시는지 이해가 안 가요. 오늘이라도 분명하게 의사를 밝히시는 게 좋겠어요."

재산을 환원해 버리라는 말을 하고 싶었지만 앞에서 언급한 의사가 생각나 그렇게만 말했다. 남자는 씁쓸하게 웃으면서 말을 이었다. 아들은 어느 정도 이해하는데 며느리가 힘들다는 것이었다. 시부모 재산에 눈이 멀어 부모 권리를 침해한 며느리도 문제지만, 며느리에게 휘둘리는 시아버지는 더 이해할 수 없었다. 그러나 자식 반대로 재혼 못 한 일이 의외로 많고, 그 현상은 경제력 좋은 부모에게 더 많이 나타난다. 심지어 후처로 들어올 사람에게 재산포기각서까지 요구하는 자식도 있다니 씁쓸하기 짝이 없다. 부모 재산에 자식이 권리행사 하는 건 무슨 이변인지 모르겠다.

## 이혼한 남자와 재혼을 고려한다면,
## 본처 자식과의 관계를 파악한다

　이혼한 지 10년 된 남자와 선을 보게 되었다. 그의 서른 살 넘은 두 아들은 전처와 생활한다고 했다. 이혼할 때 스무 살 넘긴 아들들이 엄마와 산다는 게 의아해서 아이들과 소통은 잘하는지 물었다. 순간 목소리가 높아졌다. 전처 방해로 만나지 못했다며 흥분하는 것이었다. 아들이 아닌 딸이었다면 백번 이해했을 말이었다. 그러나 이혼 당시 성인이었던 두 아들이 엄마를 택한 것은 남자에게 용서받기 어려운 사유가 있지 않을까, 생각되었다. 일반적인 아들의 특성은 어릴 때 부모가 이혼해도 훗날 아빠를 찾고, 엄마가 방해하면 몰래라도 만나는 일이 많다는 점에서 그랬다. 한두 해도 아닌 10년 동안 아들을 만나지 못했다면 인성에 문제가 있을 수 있다는 말이다. 사람에 따라 피치 못할 사정이 있을 수 있겠으나 그런 경우 살펴볼 여지가 있다.

# 재혼은 환상이 아니다

　모든 일이 그렇듯 재혼에 대한 시각도 각자 다르다. 하는 게 좋다, 안 하는 게 좋다, 혼자보다 둘이 낫다, 한 번 했으면 됐지 뭘 또 해, 각자 살아온 삶에 따라 그런 말들을 한다. 오가는 말을 종합해 보면 여자에게는 반대 의견이 우세하다. 재혼 부부 네 쌍 중 세 쌍이 이혼하는 것도 재혼은 환상이 아니라는 것을 말해주고 있다.

　행복하기 위해 재혼하는데 행복 근처도 못 가고 이혼하는 것은 왜일까? 놀랍게도 재혼 부부 사이에 가장 큰 마찰은 금전 문제라고 한다. 남편이 스스로 통장관리를 하고 인색하게 군다는 것은 여자들이 주술처럼 털어놓는 불만이었다. 남자의 행위 내면에 아내를 신뢰하지 못하고 의심이 깔려 있다는 것으로 볼 수 있다. '자식 낳고 산 여자도 아닌데 어떻게 믿어. 다 빼먹고 도망가면 나만 거지 될 거 아냐.' 이런 생각을 한다는 것이다. 재산을 노리고 재혼한 여자가 한둘 아닌 현실에서 의심을 품는 건 당연한 것일 수 있다.

그러나 여자는 경제권이 보장되지 않으면 살 것인가, 말 것인가, 갈등하게 된다. '한 번 했는데 두 번 못해? 거지같이 살 바에 혼자 사는 게 낫지.' '또 이혼하면 사람들이 어떻게 보겠어? 인색한 사람이지만 밥은 먹여주니까 참고 살자' 갈등은 보나 마나 두 갈래다.

여러 갈등 끝에 3/4 정도가 이혼한다니 나머지 1/4도 행복해서 사는 사람은 많지 않을 것이다. 그중 절반은 '죽는 셈 치고 살아 보자'에 속할 것으로 생각된다. 여자는 좀 더 여유롭게 살고 싶어 재혼하는데 경제적 압박을 주면 가정부 취급당한 기분이 들 것이고, 어차피 궁색하게 살 바엔 구속이라도 받지 말자며 이혼한다는 것이다. 혼자 사는 게 편하다는 것을 경험한 사람은 더 그렇다. 눕고 싶으면 눕고, 자고 싶으면 자고, 청소는 해도 그만 안 해도 그만, 누군가를 위해 해야 할 일도 없고, 간섭받을 일도 없으니 일상 전체가 느긋하고 좋을 수밖에 없다. 그렇게 편한 세상을 살아온 사람은 굳이 구속받으면서 인프라 없는 결혼생활을 지속할 리가 없다.

그들의 삶이 어떻든 개인적으로 재혼을 권하거나 말릴 생각은 없다.

## 이혼 부부 사이에 출생한 자녀 결혼식에 있을 수 있는
## 혼주석 시비

호주제 폐지 전까지, 이혼 부부 아이는 무조건 아빠 호적에 올랐다. 재혼한 아빠 밑에 성장한 아이가 결혼할 때도 생모는 초청조차 하지 않았다. 아빠에게 중대한 이혼 사유가 있어도 마찬가지였다. 오죽하면 생모가 먼발치에서 자식을 바라보며 눈물 흘리는 영화가 많았을까!

요즘은 헤어진 부부가 혼주로 참석하는 일이 늘고 혼주석 시비도 많아졌다. 그런 상황에서 자식 혼사를 앞둔 부모는 많은 고민을 할 것이다. 친부모를 앉히자니 키워준 부모에게 미안하고, 키워준 부모 앉히자니 친부모가 화날 것 같고, 누구라도 곤란할 수밖에 없다. 실제 생모를 앉혔다는 이유로 재혼 부부가 이혼한 일까지 있다.

그렇다면 전처소생 아이가 결혼할 때 어떤 엄마가 혼주석에 앉아야 할까?

이혼 사유가 생모(생부)에게 있지 않으면 생모(생부)에게 권리를 주는 게 옳다. 단, 결혼당사자 의견을 존중해야 한다. 사생활 노출에 민감한 아이가, 친부모 정체를 모르는 하객에게, 그 정체를 드러내고 싶지 않을 수 있기 때문이다.

8장

아름다운
마무리

# 고령사회 적응기

## 요양 시설에 대한 긍정적인 마인드

우리 사회는 이미 고령화 시대에 들어와 있다. 그중에서도 초고령층은 젊은 시절에 노후대책을 할 여건이 되지 못했다. 산업의 부재가 만들어낸 억울하기 짝이 없는 현상이다. 그 짐은 이후 세대가 고스란히 떠맡게 되었는데 이후 세대라 함은 전쟁 전후 세대로 샌드위치 세대(낀 세대)라 불린다. 그들은 산업의 역군으로 국가 경제에 크게 기여했으며, 전적으로 부모를 부양해 왔고, 자식에게도 과도하게 투자한 세대다. 여느 세대보다 고달픈 삶을 살아왔지만, 지금은 그 대가를 기대하기 어려운 실정에 놓여 있다. 고용불안으로 조기 퇴직을 맞은 데다, 나이도 고령층에 접어들었고, 자식들도 집 장만하기가 어려운 세상에 살고 있으니, 어쩔 수 없는 일이다.

부모와 자식이 함께 노년을 맞은 가정이 많아진 것도 큰 부담이다. 80~90대 부모와 60~70대 자식이 많은 현실에서, 자식이 부모를 모시기엔 경제적 사정은 차치하고라도, 몸이 따라주지 않는다.

요양 시설은 그런 문제를 해소하기 위한 대책으로 볼 수 있다. 그러나 아직도 현실의 흐름을 깨닫지 못한 이들이 있다. 부모 스스로 요양 시설을 거부하거나, 자식이 죄악시하는 일도 있다. '요즘 세상에 무슨……' 하겠지만 지금도 종종 목격하는 일이다.

몇 년 전, 자매들과 여행하면서 한 여자를 만났다. 여자는 네 자매가 오순도순 여행하는 게 좋아 보인다면서 가족관계를 물었다. 남매가 얼마나 되느냐, 부모님은 살아계시냐, 누가 모시냐, 그런 것들이었다. 친정엄마가 요양병원에 계신다는 말에 여자는 언짢다는 듯 말했다. 자식이 6남매나 되는데 어떻게 그런 곳에 모셨냐는 것이었다. 당돌한 여자 말에 네 자매 표정이 굳어졌다. 60대 엄마를 둔 젊은 그녀가 한참 뒤에 일어날 일을 모를 수는 있었다. 그러나 노후는 장담하기 어렵고 장담해서도 안 된다. 자식이 건강을 잃으면 의지와 상관없는 일이 벌어질 수 있고, 부모 스스로 시설을 택할 수도 있다.

친정엄마가 요양원을 언급하셨을 때(2005년) 우리 가족도 반대했었다. 인식이 부족한 시절이라 놀랐고, 주위 시선을 의식한 것도 사실이었다. 80대 중반의 엄마는 뜻을 굽히지 않으셨다. 엄마를 부양해온 동생도 어쩌지 못해 손을 들었다. 동생은 기왕이면 좋은 곳에 모시고 싶다며, 당시 우리나라에서 으뜸이라는 S실버타운을 둘러보도록 내게 부탁했다. 그러나 그곳은 친정엄마 수준에 맞지 않았다. 마침 입소자들의 '추억의 사진전'이 열리고 있었는데 한 시대를 풍미했을 거창한 인물들이 사진 속에 포진해 있었다. 야학 출신인 엄마가 감당해야 할 소외감을 걱정하지 않을 수 없었다. 아무리 좋은 곳이라도 모두에게 좋지만은 않다는 것이다.

친정엄마는 자식들 몰래 요양원에 입소하시고 말씀하셨다. 본인이 판단력을 잃으면 가족이 편히 보낼 수 있겠냐며 스스로 사고력 있을 때 결정하셨다는 것이었다. 자식 체면은 안중에도 없다며 투정하는 가족에게도 준엄하게 반박하셨다.

"나 좋으면 됐제 남의 눈이 뭔 소용 있다냐. 판사 엄마도 있고, 의사 엄마도 있더라."

가족들은 마음을 돌려보려고 한동안 면회를 가지 않는 것으로 시위를 했지만 끄떡도 하지 않으셨다.

세월이 흘러 요양 시설이 보편화되면서 친정엄마 선택이 옳았다고 입을 모았다. 혼자 있는 시간이 외롭고 사람이 그리울 때마다 자식이 함께할 수 없음을 알게 된 것이었다. 그러나 시설에는 비슷한 연령의 친구가 있고, 살펴드리는 요양사가 있으며, 문화 프로그램까지 운영하고 있다. 안온함은 떨어지지만 가정에서 누릴 수 없는 것들을 체험한다는 것은 행운일 수도 있다.

요양시설이 꼭 긍정적인 면만 있는 것은 아니다. 종종 드러난 학대 사건은 시설 이용에 대한 갈등을 발생시킨다. 최근에도 충격적인 소식이 있었다. 이전에도 종종 접해왔던 물리적 폭행은 말할 것 없고, 입과 항문에 테이프를 붙이고, 기저귀 가는 게 귀찮다며 성기를 묶고, 항문 속에 성인용 기저귀까지 넣은 사건이 보도된 것이었다.

보도를 본 순간 가족이 아니라도 분노가 끓어올랐다. 무기력하게 당해야 했던 환자와 뒤늦게 잔혹성을 알게 된 가족들 심정이 어땠을까! 분노와 증오가 들끓고 가해자가 저지른 행위 그대로 갚아주고 싶었을 것이다. 몸에 피가 흐르고 있는 사람이라면 누구라도 치를 떨 수밖에 없는 사건이었다.

분노는 분노일 뿐 눈 밖에서 일어난 일을 예방하기가 쉬운 일은 아니다. 정부 대책이 없는 한 보호자가 할 수 있는 일이 한정적인 까닭이다. CCTV를 통해 어디서나 관찰할 수 있도록 허용하면 좋으련만 사생활 침해 논란이 따를 터, 그 또한 아직은 불가능하다.

  그러한 상황에서 보호자가 할 수 있는 최선책은, 시설 이용자를 통해 실태를 파악하여 평판이 좋은 곳에 맡기는 수밖에 없다. 또 면회를 자주 하고 효자는 아니더라도 효자 코스프레 정도는 해야 될 것으로 여겨진다. 마사지라도 하는 척 신체에 이상은 없는지 늘 살펴드렸으면 하는 바람이다.

# 죽음을 맞이하는 자세와 장례에 대한 소견

〈삶이 아름다워야 죽음도 아름답다.〉

일찍이 이 말이 있었는지는 모르겠다. 책에서 봤거나, 어디서 들었을 수도 있다. 어떻든 객관적으로 말하고 싶은 〈죽음이 아름답다〉는 고인의 죽음을 애석해하고 아까워하는 정도를 말한다.

오래전부터 내가 소망해온 죽음은 심장마비로 떠나는 것이었다. 고통 없는 죽음을 맞고 싶다는 말이었는데, 사람들은 하나같이 반박했었다. 갑자기 사망하면 가족들 슬픔이 너무 크고, 하고픈 말을 남길 수 없어서 나쁘다는 것이었다. 말이 씨가 된다며 불순한 말은 입에 담지 말라고도 했었다. 그럴 때마다 나는 말을 보탰다. 백 세를 넘겨도 가족의 이별은 슬플 수밖에 없다고, 평소에 하고 싶은 말을 미리미리 해두면 되는 거라고. 30대부터 그렇게 말해 왔으니 뱉은 말의 연식도 40년이 된 셈이다. 그렇게 세월이 흐르면서 사람들 생각도 많이 변했다. 내가 소망해온 죽음이 가장 축복받은 죽음이라고 말하는 사람이 많아졌다.

그러나 마음대로 할 수 없는 죽음, 예고 없이 다가올 죽음을 어떻게 준비하고 맞아야 할지 보고 듣고 느껴온 것을 정리해 보았다.

## 재산에 상속에 대한 유서를 남긴다

스테판 M. 폴란과 마크 레빈의 저서 《다 쓰고 죽어라》에 아래와 같은 내용이 있다.

우리는 최대한 아껴서 노후를 대비해 저축하고 자식에게 뭔가 남기는 것을 미덕으로 삼는다. 그러나 그것은 낡은 사고방식이다. 왜 삶의 질보다 죽음의 질을 먼저 생각하는가? 상속은 내 삶뿐 아니라 사회에도 피해를 준다. 유산은 경제 생산성에 도움이 되지 않는 동결 자산이 대부분이므로 상속자의 삶을 망친다는 증거도 있다. 조사에 의하면 상속에 대한 기대가 일하고자 하는 의욕과 동기를 좀먹는다는 결과도 있다. 사랑하는 사람의 죽음을 기다릴 수 있다는 것은 끔찍한 일이 아닐 수 없다. 새로운 세상에서 영원히 살 것처럼 재산을 모으기보다, 재산과 수입을 최대한 활용하는 일에 관심을 기울여야 한다.

시대에 뒤떨어진 과거의 규칙을 버리고, 불가능한 추구를 포기하고, 스스로 목표와 방향을 결정함으로써 새로운 경제를 이해하고, 담담한 눈으로 남은 생애를 바라볼 수 있어야 한다.

오래전에 위 글을 읽으면서 우리도 그와 같은 자세로 살아야 된다는 생각만큼은 했었다. 생각만 하고 지키지 못했다는 말이다.

특히 〈새로운 세상에서 영원히 살 것처럼 재산을 모으기보다, 재산과 수입을 최대한 활용하는 일에 관심을 기울여야 한다. 시대에 뒤떨어진 과거의 규칙들을 버리고, 불가능한 추구를 포기하고, 스스로 목표와 방향을 결정함으로써 새로운 경제를 이해하고, 담담한 눈으로 남은 생애를 바라볼 수 있어야 한다.〉는 글에 감명을 받았는데 〈사랑하는 사람의 죽음을 기다릴 수 있다는 건 끔찍한 일이다〉는 내용은 오랫동안 가슴에 걸렸다. 아직도 그 글이 기억되고 있는 것으로 보아 충격이 크긴 컸던 모양이었다.

사회 환원이 생활화되었다는 그들도 부모 재산 앞에서 자유롭지 못하다는 것을 그의 글을 통해 알게 된 까닭이었다. 살아가는데 꼭 필요한 것이 돈이고, 장례식까지도 필요한 것이 돈이다 보니, 동서양을 막론하고 그에 애착하는 것은 당연한 일일 수 있다. 그들이 돈이 힘이다(Money is power!)는 말을 즐겨 쓰고, 우리가 돈에 침 뱉는 사람 없다는 말을 자주 쓰는 것도 같은 맥락이다. 유서를 언급하는 사람마다 재산상속 유언을 먼저 말하는 것도 그런 속성에 대비하라는 것으로 볼 수 있다.

1990년대, 40대 중반인 내가 유서를 쓴 것에 사람들은 놀랐다. 남편 해외 출장이 잦아서 혹시 모를 일에 대비하자는 것이었는데, 젊은 나이에 유서 쓴 것에 놀라고 재산이 많을 것으로 여기고 놀랐다. 〈유서〉 말만 들어도 불쾌해하고, 부자들이나 쓰는 것으로 여기던 때였으니 그럴 만도 했다.

그로부터 30년이 흐르고 보니 유서의 필요성을 언급하는 사람이 많아졌다. 그렇다고 유서가 생활화된 것은 아니다. 지금도 죽음이 가까울 때나 쓰는 것으로 여기는 사람이 훨씬 많은 편이다.

그러나 재산분쟁은 재산의 많고 적음에 있지 않다. 큰돈은 크게 부각되어 주목을 받고 작은 돈은 작아서 드러나지 않을 뿐, 자식이 둘만 돼도 불씨가 따라다닌다는 것은 누구나 알고 있는 사실이다. 장남이 많이 가져야 된다, 부모 봉양한 자식이 많이 가져야 된다, 여러 이유를 들어 조금이라도 더 차지하려고 기를 쓰는 게 재산이다.

부모 재산은 그렇다 치자. 부모가 특별한 자식 도움으로 증식한 재산까지 상속권을 주장하는 자식도 있다. 재산 앞에선 동기간 우애도 별 소용 없다는 것이다. 재산분쟁 사례를 분석해 보면 부모가 자식을 믿는 데서 비롯된 경우가 많은데 사회 환원이 일반화되지 않은 나라에서 더 심하다. 그러므로 다툼을 최소화하려면 꼭 유서를 남겨야 한다.

이런저런 분쟁이 많아지면서 법률상담도 매우 노골적이다. 심지어 부모 부양 조건으로 재산을 증여할 때, 증여받은 자식이 의무에 소홀하지 않도록, 부담부증여 공증을 받으라는 조언까지 하고 있다. 야박하기 짝이 없는 말이지만 돌아가는 세태로 견줘볼 때 무리한 충고는 아닌 것 같다.

유서를 작성할 때는 유언 내용과 작성 날짜, 주소, 성명을 자필로 쓰고 도장으로 날인한 것만 인정된다는 것을 참고하기 바란다.


큰아들에게 극진한 부모가 있었다. 부모님은 알짜 회사인 중소기업 대주주였고, 그 회사는 큰아들에게 물려줄 생각이었다. 부모님 생각은 단호했지만 큰며느리는 안심이 되지 않아 남편을 꼬드겼다. 부모님 살아계실 때 재산상속 공증을 받아두자는 것이었다. 큰아들은 아내 말을 대수롭게 여기지 않았다. 부모 재산에 욕심낼 형제는 아무도 없다는 것이었다.

그러나 형제들 속마음은 달랐다. 어머니가 돌아가시고 아버지가 눕게 되자 재산분쟁 조짐이 일어났다. 서로 더 차지하기 위해 암암리에 분투하기 시작했다. 눈치 빠른 큰며느리가 가장 먼저 손을 썼다. 시아버지는 작은아들과 살고 있었는데, 남편을 부추겨 본가에 입성했다. 두 며느리 경쟁은 식단에까지 불이 붙었다. 시아버지 환심을 사려는 노력은 거나한 밥상이 말해 주었다.

아버지는 큰아들이 본가에 들어온 지 2년 뒤에 돌아가셨다. 자식들은 부모님의 명품 그릇까지 경쟁이 붙었다. 큰며느리가 자기 몫으로 여겨온 것에 시누이가 소유권을 주장한 것이었다. 큰며느리가 들어오기 전부터 엄마와 함께 사용해 왔다는 게 시누이 주장이었다. 시누이가 찬장에서 그릇을 꺼내 들자 큰아들이 접시를 낚아챘다. 그러고는 씩씩 불며 그릇을 들고 나가 마당에 던져 버렸다. 그렇게 전쟁을 치르고 지금은 부모 기일에도 왕래하지 않는다.

뉴스에서도 볼썽사나운 사건을 접했다. 세 아들을 둔 부부가 있었는데, 그들은 두 아들에게 미리 재산을 증여하면서, 부부 명의 아파트는 훗날 막내에게 주겠다고 선언했다. 두 아들도 당시에는 흔쾌히 동의했었다. 큰아들은 증여받은 재산으로 사업을 늘리고 둘째는 아파트 평수를 넓히는 데 보탰다.

몇 년 뒤 부동산 가격이 폭등하자 미리 재산을 받은 두 아들이 흑심을 드러냈다. 부모님 아파트를 막내에게만 증여하는 것은 형평성에 어긋난다며 다시 배분할 것을 요구해온 것이었다. 부모가 얼마나 황당했을지 짐작이 가고도 남았다. 자식 많이 낳은 걸 가슴 치며 후회했을 것이고, 가정교육 잘못시켰다며 날밤을 새웠을 것이다.

특히 이복자식을 둔 부모는 더 신중해야 한다. 이복자식들 재산분쟁은 일반적으로 조금 더 심한 편인데, 가까운 지인에게 벌어지고 있는 사연을 옮겨 보겠다.

90세를 넘긴 남자는 공직생활을 해온 연금생활자로 경제적으로 윤택한 편이다. 그의 본부인은 큰딸이 고등학교 때 사망했고, 남자는 큰딸과 비슷한 연령대 후처를 들였다. 그들 사이에 금방 아들이 태어났다. 후처는 본부인이 이룬 재산의 많은 양을 야금야금 아들과 그녀 명의로 돌렸다. 몇 년 전에 사실을 알게 된 남편이 후처를 혼쭐내고, 밖으로 드러난 재산 대부분을 제자리로 돌려놓았다.

그러나 최근 들어 남자 건강이 급속도로 나빠졌다. 계모 속셈을 잘 알고 있는 자식들은 바짝 긴장 상태에 돌입했다. 아버지가 혼미한 틈을 타 계모가 계략을 부리지 않을까 하는 염려 때문이었다. 친엄마가 고생해서 이룬 재산이 후처와 이복동생에게 돌아가는 것을 방심하지 않겠다는 것이었다. 더군다나 그들에게는 장애를 가진 남동생이 있었다.

세 자매는 남동생을 위해서라도 재산문제를 잘 처리해 줄 것을 아버지께 간언했다. 그러나 아버지는 유언 말만 꺼내면 화를 내셨다. 세 자매는 아버지가 재산을 처리하지 못하고 사망할 경우 법정소송까지 불사하겠다며 벼르고 있다. 아버지 재산이 욕심나서는 아니었다. 그들의 지분을 찾아서 동생의 삶을 보장해 주겠다는 것이었다.


## 살림살이를 최소화하고 정리정돈을 잘한다

미니멀 라이프(Minimal life)란 말은 수도 없이 들어왔다. 크게 공감되는 말이지만 욕심에서 자유롭지 못한 자신을 발견할 때가 있다. 그럴 때마다 꼭 필요한 것인지 곱씹어보곤 한다.

'지금까지도 살았는데 뭐가 더 필요해? 냄비 둘만 있어도 끓여 먹는 데 지장 없고 한 계절에 옷 두세 벌만 있어도 살 수 있잖아. 있는 것도 버려야 할 판에 무슨 욕심이야.!'

그렇다. 생활에 위협을 받지 않는 것은 꼭 필요한 것 범주에 들지 않는다. 엄격히 따져 그렇다는 말이다. 그러므로 살림을 늘리기보다 있는 것을 잘 활용하고 정리정돈하는 것도 가족의 수고를 덜어주는 것이 된다. 버리자니 죄스럽고, 쓰자니 허접한 것에서 훗날 가족들이 자유로울 것이다.


## 항암치료, 연명치료 및 몇몇 사안에 대한 소신을 밝힌다

작년에 가장 친한 벗을 잃었다. 하루하루 일기 쓰듯 속내를 털어낸 친구라서 〈일기장 친구〉로 불러온 벗이었다. 전화 일기는 한 시간을 훌쩍 넘기곤 했는데, 전화는 친구가 편한 시간에 하기로 되어 있었다. 가족과 생활하는 친구에게 수신이 어려운 시간을 피하자는 약속이었다. 전화 일기는 매일 쓰는 것이 원칙이었으나 명절에는 며칠 거르기도 했다. 마침 추석이 걸려 있었고 마지막 통화한 지 열흘 만에 전화가 걸려왔다. 매일 기다려온 전화라서 급히 화면을 밀고 이름부터 불렀다.

"은혜야! 왜 이제 전화해?"

낭랑한 목소리에 웃음까지 실려 있었다. 그러나 뜻밖의 말이 들려왔다.

"나, 입원했어."

"왜?"

왜냐고 묻는 말은 거의 괴성이었다. 섬뜩하게 밀려온 예감 때문이었다.

"암이란다."

순간 약속처럼 정적이 흘렀다. 멍하니 휴대폰만 바라보고 있는데 친구가 침묵을 깼다.

"어쩔 수 없지……. 수술하기로 했어. 환자가 많아서 날짜 잡기 어려운데 너무 쉽게 잡힌 거야. 어떤 환자 수술이 취소돼서 대신하는 거래. 열흘 뒤에 수술하고 회복되는 대로 항암 들어가자네. 세 사람 중 한 명이 암이라잖아. 내가 대표로 걸렸으니까 너랑 숙미는 절대 걸리면 안 돼."

혹시라도 암에 걸리면 항암 대신 잘 죽자고 약속한 게 의식됐던지 목소리에 민망함이 담겨 있었다. 친구는 그동안 있었던 일을 짧게 알려 주었다. 여러 정황으로 보아 조금 어려운 상황에 처한 것 같았다. 문득 젊은 날 돌아가신 형부가 떠올랐다. 언니는 어떻게든 형부를 살리겠다고 해롭다는 음식은 무조건 금했었다. 처음엔 식욕이 좋아서 뭐든 먹을 수 있었고, 이것저것 요구도 많았었는데, 언제부터 구토가 일어 아예 먹지 못했다. 그리고 암이 발견된 지 두 달 만에 세상을 떠나갔다. 가족들은 형부에게 음식 규제한 걸 두고두고 후회했다. 다 운명에 맡기고 무조건 먹었어야 했다는 것이었다. 그때 일을 생각하며 친구에게 말했다.

"먹고 싶은 거 가리지 말고 먹어. 못 먹으면 기력만 떨어지고 힘드니까 그냥 먹어 뭐든. 아무거나 잘 먹는 사람이 훨씬 빨리 낫더라. 필요한 거 있으면 알려주고. 꼭 알려줘. 어려워 말고 꼭이야!"

그러나 친구는 음식도 여행도 멀리했다. 암에 해롭다는 건 아예 먹지 않았고 병원만 오가며 살기 위해 안간힘을 썼다. 뭐든 열을 가한 것 항암에 좋다는 것만 골라 먹었다. 항암치료를 하고 나면 며칠간 그마저 먹지 못했다. 기력을 잃어가니 정상적인 치료도 어려웠다. 백혈구, 적혈구, 호중구, 헤모글로빈 등등의 수치가 떨어져 날짜를 미루기 예사였고, 1회 용량의 치료제를 두세 번 나눠서 하기도 했다. 그런 과정을 거치면서 가까스로 10차까지 마쳤지만 체력만 떨어지고 변화가 없었다. 마지막 희망으로 시작한 항암치료도 금세 중단하고 말았다. 친구는 항암치료 받은 걸 한없이 후회했다. 치료 대신 친구도 만나고 음식도 맘대로 먹었어야 했다며 아쉬워했다. 음식다운 음식 한 번 먹지 못했으니 왜 아니겠는가!

그즈음 큰언니도 폐암 말기 판정을 받았다. 형부 일을 겪었음인지 언니는 얽매이지 않았다. 날채소건 생선회건 가림 없이 먹고, 수령한 보험금은 여기저기 나눔도 하고, 동생들과 여행도 잘 다녔다.

결과는 언니가 훨씬 좋았다. 친구는 고생만 하다가 세상을 떠났고, 큰언니는 하고 싶은 거 하면서 3년 동안 잘 지내고 있다. 82세 노령임에도 동생들에게 음식을 만들어 보내고, 손수 운전까지 할 정도다. 누가 옳고 그르다는 말은 아니다.

다만 내 자신이 암판정을 받게 되면 항암치료는 절대 하지 않을 것이다. 몇 개월, 몇 년 더 사는 것에 의미를 두고 싶지 않아서다. 어차피 죽음이 다가오면 또 한 번 고통당할 게 빤한데, 굳이 두 번의 고통은 당하지 않겠다는 각오다. 현재 나이 70세, 평균수명엔 턱없이 부족하지만, 자식에 대한 의무도 마쳤고, 다른 어떤 것에 미련도 없다. 몸이 허락하는 한 여행도 다니고, 먹고 싶은 것 가리지 않고 먹으면서 자연스레 생을 마치고 싶다. 떠나야 할 때 떠나는 게 순리라는 것을 기억하며 스스로 존엄하다고 여겨지는 길을 진심으로 가고 싶을 뿐이다. 가족을 지치게 하거나 경제적 부담을 주고 싶지 않을뿐더러, 비곗덩어리에 불과한 삶을 사는 것도, 그러한 삶이 타인에게 보이는 것도 소름 끼치게 싫은 게 솔직한 심정이다.

진심으로 말하건대 스스로 의사 결정을 할 수 없는 상황이 발생하면 심폐소생술, 생명유지 장치, 투석, 수술, 인공영양분 공급 등 그 어떤 연명치료도 사절한다는 것을 밝힌다. 마지막 단계에서 통증을 견딜 수 있는 진통제나 수면 마취 정도의 조치만 해줬으면 한다.

생명의 존엄성은 무엇인가? 시체나 다름없는 삶을 지켜보는 것이 생명의 존엄성을 지켜주는 것인가! 죽음의 문턱에 다다른 초고령 노인을 살려내 잠깐 더 살게 하는 것이 진정 효도일까? 여러 번 생각해 봐도 환자의 고통만 가중시키는 것으로밖에 생각되지 않는다. 숨은 혈관을 찾겠다며 바늘로 살을 헤집고, 기능을 상실한 소화기관에 콧줄로 음식을 공급하는 것이 무슨 의미가 있겠는가! 심지어 끼니때가 되면 콧속으로 압축기를 넣어 부패한 미음을 빼내고 새로운 미음을 공급하기도 한다. 지켜보는 가족까지 고통스러운 그 행위가 목숨이 붙어 있는 한 해야 할 의료법이라니 무슨 궤변인지 모르겠다. 환자, 가족, 의료진, 모두에게 득이 되지 않는 일로 시간과 물질과 정성을 소모하는 일은 하지 않았으면 좋겠다.

연명치료 거부 의사를 밝히는 것은 불필요한 소모를 줄이는 일이다. 살릴 수 있는 사람에게 기회를 주고 당사자에게는 당하지 않아도 될 고통에서 자신을 보호하는 것이 된다. 그런 이유에서라도 연명치료 거부 의사는 밝히는 게 좋을 성싶다. 자식들이 선뜻 결정하기 어려운 사안이라는 점에서도 그렇다. 체면을 중시하는 풍토에서 며느리와 사위는 더 운을 떼기 어렵고, 자칫 말

한마디가 오해와 논쟁을 일으킬 수 있기 때문이다. 보는 시선이 어떻든 가족에게 연명치료 권한이 주어지면 환자와 가족에게 어떤 방향이 최선인지 잘 판단하고 결정해야 할 것이다. 개인적인 솔직한 심정은 망설임 없이 거부 의사를 밝혔으면 하는 간절한 바람이다.


## 죽음 앞에 의연하자

내 기억이 확실하다면 십 년도 넘은 이야기일 것이다. 국내 유명대학에서 부모가 몇 살쯤 사망하는 게 적절할 것 같냐는 설문에 65세로 희망한 답이 가장 많았다는 보도를 보고 상당한 충격을 받았다. 당시 평균수명보다 남자에겐 11년 부족하고 여자에겐 17년 부족한 나이였다. 부모를 향한 기대수명이 형편없이 낮은 것에, 그 진위를 어떻게 받아들여야 할지 해석이 어렵고 씁쓸했는데, 최근 발표한 평균수명(남성 86.3세, 여성 90.7세)을 보니 가슴이 더 답답해졌다. 노후보장이 덜 된 상황에서 자식 도움으로 살아가는 모든 이의 생각도 그와 같을 것이다.

그러나 우리는 견뎌내고 살아내야 한다는 것이다. 다만 생을 마칠 때 조금이라도 품위를 유지하고, 할 수 있는 한 자식들의 짐을 덜어줘야 한다는 생각은 변함이 없다.

알코올중독으로 방탕하게 살다가 간경화 판정을 받은 남자가 있었다. 그는 새벽 다섯 시에 일어나 술로 새날을 맞고 술에 취해 잠이 들었다. 그가 간경화 판정을 받았을 땐 간 기능이 15% 정도에 불과했는데 급기야 아들이 있는 서울에 올라와 최신 시설을 자랑하는 대학병원에 입원했다. 생명을 연장할 만한 상황이 아니었지만 그의 아내는 살려내라고 아우성이었다. 남편이 사망하면 자신이 팔자 센 여자가 된다면서 침대에 누워 있더라도 살아 있어야 된다는 것이었다. 천만 원에 가까운 한 달 입원비와 간병비가 아들 몫이라는 것을 모르는 것은 아니었다. 새로운 밀레니엄이 시작되기 직전 일이었다.

이런 사람도 있었다. 평생 딸 신세를 지고 살아온 85세 노모는 백 살까지 사는 게 목표였다. 백 살까지 살 거야, 백 살은 채워야지, 늘 그렇게 말했다. 과부로 어렵게 살아가는 딸의 인생은 아랑곳하지 않았다. 기력이 왕성하여 천지사방 쑤시고 다니면서 집안 살림은 손도 대지 않고 툭하면 딸에게 낳아준 은혜를 갚으라며 희생을 강요했다. 엄마라는 이름이 부끄러운 엄마였다. 사람들은 '딸 잡아먹을 귀신'이라고 수군거리고 혀를 찼다.

그런 사람을 보면 세상은 참 묘한 면이 있다는 것을 느끼게 된다. 희생적인 부모는 죽는 순간까지 자식을 생각하고, 자식을 모르고 살아온 부모는 죽음 앞에서도 본인 생각만 한다는 것이다. 자식 가진 부모로서 후자와 같은 부모는 백번 이해하려 해도 이해가 되지 않는다.

　부모다운 부모는 어떤 모습이어야 할까!
　희생의 분량은 환경에 따라 다르겠으나 어떤 모양으로든 희생과 고마움이 보여야 한다. 희생과 고마움이 보이지 않는 부모를 어찌 부모라고 할 수 있을까! 무조건 희생하라는 것은 아니다. 자식 시간을 아껴주고 마음의 짐을 덜어주고 고뇌에 찬 머리를 비워주는 부모가 되자. 자식의 경제를 압박하면서까지 가고 있는 목숨에 연연하는 부모는 되지 않아야 한다.


## 장례절차와 그에 따른 개선점

　새로운 밀레니엄 전까지는 매장이 압도적이었다. 여유가 있으면 사유지에 시신을 안치하고 형편이 안 되면 공동묘지를 이용했는데 산소치장을 부의 상징으로 여기는 분위기였다. 화려한 산소를 보면 부러워하고, 조상 잘 섬기는 가문이라며 후손을 치하하곤 했었다. 그럴수록 산소치장에 허세가 더해져 산소는 후손들의 사는 정도를 가늠하는 계산기가 되어 있었다.

반면 화장은 빈곤층이나 하는 것으로 비하하는 추세였다. 화장 자체를 시신 훼손 행위로 여기고 화장을 권하면 몰인정한 사람으로 취급하기 일쑤였다.

1999년, 시아버지 임종을 앞두고 화장을 언급했다가 불효막심한 며느리가 되고 말았다. 시누이가 눈물을 흘리며 반대하는 것이었다. 마치 며느리는 자식도 아니라고 하는 것 같아서 더는 입도 열지 못했다. 매장은 부패 과정을 거치고 화장은 깨끗이 분해되는데 왜 그런 생각을 하는지 알 수가 없었다.

지금은 화장이 밀려 장례를 미루는 형국이 되었지만, 혹시 모를 마찰을 피하려면 화장이든 매장이든 수목장이든 당사자 의사를 밝히는 게 좋다.

## 상주와 조문객이 큰절하는 것도 생각해 볼 일이다

상주와 조문객이 큰절하는 것은 예로부터 내려온 좋은 전통이다. 상주로선 조문객에게 감사의 의미가 담겨 있고, 문상객에겐 슬픔을 나눈다는 깊은 애도의 뜻이 담겨 있다. 보기에도 정중해 보이는 그 의례가 다수의 문상객을 대하는 상주에겐 고통스러울 때가 있다. 무릎 관절에 이상이 있다면 큰절 자체가 죽음이나 다름없는 일이다. 소위 〈호상〉의 경우 상주 나이가 고령이라는 점에서 더 그렇다.

문상객 쪽에서도 번거로운 일이다. 노년층은 몸이 불편하고, 젊은층은 거부반응이 많다. 형편이 그러한데 관습에 매여 행하는 의례에 의미를 두기보다 모두에게 번거롭고 힘든 절차는 과감히 생략하는 게 좋다고 생각한다. 거기에는 큰 용기가 필요하다. 나의 친정엄마 장례식 때는 빈소에 들어선 문상객에게 미리 부탁드렸다. 영정에도 가능한 한 목례만 드릴 것을 권했고, 상주인 동생 무릎이 불편하다는 이유로 서서 인사만 나눌 것을 권했다. 조문객 반응이 매우 좋았고 고맙다는 인사까지 하는 사람도 있었다.

### 문상객이 빈소에서 밤을 새우는 게 좋을까?

우리는 상주와 함께 밤을 새우는 것을 미덕으로 여긴다. 집에서 장례를 치르던 시절에는 함께 시신을 지킨다는 의미에서 당연하고 고마운 일이었을 것이다. 그러나 지금은 그럴 이유가 없다고 생각한다. 심신이 피로한 상주에게 술을 권하고, 수면을 침해하는 행위는 개선되었으면 한다.

## 시신 기증에 대한 소견

우리나라는 유교 사상이 깊은 탓인지 시신에 칼을 대면 두 번 죽는 일이라고 말한다. 심지어 시신 기증을 말리는 의사도 있다. 언젠가 언니가 말했다. 친한 의사가 시신 기증을 말리더라는 것이었다. 시신을 포르말린에 굴리고 함부로 한다는 게 이유였다. 포르말린에 굴리건 염산에 담그건 뭐 그리 대수일까 생각되었다. 영혼 떠난 시신이 두려움을 느낄까, 아프기를 할까! 살아생전 장기기증은 후유증이 염려되어 어렵겠지만, 실험용 시신이 부족한 현실이니 의학 발전을 위해 참여했으면 하는 바람이다.

## 간소하고 검소한 장례문화를 지향한다

1999년, 시아버지가 돌아가셨다. 중국제 장례용품이 시나브로 시장 점유율을 높여가던 시절이었다. 시어머니는 용케도 그걸 아시고 아들에게 몇 차례 당부하셨다. 중국제 수의는 시신에 친친 감긴다며 절대 쓰지 말라는 것이었다. 관도 매장할 때 깨지지 않도록 가장 튼튼하고 좋은 걸 쓰라고 엄명하셨다. 그러고는 국산 최고 용품을 콕콕 짚어주셨다. 초상 끝에 빗질 일 없다는 말마따나 장례비 걱정은 없었으나 시어머니 청대로 하다 보면 끝이 없을 것 같았다. 남편 수의쯤은 남편 살아생전 아내가 마련하는 일이 많던 때라 시어머니 간섭이 염치없어 보이고 얄밉기도 했다.

지금은 장례대행이 성행하여 상주 일이 줄었지만, 그때는 준비할 것도 많고 비용도 많이 들었다. 수의를 제외한 모든 것을 장례식장 소속 장의사만 이용토록 규제하다 보니, 장의사 가격 횡포도 이만저만 심한 게 아니었다. 눈뜨고 코 베이는 세상이 그 세상이었다. 20만 원짜리 수의나 관을 200만 원에 속여 팔아도 꼼짝없이 당하곤 했었다. 알고도 당하고 모르고도 당했다. 마지막 가시는 길 잘해 드려야 되지 않겠느냐, 부자 아니라도 그 정도는 기본이다며, 업주가 감언이설로 꼬드기면 상주는 맥없이 무너졌다. 형편이 웬만하면 최상품을 사용했고, 어려운 형편에도 중품 정도는 너나없이 사용했을 정도였다. 오직 체면 때문에 무리하게 경비를 쓴 일도 많았다.

때로는 슬픈 코미디 같은 일도 벌어졌다. 생전에 효도는 못 했으니, 가시는 길에 호강 한 번 시켜드리자며, 누군가 울음이라도 터트리면, 다들 불효자가 되어 고개를 떨구고, 장의사 배 채워주는 것으로 결론이 나곤 했었다.

나는 시어머니 눈을 피해 남편에게 운을 뗐다. 썩을 것에 낭비하느니 비용을 줄여 시어머니 드리자는 것이었다. 남편은 어떻게 그런 생각까지 했냐며 흔쾌히 동의했다.

어차피 입관식이 거행되면, 시어머니는 남편 잃은 설움에 남편 아닌 그 무엇도 보일 리가 없었다. 더 큰 안심 요인은 아들이 세상없는 효자였으니 아들의 가상한 전략을 의심할 리 없다는 것이었다. 뭐가 싸고 비싼 것인지 알 턱이 없다는 걸, 며느리 촉으로 알아낸 것도 알 턱이 없었다. 눈치를 채시더라도 시어머니 재산 늘리려는 효심이었으니 죄송할 일은 없었다. 그렇다고 중국제를 쓸 생각은 없었다.

남편과 나는 떳떳하고 당당하게 값싼 용품을 택했다. 놀랍게도 최고품과의 차액이 300만 원 조금 넘었다. 거기에 남은 부의금을 보태 시어머니 손에 쥐어 드리고, 두 시누이에게도 적잖은 격려금까지 줄 수 있었다. 25년이 지난 지금 생각해도 지혜로운 선택이었다.


## 임종, 영결


가족의 임종은 누가 언제 떠나든 슬픈 일이다. 떠나는 분의 삶이 길든 짧든, 아쉽고 아플 수밖에 없다. 임종을 지켜보지 못한 가족에게는 죄책감까지 더해져 더 아플 수밖에 없다. 어느 날 어느 시에 떠날 지 모르는 인생사니 만큼, 혹여 그 시간이 가족을 피해 갈지라도, 떠나는 사람이 가족의 사랑을 되뇌며 갈 수 있도록, 평소 좋은 말을 많이 건네고 고마움을 표하면 후회가 적을 것이다.

친정엄마는 엄격하시면서도 정이 많으시고 표현력도 좋으셨다. 안아주고, 입 맞추고, 내 새끼, 내 강아지, 내 이쁜 내 딸! 엄마 곁에서 보고 듣고 감각으로 느낀 행동언어였다. 아들딸에게도 손주에게도 늘 그렇게 하셨다.

엄마가 소천하시기 며칠 전, 보름 만에 엄마를 뵈러 갔었다. 병원 문을 들어서자 엄마는 손을 내밀고 말씀하셨다.

"아가! 바쁘고 힘든디 뭐하러 머나먼 길을 왔냐! 내 강아지, 얼마나 고생하고 살았을끄나!"

낮은 목소리에 반가움과 연민이 버무려져 있었다. 다행히도 의식은 또렷해 보였다. 의식이 자꾸 끊기신다기에 가는 내내 발을 굴렸는데 딸을 알아보신 게 얼마나 감사했는지 모른다. '이런 시간이 얼마나 될까?' 생각 때문인지 엄마의 지나온 삶이 여느 때보다 짠하게 다가왔다.

마흔여섯에 홀로 되어 6남매를 키워오신 엄마! 희생 없이 자식 키운 부모가 몇이나 될까마는 친정엄마는 선뜻 찾아보기 어려운 분이셨다. 자식이 감기라도 걸리면 가슴 졸이며 병원으로 향하셨던 엄마! 웬만하면 약국을 이용하던 시절이었지만 엄마는 진료비 같은 건 개의치 않으셨다. 먹이는 건 또 얼마나 정성을 쏟으셨던지! 소중히 키워주신 엄마였기에 고마운 마음으로 살며시 안아드렸다. 그리고 말했다.

"세상에서 제일 장한 우리 엄마!"

"고맙네, 내 딸!"

목소리에 울음이 딸려 나왔다. 예전에도 장하다고 칭찬해 드리면 늘 울림 있는 목소리로 말씀하셨는데, 그때와 다른 점이 있다면 소리가 낮고 힘이 없으셨다.

"미안해 엄마. 내가 아팠으면 엄마는 천둥만둥 달려오셨을 텐데, 늘 핑계만 대고 이제야 왔네."

"아가! 나는 니가 제일 짠한께 그런 말 말아라. 어린 애기 키운 사람이 어찌게 자주 오겄냐. 너 아니라도 느그 큰언니가 날마다 이것저것 해와서 잘 묵고 잘살았다."

"엄마가 우리한테 해주신 거 큰언니가 대표로 갚아주네. 엄마는 6남매 모두에게 어쩜 그렇게 잘하셨어요? 나는 자식 둘도 힘들던데 누구 하나 빠지지 않고 그렇게 잘하셨을까! 먹고 싶단 말만 하면 밤중에도 일어나 해주셨잖아. 귀찮은 기색도 없이."

"자석이 묵고 싶단디 뭣이 귀찮다냐. 자석 키운 재미가 다 그런 것이제."

엄마는 내 손을 주물주물하시면서 말씀하셨다.

"세상 엄마는 다 그런 줄 알았는데 아니더라고. 엄마한테 받기만 하고 못 갚아서 미안해. 그래도 엄마가 희생으로 길러주신 은혜는 잊지 않을게."

"희생은 뭔 희생. 그런 것도 없으면 부모도 아니제."

엄마는 손을 더 세게 잡으시며 말씀하셨다.

"엄마 힘들지? 그래도 몇 년만 더 사시면 좋겠어. 엄마는 힘들겠지만 꼭 그랬으면 좋겠어."

"오메! 더 살면 안 돼. 오래 살면 느그들도 고생되고. 안 아픈 데가 없은게 어서 가고 싶다. 때가 되면 갈 사람은 가야제. 갈 때가 되었는가 느그 아부지도 자꼬 꿈에 보여야."

엄마 얼굴은 이런저런 추억에 얽혀 만감이 교차해 보였다. 눈앞의 엄마는 연약하기 짝이 없는 모습이었지만, 내 가슴 속 엄마는 자식 욕심 많고 에너지 넘치는 젊은 날의 모습이 더 강렬했다.

엄마 양쪽 발등에 내 발을 올리고, 방 안을 돌아다니시며 "얼강들강, 함머이 집에 가세, 얼강들강 고모집에 가세!" 하셨던 것이며, 등에 딸을 태우고 기어 다니시며 "말 탄 놈도 끄떡끄떡, 소 탄 놈도 끄떡끄떡!" 하셨던 것이며, 허리를 끌어안고 앞서거니

뒷서거니 걸어 다니면서 "어디만큼 갔냐?" "당당 멀었다." "어디 만큼 갔냐?" "당당 멀었다." 핑퐁처럼 주고받았던 추억들이 선명하게 다가왔다.

평소 엄마는 젊은 날의 추억을 소환해 드리면, 눈물까지 질금거리며 웃곤 하셔서, 영양제를 공급하는 마음으로 이야기를 해 드렸다. 엄마는 슬그머니 웃기도 하시고, 눈물을 훔치기도 하시고, 내 등을 토닥거리기도 하셨다.

"엄마! 세 살 때, 시냇물 건너면서 '엄마 조심해' 했던 거 기억나?"

엄마는 픽 웃고는 말씀하셨다.

"에린 것이 어찌께 그런 생각을 했는가 몰라잉!"

겨우 세 살짜리 등에 업힌 아이가 어른처럼 말한 게 너무 오졌다는 말씀을 자주 하셔서, 62년이 흘렀음에도 기억 속 필름이 선명했다. 엄마는 어린 딸을 업고, 시내를 건너는 서른여덟의 젊은 여인이 되어, 해남 어느 마을을 유희하시는지 희미하나마 밝아보였다.

"엄마! 엄마가 이불 홑청 꿰맬 때 내가 이불 가운데 벌렁 드러누웠잖아. 다른 엄마였으면 화냈을 텐데 엄마는 늘 흐뭇해하셨어."

"생각해 보면 그때가 젤 행복했더라."

이불 위에 어린 딸을 눕힌 채 이불을 끌고 다니시며 자동차 놀이도 해주시고, 비행기 태워주신다며 아버지랑 이불 네 귀퉁이를 잡고, 해먹처럼 공중에서 좌우로 흔들어 주셨던 것이며, 수많은 추억을 끄집어내도 엄마는 지루해하지 않으셨다.

"그때마다 얼마나 좋았는지 몰라. 생각하면 할수록 좋아서 우리 애들도 자주 해줬어요. 할머니한테 배웠다면서. 애들도 나만큼 좋아하더라고. 우리 지민이는 자동차 놀이 한번 시작하면 끝이 없어요. 붕붕, 붕붕, 하면서 계속해주래."

엄마의 눈빛과 목소리는 예전 같지 않았지만 일일이 대꾸하시고 웃어 주셨다.


다음 날 엄마는 딴사람이 되어 있었다. 회진 오신 의사를 발견하고 반갑게 물으셨다.

"오메! 원장님이 어찌께 여그까지 오셨소?"

뜬금없는 말씀이었다.

"엄마, 여기가 어딘데?"

"LA!"

다들 박장대소했지만 웃음이 나오지 않았다. 엄마가 28년의 시간을 건너가 그날 그곳에 계신 것을 알게 되었음이다.

한동안 워싱턴 근교에 살았던 나는 한국에 계신 엄마와 LA에서 만나 여기저기 여행을 했었다. 그때 엄마는 관절염이 있으셨는데, 사랑하는 딸을 보니 통증이 싹 사라졌다며 좋아하셨고, 삐쩍 마른 내가 안쓰럽다며 내 손에 든 봉지 하나까지 가로채 들어주시곤 했었다.

엄마는 흐릿한 의식 속에서도, 전날 소환한 젊은 날 추억에 이어, LA에서의 기억까지 연결하고 계셨던 것이다. 현실을 떠나 계신 엄마는 통증을 잊으신 듯 행복해 보였다. 그러고 보니 98세의 엄마는 28년을 건너가 칠순의 나이로 돌아가 계신 거였다. 잠시 환상 속에 계신 엄마를 두고 손녀를 보기 위해 발길을 돌렸는데 그게 이생의 마지막 시간이 되고 말았다. 그나마 들은풍월이 있어서 행복했던 시간을 상기시켜 드린 건 다행이었다.


친정엄마에게는 6남매 자식이 있었지만 아무도 임종을 지켜보지 못했다. 왜 하필 엄마는 의사가 안전하다고 믿었던 시각에 떠나셨는지 모르겠다. 가족들이 병원 측 연락을 받고 달려갔을 때 엄마는 벌써 숨을 거두셨고, 자식들은 온기가 남아 있는 시신을 만져보는 것으로 만족해야 했다. 그것도 가까이 사는 자식들이나 할 수 있는 일이었다. 멀리 떨어져 살았던 나는 입관식 날 썰렁한 시신을 지켜본 게 다였다.

엄마 스스로 임종을 직감하셨을 텐데, 사랑하는 가족 하나 곁에 없다는 사실이 얼마나 외롭고 서글프셨을까! 눈앞에 아른거리는 자식들을 기리며 안녕을 빌었을 엄마! 가시는 길에 손 한 번 잡아드리지 못한 여한이 그토록 클 줄 몰랐다. 지금은 아픔 없는 곳에 영면해 계신다는 것으로 위안하지만, 엄마를 생각하면 할수록 가슴이 알알이 저며오는 것은 어쩔 수가 없다.

영결식장에서 동생은 몇 차례 울먹이며 말했다.

"어머님은 사랑과 헌신, 배려심이 남다른 분이셨습니다. 재산은 남기지 않으셨지만 저희들 잘 가르쳐 주셨고, 좋은 유산도 많이 남겨 주셨습니다. 책에서건 TV에서건 유익한 정보를 얻으시면 꼭 실천하셨는데, 그런 학습 정신은 저희에게 좋은 본보기가 되었다고 생각합니다. 부족하지만 저희도 어머님처럼 노력하는 삶을 살겠습니다."

동생은 사석에서도 말했다.

"내가 교도소에 있을 때 하루도 빠짐없이 면회를 오셨어요. 그때 관절염이 생기신 것 같은데 입관식 때 보니까 엄마 무릎이 오그라져 있어서······."

엄마는 고질병이 생긴 이유를 아들에게 말씀하지 않으신 모양이었다. 면회 때문이 아니라 노령에 냉방에서 주무신 후유증인 것을! 내 아들은 차가운 마룻바닥에서 자는데, 어미가 어찌 따뜻한 방에 잘 수 있냐며, 엄동설한 맨바닥에서 주무셨던 것을! 결혼한 지 20년 만에 얻은 금쪽같은 아들이 감옥에 있었으니 얼마나 원통하고 억울하셨을까! 나는 엄마가 한겨울 냉방에서 밤을 새우셨다는 것을 30년이 흐른 뒤, 엄마가 돌아가시기 8년 전에야 알았다. 1980년, 그때는 엄마와 떨어져 직장생활을 했던 터라 엄마가 그렇게 사신 걸 까마득히 몰랐다.

부모의 죽음! 부모의 죽음은 우리 가족이 친정엄마에게 느껴온 그런 것이라야 한다고 생각한다. 희생적인 사랑이 몽글몽글 피어올라 가슴이 뭉클하게 저며오는 것이라야 하고, 그리움과 존경심이 물결처럼 밀려오는 것이라야 한다. 자식이 사드린 속옷을 옷장에 넣어두셨다가, 어느 날 자식이 속옷을 사러 간다면 "아가, 이거 입어라." 하시며 내놓으셨던 내 엄마! 자식이 버린 속옷을 몰래몰래 입으시고, 닳고 닳아 떨어지면 기워 입으시고, 새것을 자식에게 돌려주신 내 엄마였다. 언젠가 떨어진 아들 속옷이 빨랫줄에 널린 것을 본 순간 그렇게도 화가 났었다. 너무 화가 나고 낯뜨거워서 저승에 이고 지고 갈 거냐고, 언제까지 궁상맞게만 살 거냐고, 소리를 지르며 화를 냈었다. 그게 무슨 낯뜨거울 일이었을까마는 그렇게 뜨거울 수가 없었다. 화를 내는 자식 앞에 엄마는 대역죄를 지으신 것처럼 말씀하셨다.

"아가! 미안하다. 기왕에 빨았은게 한 번만 더 입고 내불란다."

그게 또 무슨 미안한 일이었을까! 보통 엄마였다면 '내가 그렇게 해서 널 가르쳤다, 에미가 고생 고생해서 대학까지 보냈더니 뭐 잘났다고 시건방을 떠느냐, 누군 눈이 없어서 이렇게 사는 줄 아느냐.' 야단이라도 쳤을 법한 일이었지만 오직 자식 마음 상한 게 미안하여 소리 낮추셨던 내 엄마!

지금 세상에선 구경조차 힘든 정경이 되어버렸지만 내 엄마는 본인을 위해서는 하찮은 것마저 소요하지 않으셨다. 당시 그런 부모가 한둘일까마는 자신만 생각하는 부모 또한 한둘이 아니었다. 어찌 그들을 부모라고 말할 수 있으랴! 비록 겉멋은 없어도 내면이 부드럽고 아름다운 부모라야 부모다운 부모가 아니겠는가!

훗날 내가 세상 떠날 때 자식이 곁에 없더라도, 내가 엄마에게 느낀 그 마음을 내 자식이 가질 수 있다면, 잘살았다고 말할 것이다. 잘 죽고 싶다.

〈끝〉

새우와 고래가 함께 숨 쉬는 바다

# 변화에 능숙한 삶
– 이춘해 작가의 칠십 평생을 정리한 가족 처세서

지은이 | 이춘해
펴낸이 | 황인원
펴낸곳 | 도서출판 창해

신고번호 | 제2019-000317호

초판 1쇄 인쇄 | 2024년 06월 21일
초판 1쇄 발행 | 2024년 06월 28일

우편번호 | 04037
주소 | 서울특별시 마포구 양화로 59, 601호(서교동)
전화 | (02)322-3333(代)
팩스 | (02)333-5678
E-mail | dachawon@daum.net

ISBN 979-11-7174-006-2 (03810)

값 · 18,000원

**Publishing Club Dachawon**(多次元)
창해·다차원북스·나마스테